现当代文学与文化传承探析

余小慧　王爱敏　董　冬◎著

重庆出版集团 重庆出版社

图书在版编目 (CIP) 数据

现当代文学与文化传承探析/余小慧，王爱敏，董
冬著.--重庆：重庆出版社，2024.6.--ISBN 978-7-
229-18867-2

Ⅰ.Ⅰ206.6

中国国家版本馆 CIP 数据核字第 2024AM5076 号

现当代文学与文化传承探析
XIANDANGDAI WENXUE YU WENHUA CHUANCHENG TANXI

余小慧　王爱敏　董　冬　著

责任编辑：钟丽娟　刘　丽
责任校对：刘小燕

重庆出版集团
重庆出版社　出版

重庆市南岸区南滨路 162 号 1 幢　邮编：400061　http://www.cqph.com
北京四海锦诚印刷技术有限公司印刷
重庆出版集团图书发行有限公司发行
邮购电话：023-61520646
全国新华书店经销

开本：710mm×1000 mm　1/16　印张：12.75　字数：213 千
2024 年 6 月第 1 版　　2024 年 6 月第 1 次印刷
ISBN 978-7-229-18867-2

定价：88.00 元

如有印装质量问题,请向本集团图书发行有限公司调换：023-61520678

前　言

在浩瀚的历史长河中，文学作为人类精神文化的重要载体，始终扮演着传承文明、沟通心灵的角色。现当代文学以其独特的艺术形式和深刻的思想内涵，反映了现代社会的多元面貌和复杂人性。它不仅是时代的记录者，更是文化的传承者。通过文字的力量，现当代文学将传统文化的精髓融入现代语境，使之焕发出新的生机与活力。

本书首先对现代文学和当代文学进行分期探索，梳理了各自的发展历程和主要特点；其次解读现当代文学意蕴及其发展方向，内容包括现当代文学所蕴含的美学特征、现当代文学作品中的情感价值、理性精神在现当代文学中的体现、现当代文学现状及其发展方向；然后聚焦现当代文学作品中的不同形象塑造，探索现当代文学史上的农民形象、现当代文学作品中的长子形象、现当代文学作品中的教师形象、现当代文学作品中的女性形象；再次研究现当代文学对传统文化的探寻与传承，内容涵盖传统文化的内涵、功能与价值，传统文化与现当代文学之间的关系，现当代文学作品中的传统文化因子，传统文化在现当代文学中的传承体现；最后探讨现当代文学中茶文化的传承与发展，内容包括茶文化及其发展演进、现当代文学创作中茶文化的价值、茶文化对现当代文学资源思潮的影响、现当代文学作品中茶文化的表现。

本书的特色是综合运用文学批评、文化研究和社会学等多学科理论，对现当代文学进行深入的剖析和解读。同时，本书还注重历史与现实、理论与实践的结合，既有对历史文献的梳理和挖掘，也有对现实问题的关注和思考。

在本书的写作过程中，笔者获得了许多专家和学者的帮助与指导，在此表示衷心的感谢。由于笔者的能力有限，加之时间紧迫，书中可能存在一些遗漏之处，希望读者们能够提供宝贵的意见和建议，以便笔者进行进一步的修订，使其更加完善。

目　录

第一章 现代文学的分期探索

第一节 现代文学的发生期（1917—1927）

20世纪20年代的文学，即中国现代文学第一个十年，大致时间为1917—1927年。20世纪20年代的文学主题具有双重性，即现代性启蒙和建立现代民族国家。因此，20世纪20年代的文学思潮相对而言比较复杂。中国文学的现代化是内外因共同作用的结果，内因是中国社会内部的变革，外因是外国文艺思潮的影响。中国的文学思潮不仅受到了外国文艺思潮的影响，而且选择性地将外国文艺思潮引进并加以使用。

一、文学观念的树立与革新

在现代文学的发生期，中国的文学观念发生了重大的变革。在这个时期，新文化运动对中国传统文化进行了全面的批判。这场运动以"民主""科学""自由""平等"的思想为指导，呼吁对传统文化进行反思和改革。这种反思和批判不仅涉及政治、社会、教育等领域，也触及文学领域。胡适、陈独秀等新文化运动的代表人物，对传统文学观念进行了深刻的批判，提出了文学应该关注现实生活、反映社会矛盾、表现人的内心世界等新的文学观念。

新文化运动对文学观念的革新起到了重要作用。传统的文学观念强调文学的教化功能，以"文以载道"为主导。然而，在新文化运动的推动下，现代文学观念逐渐树立起来。现代文学观念强调文学的个人性和独立性，提倡"文学为人生"的观点。这种观念的转变，使文学开始关注现实生活，反映社会矛盾，表现人的内心世界，揭示人性的复杂性。这种文学观念的革新，为中国现代文学的发展奠定了基础。

现代文学观念的树立与革新，也体现在文学与现实的关系上。传统文学往往追求形式的完美和意境的高远，而现代文学则更加注重与现实生活的联系。现代文学开始关注社会问题，揭示社会的黑暗面，表达对社会不公和人性困境的关切。鲁迅的《狂人日记》《阿Q正传》等作品，通过对社会现实的深刻揭示，引起人们对社会问题的关注。这种对于文学与现实的关系的重视，使现代文学具有更加深刻的社会意义和批判精神。

总之，现代文学的发生期（1917—1927）是中国文学史上一个重要的时期，它标志着中国文学从古典文学向现代文学的转变。在这个时期，文学观念的树立与革新成为中国现代文学发展的关键。新文化运动的兴起，对传统文化的反思与批判，文学观念的革新，以及对于文学与现实的关系的重视，共同推动了中国现代文学的发展。这种文学观念的革新，为中国现代文学的发展奠定了基础，并使现代文学具有了更加深刻的社会意义和批判精神。

二、文学运动的产生与发展

现代出版业的发展、专业报刊的出现、现代稿费制度的推行，为职业作家解决了生存上的温饱问题，让其有精力去思考形而上的问题，专心致力于文化思想的变革。正是这些主客观条件的成熟，促进了新文化运动的兴起。由胡适、陈独秀、鲁迅、李大钊、钱玄同等接受过西方教育的文人志士发起的新文化运动，从本质上而言，是一次思想的启蒙运动。

新文化运动在当时的中国造成了较大规模的、空前的思想解放，这种力度和广度是不言而喻的。新文化运动开始之后，全国各个地方的进步报刊和进步社团如雨后春笋般涌现，极大地促进了马克思列宁主义同中国工人运动相结合的步伐，为中国共产党的成立创造了条件。

在文化氛围上，新文化运动动摇了封建旧文化在文坛的统治地位，传播了西方文化与思想，启蒙了民智，架起了一座贯通东西方文化交流的桥梁。自此以后，中国对西方的理解层次更深了，范围更广了，达到广度和深度的双提升。在思想启蒙上，新文化运动给予了传统思想致命的一击，为西方民主和自由的生长开辟了新的天地。

三、文学形式的发展与创新

（一）白话文的发展与创新

在 1917 年到 1927 年的十年间，中国的白话文运动经历了一个快速发展和创新的过程。这一时期，白话文逐渐取代了文言文，成为主要的书面语言，这标志着中国现代文学和文化的重大变革。

1917 年，胡适发表了《文学改良刍议》，提出了"八事"的主张，呼吁用白话文取代文言文，推动文学语言的改革。胡适的主张得到了广泛的响应，陈独秀、鲁迅、周作人等一批知识分子纷纷加入，共同推动了白话文运动的发展。

1918 年，鲁迅发表了第一篇白话文小说《狂人日记》，这标志着中国现代白话文小说的诞生。鲁迅以其独特的文学才华和深刻的思想洞察力，将白话文小说推向了一个新的高度，他的作品不仅揭示了社会的黑暗，也展现了人性的复杂，成为中国现代文学的经典。

在这一时期，白话文小说、诗歌、戏剧等文学形式都取得了重要的成就。小说方面，鲁迅的《狂人日记》《阿 Q 正传》等作品，揭示了社会的黑暗，展现了人性的复杂。诗歌方面，郭沫若的《女神》等作品，以自由的形式和丰富的想象力，展现了诗人对生活的独特感受。戏剧方面，以 1920 年上海新舞台上演萧伯纳名剧《华伦夫人之职业》为标志，话剧正式走上中国舞台。此外，民众戏剧社的成立也进一步推动了话剧的发展。田汉领导创立的南国社是这一时期最重要的戏剧社团之一，其戏剧成就和影响尤为突出。南国社不仅推动了现代话剧的发展，还通过各种形式的戏剧活动，促进了话剧艺术的繁荣。

总之，在新文化运动的影响下，白话文的推广使文学的语言更加接近口语，更加通俗易懂，为文学的大众化奠定了基础。同时，现代文学在形式上进行了大胆的创新，如散文、小说、诗歌等文学体裁都出现了新的形式。特别是小说，它在现代文学中占据了主导地位，成为反映现实生活、表现人物性格、揭示社会矛盾的重要手段。

（二）诗歌的发展与创新

1. 新诗运动诗歌

1917—1927年的新诗运动是中国现代文学的重要组成部分，标志着中国诗歌从古典向现代的转变。这一时期的诗歌创作以白话文为基础，突破了传统诗歌的格式和韵律限制，获得了更大的表达自由。胡适、刘半农、沈尹默、俞平伯、康白情等最早在《新青年》《新潮》《少年中国》《星期评论》等报刊上发表新诗。李大钊、陈独秀、鲁迅等并不是诗人，他们也写了一些新诗，主要是为了推动新诗改革。他们经过"诗体大解放"完成了古诗词体向白话诗的转变。

（1）胡适。胡适是第一个"尝试"新诗创作的人。《尝试集》从内容上大体可分为两大类。第一类为写景抒情诗。这类诗歌通过借景抒情、托物言志的手法赞颂大自然的美景，洋溢着乐观进取的精神，如《乐观》等；而有的则显得低沉，显示了诗人当时复杂的精神状态。第二类为政治哲理诗。这类诗表达了诗人对个性解放、自由的追求。如《人力车夫》，通过一个客人与车夫的简短对话，反映了车夫饥寒的生活处境及生存状态，表达了诗人对困苦人民的同情。

（2）刘半农。刘半农（1891—1934），江苏江阴人，有《瓦釜集》《扬鞭集》等诗集。刘半农诗歌的内容对社会面反映非常广，主要是诉说下层人民的痛苦，表达了诗人改变现实的强烈愿望。他有"平民诗人"之称，在探索诗歌新形式上注意对古代和现代民俗的学习。《瓦釜集》运用江阴方言与江阴民歌声调，书写了诗人对劳动者的爱与恨。刘半农的代表作《相隔一层纸》通过对比手法，在内容和形式上展现他对新诗的探索。

（3）刘大白。刘大白（1880—1932），浙江绍兴人，是与刘半农诗风接近的早期新诗人，《旧梦》中的早期新诗《卖布谣》《田主来》被传诵至今。这两首诗在内容上都流露出诗人对劳动人民的深切同情，形式方面都极富古乐府民歌和现代民谣的韵味，语言浅显平实，风格淡远质朴，节奏自然明快，为新诗形式向民歌学习起了指引作用。

（4）沈尹默。沈尹默（1883—1971），原籍浙江吴兴，和俞平伯（1900—1990）、康白情（1896—1959）等人是早期新诗人的代表。新青年社中的沈尹默代表作《三弦》，含蓄地表达了诗人对现实社会的不满和对困苦人民的同情，体现了沈尹默早期诗歌含蓄、讲究诗的节奏性、营造诗的意境等特点。

（5）俞平伯。俞平伯（1900—1990），新潮社的代表诗人，他的《冬夜》与康白情的《草儿》是当时最有影响的诗集。他的旧诗词造诣很深，讲究意境的营构、辞藻的选择还有音节的安排，反对虚伪、提倡真实。因此，俞平伯的诗既坦率真实，又自由洒脱。

（6）康白情。康白情（1896—1959），他的新诗善于写景、记游。康白情可以将一篇演说，一封书信，一次集会，一次旅游，都化为一首诗。他非常善于剪裁时代的东西，表达个人的冲动。

（7）朱自清。朱自清（1898—1948），字佩弦，祖籍浙江绍兴，他以《毁灭》为代表作的新诗创作，在中国新诗发展的道路上迈出了开拓性的一步。在诗歌创作中，他讲究诗歌艺术，而又能在诗歌中不留下任何雕琢的痕迹。《毁灭》一出，诗坛为之震惊，不少人称赞它是"第一流作品"，对中国新诗的发展无疑具有历史性的贡献。他编纂的《中国新文学大系（1917—1927）·诗集》，是现代新诗的集大成之作①。

2. 小诗

在1921—1925年盛极一时的小诗，引起了人们对"小诗体"的关注。小诗是一种即兴式的短诗，多以三五行为一首，表现诗人刹那间的情绪和感触，寄寓人生的哲理和思索，并执着地追求诗歌的意境，引起读者无限的联想，具有言简意赅的效果。小诗的形成是在周作人译介的短歌、俳句和郑振铎翻译的泰戈尔《飞鸟集》影响下产生的。小诗的发展和兴盛，在新诗的艺术探索历程中起到了桥梁的作用。

新文学时期，写小诗的主要作者是冰心与宗白华。

（1）冰心。冰心（1900—1999），原名谢婉莹，福建长乐人。出版有诗集《繁星》和《春水》，收小诗三百五十余首，其诗集的思想内容和艺术形式受到

---

①《中国新文学大系（1917—1927）·诗集》是朱自清在20世纪30年代初期，应邀为《中国新文学大系》丛书编纂的一部重要诗歌选集。这部诗集收录了20世纪初期中国现代诗歌的代表作品共400余首，集中展示了中国新诗的早期风采和多样化的风格趋向。朱自清在编选过程中，不仅展现了其深厚的文学素养和独到的文学眼光，也为新文学运动的发展提供了理论支持和实践指引。

泰戈尔的影响。其主张"爱的哲学"。爱是冰心小诗的灵魂和核心，冰心的小诗中充满了对母亲、童心和自然的礼赞。冰心的小诗不仅描写自然景状，而且抒发独特的哲理内涵。"满蕴着温柔，微带着忧愁，欲语又停留"是她小诗的独特神韵，具有较高的审美价值，文辞优美，意境恬淡，节奏舒缓，格调清新，被誉为"春水体"或"繁星体"，一直受到人们的喜爱。

（2）宗白华。宗白华（1898—1986），又名宗之櫆，江苏常熟人，生于安徽安庆，1923年12月出版了他的诗集《流云》。宗白华的小诗在思想内容方面，与郭沫若一样，"带着很浓厚的泛神论的色彩"。他以精练的语言，表现新文学退潮期一部分知识分子对前途悲抑的情绪，表达自己内心世界微妙的感情和感受，发出了对生命、人生、自然渴慕与赞美的哲理情思。宗白华对新诗的贡献还在于他将唐代绝句的形式用在自己的小诗中。

继冰心和宗白华小诗创作后，由于小诗的形式短小、容量较小，不能承载宽泛的题材，以及小诗盛行时多草率成章，影响到读者的阅读意愿，小诗的影响逐渐冷却。

3. 新格律诗派

在新文学思想解放的大潮中，诗体大解放是新诗的一个主流，旨在打破旧诗的旧格律，在诗的形式上，使新诗朝着自由化的方向发展。然而，这种绝对的自由和多样化的趋势，使新诗面临在语言和形式上艺术规范化的问题。因此便有人开始尝试建立一种新诗的格律，来解决当前问题。在这一历史重任下，以闻一多、徐志摩为代表的新月派诗人开始探索新诗在格律上的发展。

（1）闻一多。闻一多（1899—1946），原名闻家骅，湖北浠水人。他一直致力于新诗格律化的倡导和实践，1923年出版第一部诗集《红烛》。闻一多诗歌中最主要的情感内容是对民族、对祖国深沉的爱恋，爱国主义是其诗歌创作的主题。闻一多既受过中国传统文化的教育，又受过西方文化的影响，这使他得以从西方文化的视角来看待具有传统文化的祖国。他创作了许多爱国诗篇，《红烛》中的《太阳吟》等作品集中地表现了这一主题思想。

闻一多的诗歌还致力于描写自然景色和抒发个人情怀，如《雪》《忘掉她》《你莫怨我》等，这些作品表达了诗人细腻而又丰富的情感。闻一多在情感艺术化表达方面提出了"理性节制情感"的主张。

（2）徐志摩。徐志摩（1897—1931），原名徐章垿，浙江海宁人。1917 年进入北京大学，1918 年赴美国留学，1920 年被哲学家罗素所吸引，进英国剑桥大学学习哲学。1928 年他与闻一多负责主编《新月》月刊，著有诗集《志摩的诗》《猛虎集》《云游集》《翡冷翠的一夜》，散文集《秋》，小说集《轮盘》等。

作为"新月"诗派最有代表性的诗人，"徐志摩的诗歌节奏浑然天成；他的诗意象柔美、意境悠长，言辞的背后具有特殊的音乐效果"①。他是一个理想的个性主义者，在他的诗歌创作中，他一生都在追求"爱与美与自由"。他以再现的形式，写出了他对超现实的理想世界的追求。

从新文学初期白话诗到新月派诗，以闻一多、徐志摩为首的新月派诗人在倡导格律化理论及其创作实践，在旧诗与新诗之间，建立了一架不可少的桥梁。为此，中国新诗经历了一个从外在形式探索到对诗歌本体艺术的追求，在内容和形式上为新诗的建设注入了新鲜的活力。

4. 象征派诗歌

在新诗发展的道路上，几乎在新月社提出创作新格律诗的同时，中国初期象征诗派出现在中国的诗坛，他们的诗歌创作受西方象征派影响，情调以及风格相近，因而被称为象征诗派。以李金发为例，李金发（1900—1976），广东梅县人，一直被视为中国第一个象征派诗人。1919 年，他同林风眠一起赴法国留学学习雕塑艺术。受波德莱尔象征主义影响，从 1920 年开始，李金发以极大的热情投入象征主义诗歌新诗创作之中。1925 年，他的第一本诗集《微雨》，由北新书局出版，此后，他的诗集《为幸福而歌》也得以出版。他的诗集的发表，引起了中国诗坛的广泛注意。

李金发在诗歌创作中追求怪异、神秘的美学风格，用象征和暗示的方式表达，以朦胧晦涩为美。他的作品《琴的哀》等，通过隐喻的手法抒发了诗人内心对人世的愤慨。他主张诗不应该是直抒胸臆的抒发，也不是对世界明白的描述，而应该借助象征性形象来把握内心飘忽不定的情绪。他一反传统诗歌的理性创作方式，追求语言的陌生化和技巧的新奇化，造成语言次序的混乱，营造意象

---

①缪惠莲，张强. 徐志摩诗歌音乐性构成的显性与隐性因素 [J]. 江汉学术，2020，39（02）：54.

模糊的关联性。因受西方象征派诗人的影响，以李金发为代表的初期象征派诗人诗歌观念表现出"向内转"的审美取向，即诗歌应该关注内部的心灵世界，是个体生命存在的深切体验，而不应该是外部的现实世界。

（三）散文的发展与创新

新文学以来的现代散文，最早是议论性散文，如刊登在《新青年》上的李大钊的《青春》《今》和陈独秀的《偶像破坏论》《克林德碑》等，这些文章虽然带有社会性，但也有很浓厚的文学色彩。而1918年4月《新青年》第4卷第4号起设立的"随感录"专栏，标志着中国现代杂文式的散文正式诞生。这类文章短小精悍，生动晓畅，寓庄于谐。随后还有重要的报纸杂志都增设类似的栏目，如《每周评论》和《新生活》等。

1921年5月，周作人在《美文》中号召志同道合的人都来"试试"写一写那种真实简明的、以叙事与抒情为主的"美文"，给新文学开辟出一块新的土地来。由此抒情性散文和艺术类散文的写作开始有较大的进展，彻底打破了美文不能用白话写作的现象。1924年11月，周作人主编、鲁迅支持的《语丝》创刊，1924年12月，胡适、陈西滢、徐志摩等人坐镇的《现代评论》创刊，两种不同的创作风格，标志着现代散文的兴盛。

1. 语丝派代表及其散文

语丝派因成员创作有共同特征的散文而得名，《语丝》发表的主要是散文，在创作上，尽管语丝派同仁的思想和艺术主张不尽一致，但在针砭时弊方面形成了共同的风格：排旧促新，放纵而谈，古今并论，庄谐杂出，简洁明快，不拘一格，语言上诙谐幽默，讽刺强烈。这是"语丝文体"的鲜明特色。最具代表性的散文创作有两类：一是以鲁迅为代表的杂文；二是以周作人为代表的幽默小品文。

2. 抒情派代表及其散文

抒情散文，是指以抒发主观情感为出发点，以空灵飘逸见长，着力于准确表达感情色彩的语言运用，往往通过写景状物来抒发主观情感的散文形式。文中的景或物是作者抒情的依托，作者通常将所要抒发的情感具象化，或写景抒情，情景交融，或托物咏志，有所寄托，以达到抒情的目的。郁达夫、郭沫若、庐隐、石评梅等作家，从他们的文艺观出发，强调以自我为中心进行散文创作，是抒情散文的践行者。他们散文创作的内容大都带有自叙传的色彩，通过自己的内心体验和情感宣泄，用浪漫主义的写法，记述自己的生平，描写自己在异国他乡的漂泊生活，表达了自己内心忧郁的情感、人生的凄凉以及对时代的感伤情怀。

如郁达夫的《归航》《还乡记》写了作者归乡途中以及抵家后的所见所感，表达了一个知识分子对社会不公平的愤慨；郭沫若的代表作《山中杂记》和《小品六章》，抒写自己旅居漂泊的淡淡哀愁，风格缠绵淡雅。而一些女作家的散文，如石评梅的《偶然草》、陆晶清的《流浪集》，真实地记录了时代女性漂泊不定的人生，别有一种凄清悱恻的抒情风格。

此外，徐志摩也以写作这类抒情散文见长。徐志摩本质上是一个抒情诗人，他的散文创作富有浓厚的个人主义抒情色彩，著有散文集《巴黎的鳞爪》《落叶》《自剖》等。他在散文创作中，语言追求华丽的辞藻，想象新颖奇特，无论是内容上还是形式上都是他个人气质和艺术才情结合的完美体现，依然体现着对爱与美与自由的追求，这也是他自觉践行自己创作主张的表现。

3. 人生派代表及其散文

人生派散文兴起于新文化运动退潮之时，人生派散文以泛化的人生景观、人文化的自然景观为表现对象，展示人，主要是展示文化人的存在方式、心灵世界，美文（艺术散文）为其主要的文体形式。人生派中有不同的风格，其间有闲适、有情采，也有质朴等。

（四）小说的发展与创新

1917—1927 年，诞生了一种用白话文写作的新体小说，在思想上和文体上学习西洋小说的写法，却植根于中国现实生活的土壤，既不同于中国历来的文言小说，也迥异于传统的白话小说。一般认为，现代小说开始的标志是鲁迅 1918年在《新青年》上发表的《狂人日记》。现代小说一开始就密切关心现实人生问题。最早成立的新文学团体文学研究会，主张文学应该反映社会的现象，表现并且讨论一些有关人生的一般问题，所以称之为"为人生派"小说。稍后，带有浓重的主观抒情色彩的创造社作家"异军突起"，以创作"自我抒情小说"著称。而在鲁迅领导下的"乡土小说"创作也取得了令人瞩目的成就。

1. "为人生"小说流派代表及其发展

文学研究会的创作遵循着以"文学为人生"的原则，重视文学与人生的关系，声称文学是"人生的镜子"，是"人生的自然的呼声"。文学研究会作家在创作中立足现实，关注民生疾苦，同情下层劳动者。所以他们的小说多以探讨人生问题为主，提出了当时人们所关心的各种社会问题。叶圣陶、冰心、王统照、许地山、庐隐等人是主要代表作家。他们的创作趋于客观写实，多描写社会和人性，其中既有作家的批判也有寓于其间的同情与爱，所以，他们的作品充满了人道主义色彩。

2. "抒情小说"流派代表及其发展

在以文学研究会作家为主导的"为人生派"小说创作取得广泛影响的同时，出现了以创造社作家为主体的"自我抒情小说"的创作，而且人数众多，成就非凡。主要作家有创造社的郁达夫、郭沫若、成仿吾、周全平、倪贻德、张资平等，以及受创造社影响很深的浅草社、沉钟社作家林如稷、陈翔鹤、陈炜谟等。他们的创作多取材于自己身边的生活，强调内心自我的充分表现，是中国现代抒情小说的最初形式。自我抒情小说的产生既有思想解放带来的"人的发现"的时代背景，也有作家自身的个性意识萌发与增强的原因，当然西方浪漫主义"主情文学"的影响也是不容忽视的。

自我抒情小说，是指那些着重抒发作家的主观情感，表现作家自己的境遇的小说。这类小说的基本特征是：重自我表现，具有自叙传色彩，大多以第一人称叙述故事；重主观抒情，作品中大都有一个抒情主人公的形象，倾泻自己对外界的主观感受，抒写伤感之情；不注重结构的完整和细节的真实，没有吸引人的故事与情节，主要以人物情绪的变动作为结构小说的线索。

3. 乡土写实小说流派代表及其发展

乡土写实小说是指 20 世纪 20 年代中后期在鲁迅的影响下出现的一些回忆故乡生活并带有乡愁情调的作品。其主要特征是作家以自己所熟识的故乡村镇为背景，以回忆故乡和描写乡村生活为主要题材，描绘乡土风情，揭示农民命运，映现出鲜明的地方色彩和浓郁的生活气息。鲁迅是现代乡土小说的鼻祖，深受他影响的作家有许钦文、许杰、鲁彦、彭家煌、台静农、蹇先艾等人。他们的作品多发表在北京的《晨报副刊》《语丝》《未名》和上海的《小说月报》等报刊，侧重揭示近代中国乡镇村民的生命形态及生存方式。

乡土写实小说突破了新文学诞生以来主要写知识青年的范围，第一次提供了中国农村形态的，题材宽广、真实而多彩的生活画面，成为了解当时农村社会经济、思想、文化各方面状况的最宝贵的史料，具有不可替代的认识价值。

（五）话剧流派的发展

1. 现实主义的话剧

从当时普遍认同的创作观和戏剧观来看，现实主义无疑是1917—1927年话剧的显著特征。在《新青年》开展"旧剧评议"中，许多新文化运动的先驱在猛烈抨击旧剧的同时，纷纷提出了新的戏剧观，其中，影响最深的当属提倡戏剧的写实性、主张易卜生式的写实主义派。

话剧涌现了第一批现实主义剧目，最突出的当属"问题剧"的浪潮。例如胡适的《终身大事》，揭开了1917—1927年话剧现实主义创作的序幕，作品的创作就是面对现实、表现现实、批判现实的。又如郭沫若的《三个叛逆的女性》通过描写中国历史上三位著名女性的爱情婚姻故事，对那时的道德进行了猛烈的批判。

此外，田汉的《获虎之夜》《咖啡店之一夜》《午饭之前》《乡愁》，洪深的《赵阎王》，陈大悲的《幽兰女士》《良心》《父亲的儿子》，丁西林的《一只马蜂》，熊佛西的《王二》《一片爱国心》等，虽然题材各异，但创作倾向都是现实主义，以写实为特色，表现出与20世纪20年代占主流的浪漫主义抒情历史剧截然不同的美学特征。

2. 浪漫主义的话剧

这一时期的话剧中虽然不乏客观描写生活的剧目，有着不容轻视的杰出成就，但同时也有过数量甚多、影响较大的诉诸内心感受的篇章。而主要抒发主观感情又恰恰是浪漫主义同现实生活在艺术联系上的基本特征。早期话剧的浪漫主义特色，最初成功地出现在重新改编的外国剧作中，如春柳社的《热血》等。

随着话剧运动的深入，这种浪漫主义特色相继出现在自创的剧作中，比如田汉的《咖啡店之一夜》《获虎之夜》和郭沫若的《卓文君》《聂嫈》等。这些剧目几乎都不以对现实生活作精雕细琢见长，而竭力坚持生活之一端，大肆夸张追求奇伟，宣泄作者发自内心的生活情感。

总之，同为浪漫主义剧作家，他们的创作个性和艺术风格也是有差异的，韵致各有不同。田汉的剧作委婉、温馨，犹如轻柔的春风；郭沫若的作品则奔放、热烈，恰似雷霆闪电。

3. 有现代派倾向的话剧

除了写实主义戏剧和浪漫主义戏剧外，1917—1927 年的话剧剧坛开始尝试西方现代主义戏剧，并出现一些"现代派"剧本，如高成钧的《病人与医生》、陶晶孙的《黑衣人》、李霁野的《夜谈》等。即使像洪深、田汉等曾以做"中国的易卜生"自勉的作家，也都同时广泛借鉴和吸收斯特林堡、梅特林克、王尔德、奥尼尔等为代表的表现主义、唯美主义、象征主义等手法。

这一时期多样探索的大批剧本的出现，标志着话剧文学的活跃和繁荣。创作上是多元的，然而又是归一的，各种戏剧观念和艺术手法，都被统一在表现当时精神的需要之下。它们是新文化运动在戏剧战线上的丰硕成果，在文学园地里开拓了戏剧文学的新阵地，也奠定了戏剧文学在中国话剧运动中的重要地位，给日后话剧创作的继续发展开拓了前进的道路。

四、文学社团的兴起与崛起

现代文学的发生期，各种文学社团相继兴起，这些文学社团在文学方面都有自己独特的追求，它们之间的交流和竞争，推动了中国现代文学的发展。同时，这些文学社团的兴起，也标志着中国现代文学的多元化和繁荣。

（一）文学研究会

白话新文学界出现的第一个纯文学社团，是文学研究会。它于 1921 年 1 月 4 日在北京成立，由周作人、郑振铎、沈雁冰、郭绍虞、朱希祖、瞿世英、蒋百里、孙伏园、耿济之、王统照、叶绍钧、许地山等十二人发起，会员先后有一百七十多人。其宗旨是"研究介绍世界文学，整理中国旧文学，创造新文学"。

1921年1月起，为商务印书馆所办原先由通俗派文人掌领的《小说月报》转到文学研究会手上，进行全新改版，全用白话，只发新文学作品，并成为文学研究会的代用刊物，这是新文学取得决定性胜利的重大标志性事件。1921年5月，文学研究会的会刊《文学旬刊》创刊，这份刊物主要发表文学理论与批评文章。其后，还创刊过《诗》这一刊物。

文学研究会十分重视外国文学的研究介绍。他们的目的一半是介绍外国的文艺以促进中国新文学的发展，一半是介绍世界的现代思想（茅盾《新文学研究者的责任与努力》）。他们大量译介西方名家名著，介绍西方文学的各种潮流和主义，从写实主义（自然主义）、浪漫主义、新浪漫主义到唯美主义、象征主义、未来主义、达达主义，无所不有；介绍了普希金、托尔斯泰、屠格涅夫、契诃夫、高尔基、莫泊桑、罗曼·罗兰、易卜生、显克维奇、阿尔志跋绥夫、安特莱夫、拜伦、泰戈尔、安徒生、萧伯纳、王尔德等诸多名家的作品。《小说月报》出过"俄国文学研究""法国文学研究"等特号和"被损害民族的文学"专号，出过"泰戈尔号""拜伦号""安徒生号"等专辑。在翻译中，文学研究会受到鲁迅和周作人的影响，侧重于翻译反抗精神较强的作品，适合中国的社会改革之需。

1923年起，文学研究会发起了"整理国故"的讨论和行动。在《小说月报》上大量刊发古典文学研究方面的文章，介绍了很多历朝历代的中国古典文学名家。在创作上，文学研究会奉行的原则是"反对把文学作为消遣品，也反对把文学作为个人发泄的工具，主张文学为人生"，从"为人生"出发，他们主张"文学应该反映社会的现象，表现并且讨论一些有关人生一般的问题"，产出了一批"问题小说"。因此被称为"人生派"或"为人生"的文学。主张以写实的态度，提倡有为而作的"血"和"泪"的文学，提倡人道之爱，是文学研究会的主要倾向。1921—1924年，文学研究会的小说创作，在揭露和探讨社会"问题"的同时，比较集中体现了"爱"与"美"的特色，具有浓厚的人道之爱的色彩。

（二）创造社

创造社于1921年6月成立，成员以郭沫若、成仿吾、郁达夫为核心，包括张资平、田汉、郑伯奇等。创办的文学刊物有《创造》季刊、《创造周报》、《创造日》等。创造社主张艺术家的目的只在乎如何真挚地表现出自己的感情，而不是在创作时就抱着一种功利态度。创造社指出，文学除了"自身"的纯艺术使命外，还有时代使命和社会使命。在文学翻译上，创造社比较注重翻译西方名家名作中主观色彩、理想色彩、抒情色彩较浓的作品，如歌德、惠特曼、拜伦、雪莱等人的作品。同时也很注重介绍西方的各种现代派的文学潮流和主义。

在文学创作上，郭沫若的诗歌、戏剧，郁达夫、成仿吾的小说，田汉的戏剧，都具有较为浓烈的个性化抒情色彩，主观能动性较强，情绪无论是高昂或抵抗都极浓烈，擅长抒发内心的苦闷，注重以情绪的节律来驾驭文学作品的结构，具有较明显的浪漫色彩和抒情色彩。创造社的作品因为非常符合青年读者的心境，因此，在青年学生中大受欢迎，风靡一时，引发了诸多效仿者，对现代文学产生了较深远的影响。

（三）浅草社

浅草社于1922年春在上海成立，办有《浅草》季刊。1925年《浅草》停刊后，浅草社同仁在北京成立沉钟社，办有《沉钟》周刊，两社一脉相承。鲁迅称浅草社"确是中国的最坚韧、最诚实、挣扎得最久的团体"。

浅草社的重要成员，冯至（1905—1993），原名冯承植，字君培，河北涿州人，是象征诗派的另一位代表性诗人。他1921年考入北京大学，同年开始新诗创作，被鲁迅誉为"中国最为杰出的抒情诗人"，他是在20世纪20年代和20世纪40年代都作出过特殊贡献的诗人。20世纪20年代的冯至有两部诗集，一是1927年北新书局出版的他的第一部诗集《昨日之歌》；二是1929年出版的第二部《北游及其他》。其新诗创作大致可以分为两个时期：第一个时期包括了整个20世纪20年代，主要由抒情诗和叙事诗构成；第二个创作时期集中在20世纪40年代前期，以具有现代主义艺术色彩的哲理诗为主。其20世纪20年代的新诗创作，就呈现出多样化的艺术追求，在他的两部早期诗集中，既有《春之歌》《我是一条小河》《月下欢歌》《暮春的花园》这样抒情意味很浓的浪漫主义诗歌，又有《绿衣人》《晚报》《北游》等具有强烈批判精神的现实主义作品。

冯至的早期新诗，包括整个20世纪20年代所创作的作品，主要由抒情诗和叙事诗构成。《昨日之歌》和《北游及其他》中大量爱情诗抒写了内心最浓郁的情感，表达了新文学青年反对旧礼教藩篱，追求恋爱自由、个性解放，希望通过新颖的意象把自己炽热的情感传达出来，表现出那个时代青年心灵的共同呼声。表述个人内心情感的诗歌在他的诗歌中占多数，这些作品在整体格调上显得委婉幽静，诗歌的孤独、惆怅之感随之而来。

（四）湖畔诗社

湖畔诗社于 1922 年 3 月在浙江杭州成立。开始有冯雪峰、应修人、潘漠华、汪静之四人，稍后有魏金枝、谢旦如、楼建南等人加入。1922 年 4 月，社团诗歌合集《湖畔》出版。湖畔诗社成员的作品主要以抒情短诗为主，集中展现了在新文化运动初期，那些挣脱封建礼教束缚的青年对美好、自然的热烈向往以及对幸福、爱情的美好憧憬，独具一种清新、质朴、单纯的美。

文学史上被称为"湖畔诗人"的四位诗人，分别是汪静之（1902—1996）、冯雪峰（1903—1976）、潘漠华（1902—1934）、应修人（1900—1933），因为他们在 1922 年春，合集出版了《湖畔》。1922 年，还单独出版了汪静之个人诗集《蕙的风》，1923 年，又出版了合集《春的歌集》，因他们在杭州西子湖畔成立诗社，所以把这一团体称为"湖畔诗社"。他们是新文学所唤起的一代新人，所以他们的诗作可以称为新文学的产儿。新文化运动提倡男女平等、主张恋爱自由，在这一时代背景之下，他们开始了对爱情诗歌的吟咏。

湖畔诗社成立之时，除应修人是职员外，汪静之、冯雪峰、潘漠华都还是在校学生，他们当时正处于天真烂漫、创作热情浓郁的时期。在内容上，所作的诗歌大多为歌唱大自然的清新、伟大。他们通过大自然的美景抒发个人情愫，借大自然来言说自己的兴致。如冯雪峰描绘的湖边垂杨的情态（《杨柳》），汪静之写"披满了银""布满了光明"的雪的世界（《雪》）等，这些诗篇大都清新、隽秀、自然，还有对友情和爱情的纯真赞美。他们对现代新诗发展的首要贡献就是爱情诗歌的创造，恢复了爱情诗的本色，表现了他们单纯直率、真诚而又天真的情怀。在创作爱情诗方面，汪静之的诗篇最为突出，他的诗歌表现了青年男女直率而又天真的情怀，传达出他们对爱情、自由恋爱和婚姻的向往。

（五）语丝社

语丝社因编辑出版《语丝》周刊得名，该刊于 1924 年 11 月 17 日在北京创刊，由孙伏园、周作人先后主编。主要成员有鲁迅、周作人、川岛、钱玄同、刘半农、章衣萍、林语堂、钱玄同、江绍原等。该刊多发表针砭时弊的杂感小品。1927 年 10 月被查封，1927 年 12 月在上海复刊。先后由鲁迅、柔石、李小峰主编。主要撰稿人为鲁迅、周作人、章衣萍、韩侍桁、陈学昭等。

语丝社倡导"文明批评"与"社会批评"，实际上传承了《新青年随感录》批判旧思想、旧文化、旧道德的精神传统。语丝社作家的散文创作形成了独具风格的"语丝文体"，这种文体在思想内容上任意而谈，斥旧促新，在艺术上以文艺性短论和随笔为主要形式，幽默，讽刺强烈。以鲁迅为代表的作家的尖锐泼辣的杂文和以周作人、林语堂为代表的作家的幽雅的小品（美文）形成了该社散文创作的两大类，对中国现代散文发展有重要影响。

（六）新月社

新月社于 1923 年成立于北京，是"五四"以来最大的、以探索新诗理论与新诗创作为主的文学社团。社名是徐志摩依据泰戈尔诗集《新月集》而起的，意为"它那纤弱的一弯分明暗示着，怀抱着未来的圆满"。主要成员有胡适、徐志摩、闻一多、梁实秋、余上沅、丁西林、林徽因等。该社于 1927 年春迁往上海。新月社成员大多具有英美留学背景，因此具有较强的自由主义倾向。

新月社倡导"新格律诗"，闻一多进而提出了著名的诗歌"三美"说，即音乐美、绘画美和建筑美。音乐美，是强调"有音尺，有平仄，有韵脚"，这些音乐性因素的组合和谐，才能构成诗的音乐美；绘画美，是指诗歌语言辞藻修辞的美，也就是对普通语言的"艺术化"；建筑美则是指诗歌外在形式所达到的"节的匀称和句的均齐"所产生的视觉美。

第二节　现代文学的繁荣期（1927—1937）

一、1927—1937 **年诗歌的发展**

20 世纪 30 年代，诗歌大体上有大众化和纯诗化两种不同路向的探索。

（一）纯诗化诗歌

1. 徐志摩

（1）简介。徐志摩（1897年1月15日—1931年11月19日），原名章垿，字槱森，后改名志摩，是中国现代著名诗人、作家、散文家，新月派诗歌运动的重要成员。他出生于浙江省海宁县，早年接受传统教育，后来进入沪江大学、北洋大学和北京大学学习。1921年，徐志摩前往英国剑桥大学留学，其间受到西方教育和欧美浪漫主义及唯美派诗人的影响，开始创作新诗。他倡导新诗格律，对中国新诗的发展有着重要贡献。徐志摩的诗歌以其流畅的韵律、真挚的情感和个人风格著称。

（2）徐志摩的纯诗化诗歌的显著特点。第一，构思精巧，意象新颖。徐志摩善于运用奇特的想象和比喻，创造出新奇、美妙的意象。例如，在《再别康桥》中，他用"那河畔的金柳，是夕阳中的新娘"这样的比喻，赋予了自然景物人类的情感，使得诗歌充满了浪漫主义色彩。

第二，韵律和谐，富于音乐美。徐志摩的诗歌注重音韵的协畅和段式的整饬，追求和谐的音乐效果。如《雪花的快乐》，通过后鼻音韵母的运用，读起来给人一种行云流水之感，增强了诗歌的音乐美感。

第三，语言优美，富有变化。徐志摩的诗歌语言清新优美，句式灵活多变。他善于使用叠字、叠句等手法来增强语言的表现力和节奏感，使得诗歌更加生动和富有感染力。

第四，抒情性强，情感真挚。徐志摩的诗歌常常表达个人的情感世界，尤其是对爱情的真挚追求。例如，《雪花的快乐》表达了他对陆小曼的深情厚谊，诗中以"雪花"自比，表达对陆小曼的追慕之情，这种情感真挚而热烈。

第五，意境悠远，风格新奇。他的诗歌不仅在形式上追求创新，在内容上也力求突破传统束缚，表现出独特的艺术风格。

第六，融合中西传统诗歌的优点。徐志摩从中国和英国的传统诗歌中汲取灵感，创造出一种"抒情性的融合"，使得他的诗歌既有东方的含蓄内敛，又有西方的直接表达。

后期新月派仍然坚持诗歌超功利、自我表现的"纯诗"立场。如徐志摩的抒情诗《我不知道风是在哪一个方向吹》。低落的情绪和艺术上的追求在后期新月派诗歌那里扭结在一起，成为后期新月派诗歌的重要特征。后期新月派坚持主张本质的纯正、技巧的周密和格律的谨严，但对格律的态度有所不同。

2. 臧克家

臧克家（1905—2004），是中国现代杰出的诗人和作家，出生于山东潍坊诸城。他曾任《诗刊》的主编，并以其深刻的作品影响了整个文学界。臧克家的创作生涯跨越了多个重要历史时期，他的作品不仅反映了中国社会的变迁，也深刻地描绘了人性的各种面貌。

"臧克家在诗歌创作的生涯中，吸取了中国古典诗歌的传统表现技巧，十分讲究修辞艺术。"[①] 诗歌大众化和后期新月派诗歌纯诗化的张力，发展出了臧克家的现实主义诗歌，以及结合象征诗派更进一步发展而成的现代主义诗歌。臧克家在诗歌艺术形式上取法闻一多，在20世纪30年代的文坛上独树一帜。他的诗歌关注生活在中国社会最底层的人民。臧克家推崇苦吟，常常有经过不断磨砺而闪闪发光的句子。他的诗歌《难民》，用意象之间的连接取代说明，把情感和倾向隐藏在意象转喻之中，同时讲究形式，讲究节奏韵律，是臧克家诗作中的代表。

3. 戴望舒

1927年，戴望舒创作的《雨巷》是现代诗派的先声，1932年，施蛰存主编的《现代》杂志是现代诗派形成的标志。此后戴望舒主持《现代诗风》（1935年10月创刊），戴望舒、卞之琳、梁宗岱和冯至主编《新诗》月刊（1936年10月创刊）。它们的先后出版代表中国现代主义诗歌进入一个鼎盛时期。现代诗派的诗人除了戴望舒、施蛰存、何其芳、李广田、林庚、徐迟等人之外还有卞之琳、孙大雨和陈梦家等。

现代诗派中最重要的诗人戴望舒，深受魏尔伦、果尔蒙和耶麦等法国象征主义诗人影响。《雨巷》是其初期象征主义诗歌的代表作。但戴望舒很快开始反省《雨巷》这种富于形式的诗歌，开始探索现代主义的诗歌艺术。戴望舒抛弃形式

①马小燕. 臧克家诗歌修辞探微 [J]. 宿州教育学院学报，2009，12（04）：35.

主义的诗歌原则，开始寻找"最合自己的脚的鞋子"，推动新诗形式化和散文化的方向。被戴望舒自己称为"我的杰作"的一首诗《我的记忆》，可以说是他在这个方向的一个代表。这首诗将"记忆"称为寂寥时的密友，用一系列具体可感的日常生活事件作为记忆的载体，呈现它的音容笑貌和言谈举止。它到处存在，"在燃着的烟卷上""在绘着百合花的笔杆上""在喝了一半的酒瓶上""它是胆小的，它怕着人们的喧嚣，但在寂寥时，它便对我来做密切的访问"……这首诗摆脱了韵律节奏的外在束缚，从平凡的生活中写抽象的事物，扩大了诗歌的表现能力。

4. 其他诗人

现代诗派重要的还有"汉园三诗人"，即卞之琳、李广田和何其芳，因 1936 年三人出合集《汉园集》而得名，其中卞之琳是他们三人当中在 20 世纪 30 年代最有影响的诗人。卞之琳醉心于新诗技巧与形式试验，受到西方现代主义的广泛影响，如波德莱尔、艾略特、里尔克、魏尔伦和叶慈等，也受到徐志摩等后期新月派以及戴望舒等诗人的影响。他主张情与理、智与象的融合，其代表作《距离的组织》《旧元夜遐思》《尺八》《断章》等诗善于从日常生活现象进行哲学的探索。《断章》这首诗通过对"风景"这一常见物象的感悟，探讨主客体关系的相对性。卞之琳的诗作开创了新诗的戏剧性情境，并将之与传统诗歌的"意境"相结合，追求"诗的非个人化"。卞之琳这个时期的诗作可以说承继了后期新月派"抒情客观化"的主张，也开启了 20 世纪 40 年代穆旦等诗人的现代主义诗歌创作潮流。

20 世纪 30 年代，现代派诗人中比较重要的还有废名和林庚等。废名诗歌的内在精神是中国的诗禅传统。他的诗《街头》看似意识流动，但更类似禅语。林庚试图将现代语言和传统诗歌形式结合，寻求诗歌的新格律，他的诗集《北平情歌》是这方面的代表作。

（二）大众化诗歌

1932 年 9 月，为推进诗歌艺术的大众化，中国诗歌会应运而生，其宗旨在于将传统文学中高度"文学化"的诗歌形式转化为更贴近民众的表达方式。当时的学者期望诗歌能融入民间，成为大众传唱的歌谣。中国诗歌会所引领的诗歌潮流，不仅注重形式上的通俗化，还坚守现实主义的创作原则。该会汇聚了众多诗人，作品丰富多样，形成了强大的诗歌力量。其中，穆木天、任钧、蒲风等诗人尤为突出，而蒲风的诗歌成就尤为显著。

蒲风的诗作《我迎着风狂和雨暴》便是一个很好的例子，它以平实易懂的语言表达了深沉的情感，使广大民众能够轻松理解和接受，进而广泛传诵。诗人在诗中巧妙地运用了象征手法，不仅丰富了诗歌的内涵，还增强了其表现力。这首诗充分展示了蒲风作为一位诗人所肩负的社会责任感和艺术追求，同时也映射出当时中国社会的历史变迁和文化氛围。

大众化诗歌以其直白、奔放的特点，鼓励读者大声朗诵、共同呼唤，而非仅限于个体的阅读、沉思或低吟。这种诗歌形式旨在激发民众的共鸣，共同感受诗歌所传达的情感与力量。

二、1927—1937 年散文的发展

（一）杂文

杂文作为新文学的重要分支，是现代知识分子针对其时代背景下的社会、思想与文化现实作出的即时反馈与深刻洞察。在 20 世纪 30 年代，杂文创作的主流趋势由那些热衷于杂文创作的作家及其具有鲜明时事性和战斗性的作品共同塑造。

鲁迅先生无疑是杂文创作的杰出代表，他的杂文以其独树一帜的诗学特色、深邃无比的思想内涵以及广泛深远的社会影响力，成为了难以企及且无法超越的典范之作。鲁迅认为杂文是用文字表情达意的最好工具，没有什么文体能够限制鲁迅杂文的自由创造性，在生命最后的十年里，鲁迅将大部分的心血都倾注在杂文的创作上。他的杂文对中国社会思想文化和生活的回应让其成为一部活的中国人的"人史"。鲁迅杂文体现出作家在"反常规"的"多疑"思维之下的深刻洞见，发掘中国人人性的深处。

在鲁迅的影响下，涌现出一批杂文家，如唐弢、徐懋庸、聂绀弩等人。20世纪 30 年代的杂文记录了一个极度矛盾复杂年代的历史，尤其是鲁迅的杂文，是鲁迅将个人的心血与时代交融在一起而形成的时代诗学。

（二）小品文创作

透过杂文人们可以看到作家们与时代的搏斗，但也有许多作家不愿意甚至放弃斗争性的文字转而从事幽默闲适的小品文创作。林语堂于1932年9月创办《论语》半月刊，后来又创办《人间世》和《宇宙风》，号称"宇宙之大，苍蝇之微，皆可取材"。追求散文的幽默闲适，刻意与社会保持超远距离，用看客的心态来观看中国，而且特别强调幽默与讽刺的区别，引来一部分作家们的批评，但却得到周作人的喜欢。京派散文家除了周作人、俞平伯和刘半农等，还有一拨刚刚成长起来的年轻人，他们以何其芳、李广田等人为代表。《画梦录》是何其芳早期散文的代表作。这部情绪与意象带有些颓唐风味的散文集在1936年获得了《大公报》文艺奖。何其芳的散文是一个孤独的青年人的独语，内心充满诗情画意，辞藻华丽，抒情气息浓郁，依靠幻象来建构一种独语的文体。《画梦录》塑造出了一个美丽而哀伤的纤弱自我形象。李广田著有《画廊集》《银狐集》和《雀蓑集》等散文集。他的散文如同与故旧叙谈，亲切而含蓄，常讲述故乡山东的平常人事，通过对乡村生活细节与片段的叙述，发现乡土乡情，体悟人生，读来别有一种风味。

（三）开明同人的散文

在杂文、论语派幽默小品文和京派抒情小品之外还有开明同人的散文。从浙江上虞的春晖中学，到匡互生等离开春晖中学到上海创办立达学园，再到后来立达同仁创办开明书店，以叶圣陶、夏丏尊和丰子恺等作家为主要代表，逐渐形成了一个较为松散的开明作家群。这些作家大多从事中学教育事业，他们坚守启蒙主义立场，不参与文坛是非。他们的散文受到作家自身常年从事中学教育事业的潜在影响，创作多从身边取材，注重人格教化，讲求文章修养，但每位作家风格也各有差异。夏丏尊在工作之余创作的散文多收入《平屋杂文》，《白马湖之冬》《钢铁假山》和《猫》等是其代表作。他的散文在平凡琐事之中贯彻人生真理，长于记叙，文章构思严谨，文笔老练。丰子恺散文主要收在《缘缘堂随笔》《随笔二十篇》和《缘缘堂再笔》等集子当中。他的散文细腻而含有哲理趣味。丰子恺在大自然、艺术中发现美与善，此类散文展现出佛家思维与悲悯情怀，传达出积极达观的人生姿态。

（四）游记文学

游记文学有悠久的传统，新文学中的游记散文也在 20 世纪 30 年代兴盛起来，出现了一批有较大社会影响的作品。

朱自清的欧洲访学之行留下了《欧游杂记》和《伦敦杂记》，文章朴素而见功力。《欧游杂记》详细描绘了所到欧洲诸国的历史文化和自然风光，《伦敦杂记》描写了伦敦各处景点和人物。李健吾的意大利之行留在了《意大利游简》之中。李健吾用亲切叙说的笔调向读者讲述了自己在意大利各地游览的经历和见闻。此外还有郑振铎的《欧行日记》、胡愈之的《莫斯科印象记》和刘半农的《欧游回忆录》等作品。除了"欧游"之外，也出现了许多国内游记散文，其中最重要的代表是郁达夫的相关作品。郁达夫和王映霞 20 世纪 30 年代初回到浙江，一时游踪遍及江南各处，留下了《屐痕处处》《达夫游记》等散文集，其中以《钓台的春昼》和《感伤的行旅》等为上。《钓台的春昼》以游踪为线，渗透着作家内心的不平，文章结构整饬严谨，条理清楚，语言精练，是现代文学史上游记散文不可多得的佳作。

三、1927—1937 年小说的发展

1932 年 4 月，借着为湖风书局重印阳翰笙小说《地泉》三部曲重版作序的机会，瞿秋白、茅盾、郑伯奇和钱杏邨等人转向较为注意现实主义和文学特性的创作方法，给纠正普罗文学的偏向起到了一定作用。

（一）社会剖析派小说

1927 年，茅盾回到上海开始了文学创作。1927 年 9 月，《蚀》三部曲的第一部《幻灭》发表时，作者第一次使用了"茅盾"这个笔名。这既是作者的处女作，也是成名作，包含三个连续的中篇小说：《幻灭》《动摇》《追求》。

以茅盾为代表的作家开创了 20 世纪 30 年代"社会剖析派"小说创作潮流。运用阶级分析的方法，通过对社会生活的研究、分析、提炼和加工来开拓小说的历史和社会内容，塑造典型环境下的典型人物，具有宏伟的结构和客观的叙述，

这类小说将阶级性和时代性、真实性融会在一起，形成鲜明的特色。茅盾在《子夜》中大规模地描写中国社会现象，通过农村和城市两者发展的对比，反映出中国当时的整个面貌。"社会剖析派"小说以茅盾创作的《子夜》、"农村三部曲"《春蚕》《秋收》《残冬》等作品为代表，与之同属一类的还有叶紫的小说《丰收》《电网外》，蒋牧良的《三七租》，吴组缃的《西柳集》和《饭余集》中的作品等。社会剖析派是文坛上一支重要的力量，对中国现实主义小说起着举足轻重的作用。

同时，还出现了一批擅长于社会讽刺小说的作家，如张天翼、蒋牧良、沙汀、周文等。对人物性格和阶级特征的讽刺性描写则是其最为显著的特征。张天翼是 20 世纪 30 年代"最富才华的短篇小说家"。他的小说《包氏父子》《脊背与奶子》和《清明时节》等刻画了包氏父子、长太爷等性格鲜明的人物形象。

（二）"东北作家群"小说

"东北作家群"也是 20 世纪 30 年代非常具有代表的一批人群，他们主要是一些青年作者，如萧红、萧军、端木蕻良、舒群、骆宾基、李辉英等。萧红的《生死场》、萧军的《八月的乡村》、端木蕻良的《鹭鹭湖的忧郁》、舒群的《没有祖国的孩子》、李辉英的《最后一课》，以及楼适夷的《S. O. S》等对 20 世纪 30 年代前后东北人民广阔复杂的生存状态进行了全方位的描写。他们的小说有一种浓郁的眷恋乡土的爱国主义情绪和粗犷的地方风格，用东北广袤的黑土，铁蹄下不屈的人民、高粱，构筑成了东北主题。其中萧红和端木蕻良等的小说在抒情、讽刺和心理等方面的探索尤为后世所称道。

（三）京派海派小说

1933 年，京沪两地作家发生论争。京派海派论争从地域的角度切入对当时文学和文坛的看法，给后世文学研究者提供了重要的思考角度。京沪两地的作家，常常都被纳入京派和海派之中。虽然很多重要作家并不能用京派、海派这样的流派来限定，但京派和海派也的确能够在一定程度上概括两地文学的不同精神风貌。

1. 京派小说作家

"京派"作家指的是20世纪20年代末到30年代居留或求学于以北京为中心的北方城市，坚守自由主义立场的作家群体。他们强调文学是作者感受的强烈表现，有意识地让文学与政治保持一定距离，将人生理想寄予自然美、人性美之中，以与现实丑恶相对抗。

"京派"的基本成员是文学研究会、新月派中没有南下的"文化精英"。其盟主是周作人，精神领袖为胡适。周作人不再呼唤"平民文学"，而主张文学应静穆、超远、闲适。朱光潜《说"曲终人不见，江上数峰青"》强调了人生的艺术化，他的这种审美趣味则被京派文人普遍地传承。京派作家群中人才济济。诗歌和散文方面的代表作家有周作人、俞平伯、何其芳、李广田、卞之琳等，小说方面的代表作家有废名、沈从文、凌叔华、林徽因、萧乾等，文艺理论方面的代表人物有梁实秋、朱光潜、李健吾、李长之等。京派作家的成就主要集中在小说方面，其中的废名被称为是京派小说最早的作家，沈从文被公认为"京派第一人"。

京派作家都是很自由的，各自的写作路线和风格不尽相同，但创作精神和审美追求有相对的一致性，那就是艺术独立意识的增强和政治意识的淡化。按照严家炎《中国现代小说流派史》的分析，京派小说的共性主要表现在：

（1）立足描写乡村，着力赞颂原始的人性美和人情美。的确，沈从文笔下的人物，无论是农民、士兵、猎人、水手、土娼、工匠、青年男女，都是淳朴、真挚、热情、善良、守信用、重情感的，显示了一种原始的人性美和人情美。京派小说里有许多反映儿童生活的题材，歌颂了童真美，如废名的《竹林的故事》，凌叔华的《小哥儿俩》《搬家》，沈从文的《福生》《三三》，萧乾的《俘房》等。

（2）使用多种艺术手法，强化小说的抒情意境，散发着浪漫主义气息。京派小说以抒情写意最为见长，他们的代表作里抒情成分相当突出，有的简直就是小说体的诗。20世纪30年代，沈从文便有"文体作家"之称。

（3）从审美追求来看，京派小说的总体风格是平和隽永的。这是与京派作家选择题材、艺术表现相关联的。注重描写田园风光，着意渲染牧歌情调。在沈从文、凌叔华、萧乾、汪曾祺的小说里，温馨的牧歌情愫随处可见。

（4）无论是小说的叙述语言，还是人物的对话语言，都具有简约、古朴、活泼、明净的特色。京派作家都不同程度地接受过欧美文学语言的影响。废名、凌叔华、萧乾曾直接诵读过不少英语作品，沈从文、汪曾祺也通过翻译作品，大量接触外国文学。在创作实践过程中，他们都尝试以欧化语言、现代派语言写小说，但是，他们的代表作在吸收欧美文学语言长处的同时，都出色地运用了民族的白话语言，显示了较高的中国文学素养。

2. 海派小说作家

海派，指的是从广义上讲的寄居在上海等南方城市的作家群。代表人物有两类：

（1）以张资平、叶灵凤、曾虚白等为代表，他们以都市青年男女的种种爱情纠葛为题材，传承了鸳鸯蝴蝶派专写才子佳人的传统，又注入了上海滩腐朽堕落的生活气息。

（2）以刘呐鸥、穆时英、施蛰存等为代表，他们被称为新感觉派，他们的小说彻底打破了封建宗法秩序，以开放的都市为背景，着重表现在金钱腐蚀下的畸形人性和堕落生活。实际上，人们所理解的海派，在狭义上指的就是新感觉派小说，有人简称其为现代派小说，也有人称其为洋场小说。

（四）老舍和巴金的小说

1. 老舍

老舍在创作上也常表现出不苟时尚的自足心态。通过对北京市民日常生活全景式的风俗描写，老舍的创作表现出对"老中国儿女"国民性的强烈关注。这首先表现在他对北京市民世界的书写。他的众多小说几乎包罗了北京现代市民阶层生活的方方面面，展现出百科全书式的知识场景。与之相应的是老舍小说的"京味"。

"京味"作为一种风格，包括作家对北京特有风韵、独具的人文景观的展示以及展示中所注入的文化趣味。这种"京味"除了北京风俗人情，还有北京文化中那种体面、精巧、懒散与懦弱等元素对人物形象塑造的渗透。

2. 巴金

巴金的创作经历和思想发展，鲜明地体现出新文化影响下的中国一代知识分子求索、奋进、彷徨、突围的心路历程。巴金的文学是他倾诉自我的一种言说方式——有感情必须发泄，有爱憎必须倾吐。他通过自我倾诉，文学建构起作者自身的主体人格形象。巴金主张文学的最高境界是无技巧，是文学和人的一致，就是说要言行一致，作家在生活中做的和在作品中写的要一致，要表现自己的人格，不要隐瞒自己的内心。

巴金 1928 年回国后奔波于京沪闽粤等地，创作了大量文学作品。这些作品能够映现出青年巴金的精神肖像。直到 1935 年担任文化生活出版社总编辑，巴金才开始结束动荡与漂泊。巴金在 20 世纪 30 年代的主要代表作是"爱情三部曲"（即 1931 年《雾》、1933 年《雨》、1935 年《电》三部中篇的合称）。他对传统大家庭在现代思想冲击之下内部矛盾的展现让几代中国读者为之倾心。

四、1927—1937 年话剧的发展

1930 年 8 月 23 日，上海艺术剧社、摩登社、复旦剧社、南国社等联合成立中国剧团联盟，不久改名为中国戏剧家联盟，简称"剧联"。"剧联"通过精心策划与组织，成功地将盟员安插至大道剧社等各个剧团中，这些盟员在剧团中扮演了举足轻重的角色。经过一系列的努力与协调，最终促成了上海剧团联合会的成立，为剧团的繁荣与发展奠定了坚实的基础。

"剧联"的《最近行动纲领》规定该联盟深入都市无产阶级的群众当中，采取本联盟独立表演、辅助工友表演和本联盟与工友联合表演三种方式以领导无产阶级的演剧运动，还规定该联盟所采取的演剧形式，以工人群众的知识水准能够充分理解、欢迎为原则。"剧联"还积极组织戏剧讲习班，推动学校演剧运动以及联合各小市民小店员剧团组织业余演剧运动，并通过共产党和赤色工会在 1931 年组织了第一个蓝衫剧团。这一时期的代表剧作家及其作品如下：

第一，田汉及其话剧作品。田汉是 20 世纪 30 年代戏剧最重要的代表人物之一。田汉在 20 世纪 30 年代创作了许多新的剧本，作品的形态和风格发生了和早期不同的变化。他的一些作品以底层群众的命运与反抗为主题，还有一些反映的是爱国主义的内容。田汉在 20 世纪 30 年代最重要的两部作品为《乱钟》和《回春之曲》。

第二，洪深及其话剧作品。洪深在 20 世纪 30 年代初同样积极投身戏剧事

业。"农村三部曲"是洪深转向之后的最重要作品。"农村三部曲"包括独幕剧《五奎桥》（1930）、三幕剧《香稻米》（1931）和四幕剧《青龙潭》（1932）三部作品。这三部作品以江南农村为背景，展示了20世纪二三十年代中国农村社会经济凋敝的现实和农民的苦难遭遇，以及他们逐渐觉醒的历史过程。洪深的这三部剧作受到"剧联"作家概念先行的影响，虽然演出在观众中获得强烈反响，但也为剧评家们所批评，认为其作品形象化得不够，太机械地处理了题材，表现出一种"机械的现实主义"的倾向。

第三，夏衍及其话剧作品。夏衍的主要剧作有《上海屋檐下》和《赛金花》等。夏衍的作品具有鲜明的现实针对性与政治倾向性。《上海屋檐下》这部话剧的故事发生在上海一处普通弄堂房子里。夏衍构思独特之处在于通过这幢房子的横截面让观众了解五户人家一天的经历，在舞台艺术上是一个大胆的创新。在黄梅雨季气压多变的气候里，作家对这一群体的刻画，展现了这些人物的各种生活处境和精神面貌。夏衍擅长通过平凡生活表现时代感，在气氛的调度与情节的处理上都十分细腻和精巧，对小人物性格的塑造和内心活动的描绘十分突出，虽说仍然有概念化的一些毛病，但仍不失有自己鲜明的艺术风格。

第四，熊佛西及其话剧作品。熊佛西在河北定县推行的"农民戏剧实验"也是20世纪30年代的重要戏剧运动之一。熊佛西是北方剧坛的泰斗，他坚持戏剧改造人生的理念，主张戏剧是组织民众最有力量的艺术，不过他的戏剧观众是占全国大多数的农民群众。熊佛西为开展农民戏剧实验到定县乡村，和无产阶级戏剧相对应，他将自己的戏剧实验称为"戏剧大众化实验"。熊佛西从剧本、剧团、舞台、剧场和演出等戏剧的多个方面展开实验。他强调戏剧的观众是农民，应该提供农民能够接受和欣赏的剧本。熊佛西主张培养农民演员，他训练过十几个农民剧团，并重点培养两个农民实验剧团。熊佛西还主张建立适应农民戏剧要求的露天剧场，经过自己的精心设计，使之能够成为农村教育文化活动中心。

第五，唐槐秋及其话剧作品。与农民戏剧实验有些不同，唐槐秋的中国旅行剧团代表着话剧职业化发展方向。1933年创办的"中旅"是中国现代话剧史上坚持时间最久、演出场次最多、演出范围最广的剧团。"中旅"在剧作家那里购得演出权，然后与剧场签订演出合同，把剧团置于市场之下去选择剧本和剧场，迫使剧团去选择优秀剧本。"中旅"从诞生到结束的十几年里演出了《名优之死》《第五号病室》《群莺乱飞》《洪宣娇》《武则天》《赛金花》《压迫》《雷雨》《日出》等话剧史上的名作。市场化也迫使"中旅"改革剧团的组织与管理，唐槐秋改变"爱美剧"的小剧场做法，选择大剧院和巡回演出相结合的方式，注重媒体宣传。

此外，市场化也促使剧团努力培养演员。"中旅"对中国话剧史的一大贡献就是培养了大批优秀的话剧人才。"中旅"以排戏严格著称，早期排演一个戏，往往耗费百日以上。正因为强调精心打磨、磨砺表演艺术，"中旅"演员名单上可以列上戴涯、舒绣文、白杨、石挥、蓝马、孙道临、姜明等杰出者的名字。

20 世纪 30 年代，"中旅"最辉煌的演出是曹禺的《雷雨》和《日出》。1934 年 7 月，《文学季刊》第 1 卷第 3 期上发表了清华大学西洋文学系学生曹禺的剧本《雷雨》。曹禺的《雷雨》在不到 24 个小时的叙述时间内讲述了一个传统家庭 30 余年的故事。该剧本讲述的故事时间是从早上开始到午夜，完全符合西方古典戏剧三一律对时间限制在一天内的要求。这部剧作以周、鲁两家为核心展开，每家四人，人物之间关系复杂，戏剧冲突集中而尖锐，有 19 世纪西方"佳构剧"的一些特点。《雷雨》是曹禺的剧本处女作，也是中国话剧史上最重要的作品。唐槐秋慧眼识珠，第一个将其搬上舞台并获得巨大成功。"中旅"剧团戴涯饰周朴园，唐槐秋女儿唐若青饰鲁侍萍，赵慧深饰繁漪，陶金饰周萍，皆为一时之选。排演过程中曹禺亲加指点，正式在天津公演时，盛况空前，好评如潮。"中旅"的演出让曹禺十分满意。"中旅"又将《雷雨》搬到上海卡尔登剧院演出，公演长达半月之久。

"中旅"公演《雷雨》为曹禺和剧团都赢得了声誉，成为职业剧团、剧作家和剧院合作的一个典范，推动了 20 世纪 30 年代话剧剧团的职业化。《雷雨》的成功也很快让"中旅"拿到了曹禺的第二部剧本《日出》的公演权。

总之，现代文学的繁荣并非单纯文学自身发展的产物，而是与社会变革、文化政策、教育普及等多方面因素相互作用的结果。政府对于文学创作的支持和鼓励政策，为文学创作者提供了资金和荣誉上的奖励。同时，政府通过教育推广和公共图书馆建设等措施，进一步促进了文学作品的广泛传播与接受。

第三节　现代文学的发展期（1937—1949）

一、文学多地域、多元化、大众化发展

（一）发展阶段的文学发展意义

在现代文学的发展阶段（1937—1949），文学创作深受民族解放意识和人民解放意识的影响，呈现出多地域、多元化和大众化的特点。这一时期的文学作品，既体现了对民族独立和人民自由的渴望，也展示了不同地域文化的交融与碰撞，同时以更为广泛和深入的方式反映了人民群众的生活和情感。

第一，发展期的现代文学呈现出了一种对传统文化的反思和批判。在这一时期，中国正处于社会变革的浪潮中，传统文化面临着巨大的挑战。许多作家开始反思传统文化的束缚，批判其中的封建思想和旧道德观念。他们通过文学作品，揭示了传统文化中的种种弊端，呼吁人们摒弃旧有的观念，追求自由、平等、民主的新文化。这种反思和批判的精神，成为现代文学的一个重要特性。

第二，发展期的现代文学呈现出了一种对现实的深刻关注。在这一时期，中国社会正面临着巨大的变革和挑战，作家们对现实社会的问题给予了极大的关注。他们通过文学作品，揭示了社会的黑暗面，批判了社会的不公和不平等。同时，他们也关注人民的疾苦和呼声，呼吁社会关注底层人民的命运。这种对现实的深刻关注，使得现代文学具有了强烈的社会责任感。

第三，发展期的现代文学呈现出了一种对个人命运的关注。在这一时期，许多作家开始关注个体的命运和价值。他们通过文学作品，揭示了个体在社会变革中的困境和挣扎，探讨了个体与时代的关系。这种对个人命运的关注，使得现代文学具有了深刻的人文关怀。

第四，发展期的现代文学呈现出了一种对文学形式的探索和创新。在这一时期，许多作家开始尝试新的文学形式和表现手法。他们借鉴了西方文学的现代主义和后现代主义手法，探索了文学的新可能性。这种对文学形式的探索和创新，

使得现代文学具有了丰富多样的艺术风格。

第五，发展期的现代文学呈现出了一种对文学语言的探索和创新。在这一时期，许多作家开始尝试新的文学语言和表达方式。他们借鉴了西方文学的现代主义和后现代主义语言，创造了一种新的文学语言。这种对文学语言的探索和创新，使得现代文学具有了独特的语言风格。

第六，发展期的现代文学呈现出了一种对文学主题的拓展。在这一时期，许多作家开始关注新的文学主题，如现代都市生活、人性探索、个体成长等。这种对文学主题的拓展，使得现代文学具有了更广泛的关注范围。此外，现代文学的发展期还呈现出了一种对地域文化的关注。在这一时期，许多作家开始关注地域文化，将地域文化融入文学创作中。他们通过文学作品，展示了地域文化的独特性和魅力，使得现代文学具有了鲜明的地域特色。

（二）发展阶段的文学形式及特性

1. 1937—1949 年诗歌的发展

（1）诗歌朗诵。诗歌朗诵运动由中国诗歌会首先提倡，但由于主客观条件的限制，当时主要还限于理论上的探讨，未能付诸实践。诗歌朗诵活动最先从武汉开始，起因是在鲁迅先生逝世两周年纪念会上朗诵了柯仲平和高兰的诗。于是在武汉的街头、集会和电台上，出现了大量的诗歌朗诵节目。武汉之后，重庆也出现了诗歌朗诵运动的高潮，并一度影响到延安、昆明等地。

（2）街头诗。街头诗，也称墙头诗、传单诗、岩头诗等，是一种紧密配合现实斗争、具有宣传鼓动作用的诗歌形式。这些诗歌一般采用街头张贴、传单散发等形式流传。

（3）代表性诗人。这一时期的诗歌创作具有鲜明的时代特性，诗人以强烈的忧患意识和民族使命感，关注民族命运和人民疾苦。代表性诗人如下：

第一，艾青（1910—1996），代表作品有《我爱这土地》（1938）、《北方》（1942）等。艾青的诗歌具有鲜明的现实主义风格，关注民族命运，表达了对祖国和人民的深厚感情。

第二，戴望舒（1905—1950），代表作品有《雨巷》（1933）、《我用残损的手掌》（1942）等。戴望舒的诗歌以抒情见长，具有浓厚的象征主义色彩。

2. 1937—1949 年报告文学的发展

报告文学在这时作为一种新兴的文学体裁，具有活泼、敏捷和富有战斗性的特点，能够将当前生活中发生的事件，通过形象的手段迅速地反映出来，满足人民大众的需要。因此，在当时各种报纸杂志广泛地登载报告文学作品，成为一时的风尚。报告文学的写作者，很多是第一次从事创作的青年作者，他们有饱满的热情，有一定的生活实践，但对生活的观察不深刻，不善于运用艺术手段，往往只凭着个人的直观印象和片段经验进行创作。

3. 1937—1949 年散文的发展

在 1937 年至 1949 年这段动荡的时期，中国散文创作经历了显著的发展，呈现出真实、自然、质朴的特点，并密切关注现实生活和社会矛盾。这一时期的散文不仅是一种重要的文化传播手段，而且体现了多样化的形式。代表性的作家包括何其芳、缪崇群、丽尼和陆蠡等。他们在 20 世纪 30 年代中国现代抒情散文领域取得了长足的进展，此期进入了一个潜心创造、锤炼和完善散文艺术的发展阶段。

（1）何其芳的《刻意集》（1938）。这部作品体现了何其芳对散文艺术的深刻理解和独到见解。

（2）缪崇群的《废墟集》（1939）。这部作品反映了作者在白色恐怖笼罩下的迷茫和苦闷。缪崇群的作品通常涉及个人内心的探索和孤独感的表达，他的散文以其清新的形式和笔调而著称，在现代中国散文史上占有重要地位。

（3）丽尼的《白夜》（1937）。丽尼的这部作品体现了他对诗一样散文的独到理解。他的创作生涯集中在 1928 年至 1937 年间，以写诗一样的散文知名于世。《白夜》是他众多散文集中的一部，展现了丽尼独特的艺术风格和对内心世界的深刻探索。

（4）陆蠡的《竹刀》（1938）。陆蠡的散文感情厚实，文字凝重，他的作品通常探讨孤独和寂寞的主题。在《竹刀》中，陆蠡继续展现他对乡野生活的深刻理解和艺术表现，体现他对散文艺术的深刻理解和独到见解。

4. 1937—1949 年小说的发展

（1）茅盾。代表作品有《腐蚀》（1941）。茅盾的小说具有鲜明的现实主义风格，关注社会变革和民族命运。

（2）老舍。代表作品有《茶馆》（1957）。老舍的小说以幽默、讽刺见长，关注社会底层人物的生活。

（3）巴金。代表作品有《春》（1938）。巴金的小说以真挚的情感、深刻的思想内涵和独特的艺术风格著称。

（4）张爱玲。代表作品有《金锁记》（1943）。这部作品被夏志清赞誉为中国最伟大的中篇小说之一。小说聚焦女性心理，描绘曹七巧在传统与现代冲突中的挣扎与毁灭。张爱玲通过小说展示了传统与现代交织下的人与社会，为我们提供了透视20世纪40年代社会的另一视角。在技巧上，她融合传统古典小说与西方现代派小说的叙述手法，实现了传统与现代、通俗与先锋、中与西的完美融合，对港台文学产生了深远影响。

（5）钱锺书。《围城》创作于1944—1946年，是钱锺书唯一的长篇小说，也是其文学创作的巅峰之作。这部小说在表面层次上延续了"新儒林外史"的风格，但深入剖析后，它不仅批判和揭露了"新儒林"的弊端，更通过展示新型知识分子在中西文化冲突中的困境，反思和审视了中国传统文化的价值与地位。此外，小说还以方鸿渐的人生经历为线索，描绘了一幅生动的社会画卷，展现了转型时期中国文化的断裂、错位、颠倒与冲突，具有喜剧色彩和流浪汉旅程的韵味。

5. 1937—1949年通俗文学的发展

通俗文学广泛采用京剧、地方戏、鼓词、快板、相声、数来宝、山歌等艺术手法，形式丰富多样，几乎囊括了所有旧有表现形式。随着武汉的《七日报》《大众报》和成都的《星芒报》《通俗文艺五日刊》等一批专门刊载通俗文学的报刊的涌现，通俗文学的影响力逐渐扩大。同时，一些致力于推动通俗文学发展的社团也应运而生。在这些因素影响之下，通俗大众读物迅速流行，其作者队伍不仅包括了专业作家，还广泛吸纳了戏曲工作者和民间艺人。老舍先生在这一领域的贡献尤为显著，他的通俗文艺作品主要收录在《三四一》一书中。他巧妙地运用了民间文艺活泼诙谐的特点，进行了富有成效的尝试。此外，他还借助数来宝、河南坠子等形式创作通俗文艺，这一实践在新的历史条件下推动了文艺大众化进程，为解决长期困扰现代文学史的文艺大众化问题提供了宝贵的经验教训。

二、文学转折的标志性事件

1949 年，中华人民共和国的成立宣布了一个新的文学时代的到来，"十七年"文学由此拉开了序幕。中华人民共和国成立以后，新的文学体制逐步建立起来，包括文艺方针和政策的制定，作家的组织管理，文学作品的出版发行，文学批评的原则和规范的确立与实施等，它们共同构筑了中华人民共和国文学的时代规范。

1949 年 7 月，中华全国文学艺术工作者代表大会（简称第一次文代会），在北平①举行。第一次文代会的召开是文学转折的标志性事件，参加会议的正式代表和被邀请的非正式代表共计 824 人，这次会议明确了今后文艺工作的方针与任务，对文艺事业的发展产生了深远的影响。在会议中，茅盾、周扬等文艺界领导人也发表了具有针对性的报告。

第一次文代会在文学史上有着重要的地位，国家领导人和文艺界领导的发言都对 20 世纪 40 年代不同区域的文艺创作的成就进行了等级性的划分和认定。在"十七年"文学中，不同的文学观念、创作追求之间的矛盾和问题仍然存在，甚至在某些时候冲突还会非常激烈，这也就造成了中华人民共和国成立后文坛不断"起伏"的状况。

文学转折并不意味着文学是一个零的开始，文学本是在多种文学传统的背景下起步的，而从各种文学传统中摄取养分也是它发展的必然前提。

总之，第一次文代会是在以制度的力量规范现当代文学的思想与艺术②，使我国文学在题材类型、语言形式、创作方法、审美风格等方面，可以更充分地保证作家发挥个人才能，获得自由创造的广阔空间。

---

①北平是北京的旧称之一。"北平"一词，最早源于战国时燕国置右北平郡。
②第一次文代会之后，很快就成立了全国性的文艺界组织——中华全国文学艺术界联合会，1953 年改名为中国文学艺术界联合会。全国文联下属的各协会，也都在此次会议之后陆续成立。其中最重要的协会组织是中华全国文学工作者协会，1953 年 9 月改名为中国作家协会。

第二章 当代文学的分期探索

第一节 新时期文学（1949—1976）

1949—1976 年，中国文学经历了翻天覆地的变化，这一时期的中国文学可以大致分为两个阶段：1949—1966 年的"十七年"文学，以及 1966—1976 年的"文化大革命"期间的文学。

一、"十七年"文学（1949—1966）

"十七年"文学是指从 1949 年中华人民共和国成立到 1966 年无产阶级"文化大革命"开始这一阶段的中国文学历程。这一时期的文学塑造了一系列的英雄形象，反映了人民对新生活的向往。

（一）"十七年"文学的诗歌发展

1. 诗歌的传统传承

诗歌作为一种古老而悠久的文学形式，承载着人类文明的历史与文化。从古代的《诗经》到唐宋诗词，再到现代的自由诗，诗歌的传统在中国文化中扮演着举足轻重的角色。诗歌传统的继承，不仅是对古典诗词的保存与传承，更是对现代诗歌创作的影响与启示。诗歌传统的继承，首先体现在对古典诗词的尊重与传承。古典诗词是中国文学的瑰宝，具有丰富的内涵和独特的艺术魅力。从《诗经》的"关关雎鸠，在河之洲"，到唐诗的"床前明月光，疑是地上霜"，再到宋词的"明月几时有，把酒问青天"，古典诗词以其优美的语言、深邃的意境、独特的韵律，成为中国文化的重要组成部分。对古典诗词的传承，不仅是对古代文化的尊重，更是对人类文明的传承。

诗歌传统的继承，还体现在对现代诗歌创作的影响与启示。现代诗歌在形式和内容上都有很大的创新，但仍然摆脱不了古典诗词的影响。现代诗歌的形式，如自由诗、散文诗等，都是在古典诗词的基础上发展起来的。而现代诗歌的内容，如爱情、自然、人生等，也都可以在古典诗词中找到对应的主题。因此，对古典诗词的传承，不仅有助于现代诗歌创作的发展，也有助于现代诗歌与古典诗词之间的对话与交流。

诗歌传统的继承，还体现在诗歌教育的重要性。诗歌教育是培养人们审美情趣和文化素养的重要途径。通过学习古典诗词，人们可以了解中国传统文化，培养自己的审美情趣和文化素养。同时，通过创作现代诗歌，人们可以表达自己的情感和思想，提高自己的文学创作能力。因此，诗歌教育对于诗歌传统的继承具有重要的意义。

2. 诗歌的发展特性

中华人民共和国成立后，诗歌创作进入快速发展时期，原因如下：首先，时代需要诗歌这一最直接表情达意的文体来拉近社会距离；其次，中华人民共和国成立以后出现过几次有关中国诗歌发展道路的争论；最后，诗歌创作主体发生了质与量的变化，对诗歌的艺术规范也就变得举足轻重起来。那么，作为一种与历史、现实以及人们的观念意识、价值取向等方面都有密切关系的文学形式，诗歌所面临的传统资源如何抉择、重新定位以及在新的社会形势下又会呈现怎样的发展特点，这是一个无法回避的问题。"十七年"诗歌发展出现了新的特征：

（1）青年诗人成为诗歌创作的主力军，曾经熟悉的"老"诗人普遍遭遇困境，或隐退，显然不符合时宜。

（2）诗歌扮演了小说和戏剧的角色，写实风格越发明显和突出，一大批叙事诗涌现于文坛。当代文学是新的人民的文学，从内容到形式都取得了新的创造，但仍然强调继续学习，人们十分重视而且虚心接受中外遗产中一切优良的、有用的传统，特别是社会主义文学艺术的经验。

3. 叙事诗歌

"十七年"叙事诗是现实主义和浪漫主义进一步强化的结果。叙事诗发展相当迅猛，掀起了创作热潮。此时期仅长篇叙事诗就达到了一百多部，其中为人们所熟知的有李季的《菊花石》、《杨高传》（包括《五月端阳》《当红军的哥哥回来了》和《玉门儿女出征记》三部）、《向昆仑》，阮章竞的《白云鄂博交响诗》，闻捷的《复仇的火焰》（包括《动荡的年代》《叛乱的草原》和《觉醒的人们》三部，其中第三部未完成），李冰的《赵巧儿》《刘胡兰》，艾青的《藏枪记》，郭小川的《白雪的赞歌》、《深深的山谷》、《一个和八个》、《严厉的爱》、《将军三部曲》（包括《月下》《雾中》《风前》三部），臧克家的《李大钊》，白桦的《鹰群》，韩起祥的《翻身记》等。

李季是"十七年"文学史上重要的叙事诗创作者之一，在题材内容的处理上，李季在此时期反映的社会生活面之广可以说是超越了前期的《王贵与李香香》。在语言风格的追求上，李季积极吸收民歌和群众口头语言生动形象的长处，形成了自己朴素自然、明朗清新、精练简洁的特色。在形式革新的实践上，李季在新诗民族形式的传承和发展方面作着不懈努力，为新诗民族化和群众化作出了巨大贡献。李季在《杨高传》中把七言体民歌与大规模写人叙事的鼓词等民间说唱艺术进行有机结合，不仅满足了群众喜闻乐见的要求，而且反映了波澜壮阔的生活画面，正是这一点使得它成为那个时代的艺术珍品。

闻捷于1952年任新华社新疆分社社长。在这片充满异域情调的土地上，浩瀚的大漠、绮丽的景色以及取之不尽的边地文学资源让闻捷找到了一条适合自己的艺术通道，从而成为新边塞诗的最早开拓者。《复仇的火焰》是闻捷长篇叙事诗的代表作，其中对哈萨克民歌的修辞手法和歌唱形式都进行了积极的借鉴，加强了文化内涵和美学效果。这无形中证明了中国当代诗歌发展过程中存在的"缝隙"为文学的艺术呈现提供了可能性。

（二）"十七年"文学的散文发展

1. 散文创作的高潮

"十七年"散文创作的高潮出现在中华人民共和国成立初期，其主要成就是以通讯报道为主的特写类散文大批涌现，它们以写人记事为主，追求"实录"的纪实风格。在表现内容上，特写类散文刻画了社会主义建设过程中不断涌现的在平凡的岗位上作出不平凡成绩的人物群像，通过他们的精神风貌反映社会新旧对比翻天覆地的变化，重要的作品有秦兆阳的《王永淮》《姚良成》《老羊工》，沙汀的《卢家秀》，柳青的《王家斌》，肖殷的《孟泰仓库》，孙犁的《齐满花》，陆扬烈的《边老大》等。

在 20 世纪 50 年代中期，兴起了著名的"复兴散文"运动。与中华人民共和国成立之初注重特写类散文不同，"复兴散文"除了继续发扬抒情格调的话语表述，还把革新的触角伸向杂文和美文，强调要提倡美文。这次短暂的散文复兴之路与 1956 年 5 月展开的"百花齐放，百家争鸣"文艺方针有着密切关系，作家创作观念的解放带来了散文文体的革新，一批作家开创了现当代文学体现个人抒情与个性表达的先河。

2. 散文中的杂文创作

1949 年 8 月至 1950 年 9 月，夏衍在《新民报·晚刊》上开辟"灯下闲话"专栏，发表了众多杂文，在读者当中产生了广泛影响。陈笑雨、郭小川、张铁夫三人在中华人民共和国成立初期以"马铁丁"为笔名在《长江日报》开辟"思想杂谈"专栏，产生了轰动效应。他们的杂文烙印上了明显的时代痕迹，因此被称为"苏式小品文"，其中穿插青春、理想、真理、信仰等时代主题的探讨，为树立正确的人生观和世界观服务。这些杂文追求故事娓娓而谈，文笔清新直白，道理深入浅出，但多为即兴之作，形式简单，难以引人入胜，从而只是在短时间内引起人们的关注。

杂文形成创作浪潮出现在 20 世纪 50 年代中期"双百方针"文艺政策实施前后，即 1956 至 1957 年间。此期文艺界提倡探索精神和独立思考，各种文艺形式和创作风格都得到了一定程度的发展。更主要的是，在"双百方针"作为发展科学文化事业的正确方针的带动下，作家被鼓励对社会现实中存在的一些现象进行揭露。老作家巴人在《人民日报》发表杂文《况钟的笔》，以深刻的思想和雄辩的力量巧妙地抨击了社会问题。继《况钟的笔》之后，巴人趁热打铁发表了《论人情》《"多"和"拖"》《"敲草榔头"之类》《"上得下不得"》等杂文名篇，以其深刻和犀利的批判精神而著称。

《人民日报》在发表巴人的杂文之后产生了意想不到的影响，许多作家纷纷拾笔通过杂文创作进行思想表达和社会批判。从 1956 年 7 月 1 日起，《人民日报》对副刊进行了重大改版，给杂文留出了更多的空间，强调杂文是"副刊的灵魂"，其副刊稿约的第一条即为：短论、杂文、有文学色彩的短篇政论、社会批评和文化批评。《光明日报》《工人日报》《中国青年报》《北京日报》和《文艺报》纷纷跟进，许多地方报刊也竞相效仿，将振兴杂文作为改版的基本思路，一时间杂文创作备受追捧，很快得到社会的认可和关注。

1957年4月15日，《文艺报》编辑部召开了杂文座谈会，徐懋庸、陈笑雨、张光年、袁水拍、高植、杨凡、舒芜、叶秀夫、王景山等文艺工作者就如何通过杂文来反映人民内部矛盾、如何扩大杂文的题材范围和作家队伍以及如何使杂文的内容形式多样化等问题展开了讨论，其实有的人已经意识到了杂文并不乐观的发展前景。杂文与"双百方针"的命运起伏呈现出同一性，杂文是"百花齐放，百家争鸣"的急先锋，又是"百花齐放，百家争鸣"的晴雨表。当"百花齐放，百家争鸣"的方针受到抵制的时候，也就是杂文受到抵制的时候。1957年12月1日，《人民日报》再次改版，提供给杂文的版面减少，其他报刊也大都采取压缩政策，杂文创作很快进入寂寥状态。

在1961年至1962年一年半的时间内，伴随散文再度复兴的良好局面，杂文创作出现了小型的、局部性的复苏，它在一个相对沉寂的特殊时期发出了自己的声音，因此给人以难能可贵的感觉。总体而言，参与杂文创作的队伍极其弱小，全国作家加起来也不过二三十人，并没有形成大规模发展的趋势，时空发展受到了限制；另外，这一时期直接体现出针对性强的杂文屈指可数，绝大多数都失去了理应承担的基本功能。

邓拓、吴晗、廖沫沙代表了杂文创作的较高水平，主要成就是《三家村札记》和邓拓的《燕山夜话》。三人当时皆为政府官员，又同为知识渊博的学者，在杂文创作中通过温和的语调与朴实的叙述来引导和调动广大群众学习科学文化知识的积极性，同时他们以曲笔的方式来展示了坚定维护正义和捍卫真理的决心与信念，这种表达方式在一定程度上实现了思想建设的目标。总体来看，邓拓等人采取谈心的写法，娓娓道来，循循善诱，拉近与读者的距离，同时在对现实的介入中表现了某种批判性质疑，力图妥善解决杂文与其他文类之间存在的巨大差距，这无形中为杂文的发展开拓了新的空间。

（三）"十七年"文学的戏剧发展

1. 戏剧的发展阶段

"十七年"的戏剧创作与演出是国家领导下的一种文学行动，国家将戏剧的发展完全纳入自己的管辖范围，成立了各种戏剧组织机构，例如中央戏剧学院、北京人民艺术剧院、上海人民艺术剧院、中央实验话剧院等，这些单位成为政府推广戏剧的权威标志；全国大型戏剧刊物如《人民戏剧》和《剧本》等纷纷创刊，这为活跃创作和理论探讨提供了重要园地，也是中国共产党和政府文化政策的宣扬阵地。戏剧的"观摩"演出制度进一步加强了对戏剧创作的管理和规范。戏剧演出既起到了交流和宣扬的作用，又为规范写作和树立典型提供了保证。

中华人民共和国成立初期至 1952 年，戏剧改革运动的序幕拉开，剧苑呈现出一派新局面。首先是对旧剧及一切旧文艺的挖掘、审定和整理提上了议事日程，旧艺人也被整编进全民集体所有制的戏曲剧团之中。这显示了新的文艺政策的权威性，"改戏、改人、改制"要求在文化和旅游部（原文化部）统一调配和部署的范畴内进行，任何个人不得擅自主张。现代话剧创作初见成效，显示出中华人民共和国生机盎然的时代特点，既有反映新人新事的剧作，如鲁煤的《红旗歌》，老舍的《龙须沟》，杜印、刘相如、胡零的《在新事物的面前》，魏连珍的《不是蝉》等；又有回顾年代的题材剧作，如刘沧浪的《母亲的心》，胡可的《战斗里成长》，宋之的《保卫和平》，傅铎的《冲破黎明前的黑暗》，赵寻、兰光的《人民的意志》等。它们大多数发表单行本，产生了广泛影响。

1953 年至 1962 年，为戏剧创作的黄金时代，是最重要的一个阶段，一共出现了两次创作的高潮：第一次是 1956 年前后，"百花齐放，百家争鸣"的文艺方针极大地促进了戏剧发展，出现了新的创作面貌。首先是话剧创作取得大丰收，数量增多，题材丰富，形式多样。戏曲改革取得了丰硕成果，通过对传统剧目和上演剧目进行有机结合的实践经验，大量传统剧目实现了艺术再创造和功能再发挥。1956 年 6 月，第一次全国戏曲剧目工作会议提出了有组织有计划地进行传统剧目的"推陈出新"目标，整理和革新成为工作常态。北京和上海等大城市建立了实验歌剧院，歌剧的专业化程度提高。1957 年，中国剧协和中国音协召开了"新歌剧讨论会"，强调将本国歌剧传统和外国歌剧经验相结合，开拓了新歌剧的发展方向。《刘胡兰》《小二黑结婚》《草原之歌》等一批比较优秀的作品受到群众欢迎。第二次高潮是在 1961 年和 1962 年，这一时期戏剧创作取得了显著的成就。在这一阶段，话剧《在康希尔草原上》于 1956 年荣获全国话剧会演剧本二等奖，并且导演、演出和设计均获得一等奖。此外，多幕话剧《天山脚下》

也在 1957 年创作完成，进一步推动了戏剧艺术的发展。与此同时，其他形式的戏曲也得到了极大的发展。例如，越剧在这一时期迎来了"黄金时代"，其中《梁祝》成为了新中国首部彩色戏曲片，并在 1954 年获得了第八届卡罗维发利国际电影节音乐片奖。这些作品不仅在国内引起了广泛关注，还在国际上赢得了高度评价。

1964 年，引人注目的作品有翁偶虹和阿甲改编的《红灯记》、汪曾祺等改编的《芦荡火种》、上海京剧院集体改编的《智取威虎山》、李师斌等编剧的《奇袭白虎团》、天津京剧团改编的《六号门》以及赵化鑫等改编的《草原英雄小姐妹》等。这些现代京剧进行了"改制"，主要体现在改变了传统戏曲以生、旦、净、末、丑的表演行当为主的表演体制，以曲联体或板腔体为主要形式的音乐体制，以分场及空间不固定为主要原则的文学体制和以"随意赋形"为基本观念的舞美体制。

2. 戏剧中历史剧的创作

"十七年"的历史剧创作经历了两次大讨论。第一次发生在 20 世纪 50 年代初期，参与讨论的主要人物有杨绍萱、艾青、阿甲、何其芳、陈涌、光未然等，讨论的主要问题是历史剧中的"历史"一味为"现实"服务是否合理。这一时期改编的《牛郎和织女》《新天河配》《大名府》等历史剧为了配合文艺为现实服务的政策，大胆进行了现代改编，土地改革的宣传、拥护和保卫祖国的决心等现代社会生活都融入这些历史剧当中，作为最主要的内容和主题予以呈现。

第二次大讨论发生在 20 世纪 60 年代初期，历史剧创作大讨论极大地促使作家通过文学作品来表达和阐述他们的观点，从而掀起了历史剧创作的热潮。1958年至 1962 年间，以历史剧形式创作的话剧出现了高潮，郭沫若的《蔡文姬》《武则天》，田汉的《关汉卿》《文成公主》，吴晗的《海瑞罢官》，曹禺的《胆剑篇》等为其中的重要作品。

20 世纪 50 年代末 60 年代初，郭沫若先后创作了《蔡文姬》《武则天》和《郑成功》三部历史剧，但《郑成功》的影响远不如《蔡文姬》《武则天》大，这可能与后两者写作的目的是为历史人物"翻案"有关，争议性也较大。郭沫若的历史剧《武则天》为颇有争议性的历史人物武则天"定型"，从而使得她从反面人物转向值得称赞和歌颂的正面人物。这样的高度，真正是亘古未有，可以看出其中有着作家对武则天的主观厚爱和拔高。

田汉在当代继续从事他的戏剧探索之旅，主要创作出了《关汉卿》《文成公主》《白蛇传》《西厢记》《谢瑶环》等历史题材作品，《白蛇传》《西厢记》《谢瑶环》三部为戏曲，主要以改编为主。《谢瑶环》和《海瑞罢官》都刻画了"清官"形象，相比海瑞，谢瑶环作为一名女性"清官"压力更大，阻力也更大。

二、"文化大革命"期间的文学（1966—1976）

"文化大革命"期间的文学，也被称为"文革文学"，是在极端环境下产生的文学现象。这一时期的文学作品受到了严格的审查和限制，文学创作的数量和质量都有所下降。然而，即使在这样艰难的环境中，仍然有一些作家和作品能够突破束缚，表达出对人性的深刻洞察和对社会的批判。例如，刘心武的《班主任》和卢新华的《伤痕》等作品，都是在"文革"结束后不久出现的，它们揭示了"文革"给人们带来的深重创伤。

（一）"文化大革命"期间的诗歌发展

"文化大革命"期间，中国的诗歌发展呈现出一种特殊的状态。这一时期，诗歌创作紧密配合当时形势，努力满足"表现新的人民时代"的要求，积极反映新的时代精神。诗歌的主题和风格发生了明显的变化，从对劳动、建设的美的歌颂转向对"继续革命"的感情和行动的宣扬。一些诗人试图在作品中保持个人的声音和独立的思考。他们通过各种隐喻和象征手法，将个人情感和对时代的反思融入诗歌中。这种创作方式不仅是对当时环境的间接批评，也是对诗歌艺术形式的独特贡献。诗人们在有限的创作空间内，尝试运用新的语言和表达方式，创造性地反映社会现实和个人感受。这种创造性不仅体现在诗歌的内容上，还表现在诗歌的形式和结构上，诗人们通过对传统诗歌形式的变通和创新，赋予了诗歌新的生命力。

1. "文化大革命"时期诗歌的形式和内容

"文化大革命"时期的诗歌在形式和内容上都作出了相应的调整，以适应当时的社会环境需求。以下是几个关键点，它们展示了诗歌是如何反映和回应当时的社会心理状态的：

（1）艺术形式的创新。尽管诗歌创作受到严格的审查和限制，但诗人们仍试图在作品中保持个人的声音和独立的思考。他们通过各种隐喻和象征手法，将个人情感和对时代的反思融入诗歌中。

（2）社会心理的反映。诗歌创作在困境中寻找到了表达自我和保持艺术独立性的路径，通过创造性的语言和形式，展现了诗歌不屈不挠的生命力和艺术魅力。

（3）情感与社会的交织。诗歌不仅记录了那个特殊时期的社会风貌，也为后来的诗歌创作提供了宝贵的经验和启示。它们展示了在极端条件下，诗歌如何作为一种文化传统，维护和传递人文精神。

（4）对时代的挑战。一些诗人们在地下进行着诗歌创作，和一些朋友一起自费编辑出版诗刊《今天》。《回答》是对诗人所经历的"文化大革命"那个特殊时期的现实社会进行披露、怀疑和挑战。

（5）象征手法的广泛应用。诗歌中使用了大量的象征手法，如"冰凌"暗指人们心灵的阴影，"死海"等形象生动地写出了现实生活的困境和艰难，真实地传达出了一个充满压抑感的生活氛围。

（6）对未来的期望。诗歌中传达出对未来的企望，"五千年的象形文字"从历史与未来中捕捉到希望和转机，显示了具有五千年历史的民族的强大的再生力。

2."文化大革命"时期诗歌创作的技巧和主题创新

"文化大革命"时期的诗歌创作在技巧和主题上经历了显著的创新和转变。这一时期的诗歌创作，反映了新时代的精神面貌。诗歌的主题和风格发生了明显变化，从对劳动、建设的美的歌颂转向对"继续革命"的感情和行动的宣扬。这一时期的诗歌创作在艺术表达与现实之间建立了紧密的联系，诗歌不仅是个人情感的抒发渠道，也是社会宣传的重要手段。

在技巧方面，诗歌的创作和传播方式也出现了变化。地下诗歌与公开发表的主流诗歌形成对比，表现出不同的创作观念、审美旨趣和接受方式。这些诗歌在当时可能处于被忽视的状态，但对后来的"归来者诗歌"和"朦胧诗"产生了影响。

在主题上，诗歌创作更加注重反映社会的现实问题，更多地聚焦于社会变革，以及这些变化对人们生活和情感的影响。诗歌的内容和形式都在尝试适应新的社会环境，同时也在探索表达个人观点和情感的新方法。

（二）"文化大革命"期间的散文发展

1. "文化大革命"期间散文创作的特点

"文化大革命"期间，散文创作在内容与形式上都经历了显著的变化。这一时期的散文创作，一方面受到社会发展的影响，另一方面也反映了作者对于时代变迁的个人感悟和思考。

（1）内容上的适应性。在这一时期，散文创作的内容往往与社会紧密相连，很多作品是为了响应时代号召，歌颂革命，或是批判传统文化。例如，巴金的《随想录》就是在这样的背景下创作的，它记录了作者对过去的反思和对真理的追求。

（2）形式上的创新。尽管面临种种限制，散文创作者们依然在形式上进行了探索和创新。他们试图打破传统的散文格式，寻求新的表现手法。

（3）对后世的影响。"文化大革命"期间的散文创作，虽然在一定程度上受限，但这些作品仍然成为了解那个特殊时期社会生活和作者个人思考的重要窗口。这些作品不仅记录了当时的历史，也为后来的文学创作提供了宝贵的经验和启示。

2. 特定的艺术表现手法的激发

从历史的角度来看，"文化大革命"对散文创作自由度的限制确实激发了某些艺术表现手法的创新，然而，这种创新是在极其有限的自由度和压抑的环境下进行的，这对文学艺术的健康发展造成了阻碍。尽管如此，这些作品在当时仍具有一定的创新性和艺术价值，它们成了了解那个特殊时期社会生活和作者个人思考的重要窗口。

3. "文化大革命"期间散文创作的处理方式

在"文化大革命"期间，散文创作面临着前所未有的挑战，在这种情况下，散文创作者们在处理个体经验与集体意识形态之间的关系时，采取了几种策略。

（1）许多作家选择在作品中避免直接表达个人观点，转而使用隐喻、象征、讽刺等手法来传达深层含义。这种创作方式不仅能帮助作者规避风险，也使得作品能够在一定程度上保持一定的艺术性和创造性。

（2）一些作家尝试将个人经验与集体意识形态相结合，通过散文创作来反映社会的现状和个人对时代的感悟。

（3）尽管面临限制，散文创作者们仍在努力寻找新的可能性，以期在文学创作中获得更大的自由度和创新性。这种探索和尝试，虽然是在极为困难的条件下进行的，但对于后来文学艺术的发展产生了深远的影响。

综上所述，"文化大革命"期间的散文创作在处理个体经验与集体意识形态之间的关系时，采取了多种策略，包括使用隐喻和象征、结合个人经验与集体意识形态以及探索新的艺术表现手法。这些做法在一定程度上促进了特定艺术表现手法的创新，并对后来的文学艺术发展产生了影响。

（三）"文化大革命"期间的戏剧发展

"文化大革命"期间，中国的戏剧发展经历了一次重大的变革。这一时期，传统戏剧被限制，取而代之的是一系列被认为是革命样板戏的作品。样板戏的创作原则与传统戏剧相比，在艺术形式、人物塑造、情节安排、表演风格以及音乐元素等方面都有显著的差异。这些差异是在"文化大革命"这一特殊历史时期，为了适应社会需求而形成的。这些样板戏主要涉及京剧、芭蕾舞剧等剧种，它们被认为是革命的，因此在艺术上也得到极大的推崇和推广。

1. 样板戏在当时社会环境下的独特艺术表现

样板戏是"文化大革命"期间为了配合社会需要而特别创作的一系列戏剧作品，剧种有京剧、芭蕾舞剧等。这些作品的目的是宣传共产主义思想和革命精神，因此在艺术上也有着明显的时代色彩。样板戏通常以革命英雄为主题，强调阶级斗争和革命牺牲，如京剧《智取威虎山》《红灯记》等。

在艺术表现上，样板戏试图将传统京剧与西方戏剧相结合，创造出一种新型的戏剧形式。它们舞台设计生动，唱腔优美，节奏紧凑，直白的唱词和优美的曲调使得样板戏在当时得到了广泛的认可和欢迎。

2. 对后世戏剧发展的影响

样板戏对后世戏剧发展的影响是双重的。一方面，样板戏推动了京剧艺术的现代化，为京剧的繁荣和发展提供了新的活力。样板戏塑造的一些角色形象，如杨子荣、李玉和、阿庆嫂、洪常青等，成为了全国人民的偶像，极大地促进了京剧的普及和推广。另一方面，样板戏也因为其时代目的而限制了戏剧艺术的多样性和创造性，导致一些传统的戏剧剧种走向衰落。

在艺术风格上，样板戏的欧化道路削弱了京剧的民族特点，使得京剧表演艺术出现萎缩和退化。然而，尽管样板戏在"文化大革命"的时代背景下产生，但其本身仍具有一定的艺术价值。它们在表现人物、塑造形象、构建情节等方面具有一定的艺术成就，对后世的文艺创作也产生了一定的影响。

总之，样板戏作为一种独特的艺术现象，其形成与演进与当时的社会背景紧密相连。在艺术呈现上，样板戏确实展现出了其特有的魅力和显著的成就，然而，由于特定时代目标的驱动，其对戏剧艺术亦带来了一定程度的消极影响。对样板戏的评价应当在其历史背景与艺术价值之间寻求合理的平衡，既不宜片面地全面否定，亦不应忽视其在艺术表达上的局限性。在当前的审视与评判中，我们应更加聚焦于样板戏作为艺术作品本身的独立性与价值，同时剥离其艺术上的不足，以期更为全面、客观地理解和评价这一历史现象。

第二节　80 年代文学（1976—1989）

1976—1989 年，我国文学与文化正经历一场新旧交替的过渡，显著特点是"残余文化"与"新兴文化"的交融共存，而"主导文化"尚处于波动之中①。这种不明确的文学氛围虽在一定程度上导致了创作意蕴的模糊，却也孕育出无尽的潜力。在这一历史转折时刻，新生力量正在汇聚，以迎接文学新纪元的到来。

---

①雷蒙·威廉斯认为文化是积极主动地建构社会的，并将其分为三种模式：主导文化、残余文化和新兴文化。其中，主导文化占据霸权主流并不断运动变化；残余文化包含过去合理因素，与主导文化保持距离；新兴文化则不断被创造，冲击主导文化。《马克思主义文化理论中的基础与上层建筑》为理解和解释这一时期的文学与文化提供了重要的理论工具和视角。《马克思主义与文学》的内容为理解这一时期"残余文化"与"新兴文化"的交融共存提供了重要的理论支持和指导。这种理论上的探讨有助于揭示当时文学与文化领域中各种思想和流派的相互作用和影响。

70 年代末 80 年代的文学呈现出显著特色，如刘心武的短篇小说《班主任》在 1977 年《人民文学》第 11 期上发表，首次引入"启蒙"主题。又如鲁彦周的小说《天云山传奇》，以及随后由谢晋执导的同名电影，生动地展现了历史过渡时期潜在的种种微妙关系，这些作品揭示了当时社会的多种情绪与思想变迁。

一、80 年代文学的类别解读

80 年代文学的基本主题是对"现代文明的呼唤"，这种呼唤始终是在"传统文明"与"现代文明"的对话中展开的。在 80 年代文学中，至少存在着三种类别：

（一）乱/治型

在这一类型的改革叙述中，"乱"是造成社会停滞的根本症结，因此，只要"乱"得到纠正，社会就会出现快速而迅猛的发展，形成"乱/治型"的两种主要模式：

第一，表现为改革则从"乱"获得合法性，改革就是改"乱"，社会秩序恢复了，现代化和社会生产也就不成为问题。严格意义上讲，纯粹属于这一类型的并不多，何士光的《乡场上》和鲁彦周的《彩虹坪》某种意义上属于此类。

第二，表现为通过追溯产生的错误，说明阻碍中华人民共和国成立后的现代化改革进程，纠正错误至此成为改革合法性的前提和保证。这一类型的小说比较多，如鲁彦周的《天云山传奇》、张一弓的《张铁匠的罗曼史》、王润滋的《鲁班的子孙》等，周克芹的《许茂和他的女儿们》某种程度上也属于此类。

（二）数字决定型

在这一类型中，改革的一切指标以数字和效率为准则，任何与此无关的都要被改革。仿佛数字就是一切，就是现代化的关键，而改革的承诺也往往在这种数字和效率的神话中得以实现。这一类型的改革叙述最为普遍，蒋子龙的很多小说都属于此类，如《乔厂长上任记》《弧光》《赤橙黄绿青蓝紫》《燕赵悲歌》等，此外，还有邓刚的《阵痛》、贾平凹的《鸡窝洼人家》、张一弓的《黑娃照相》、张锲的《改革者》、张贤亮的《男人的风格》、李国文的《花园街五号》等，张

洁的《沉重的翅膀》某种程度上也属于此类。

（三）传统/现代型

在这一类型中，改革针对的是传统的力量和惰性，在这里，传统可能作为一种秩序存在，缓慢而又强大地阻碍改革的进程。因此，要想改革首先就要向这些传统秩序及代表采取相应的措施。即使如此，改革叙述针对传统的态度也并不一致，这种不一致，某种程度上形成"传统/现代型"的以下两种模式：

1. 告别传统型

在这一类型中，传统无论从哪个方面看，显然都是需要被更新的，传统往往作为某种主导秩序，阻碍了一地区的发展，不更新则不能前进。其中，如柯云路的《三千万》《新星》《昼与夜》《衰与荣》是典型，另外，张锲的《改革者》、张贤亮的《男人的风格》、鲁彦周的《古塔上的风铃》和李国文的《花园街五号》某种程度上也属于此类，由此可见，这一类与第二种改革叙述"数字决定型"有某种内在的联系。

2. 无望的怀旧型

在这一类型中，传统虽然终究要被时代历史所更新，但作者/叙述者往往表现出态度上的犹豫不决，乃至于小说处处笼罩在一种无望的怀旧气息之中：虽然明白时代向前发展的不可抗拒，但对美好而无用的传统又抱有无限的留恋。因此，这一类小说相对于上述的改革叙述，在文化内涵上则要显得丰富深刻得多，也最难以阐释。代表作有贾平凹的《腊月，正月》《浮躁》，王润滋的《鲁班的子孙》，张一弓的《流星在寻找失去的轨迹》等。这种对待传统的矛盾态度，某种程度上又与此后不久的寻根小说存在某种内在的关联。

二、80年代文学的"断裂"与"重建"

在80年代文学的重建过程中，诗人们以"真实"和"真诚"作为诗歌复兴的首要问题，这体现了他们以"人民"名义的策略，与老一代作家们相似。然而，年轻一代的诗人，特别是"新诗潮"的诗人，在处理诗歌的"断裂"问题时，采取了不同的尺度。他们关注诗歌与当代政治现实的关系，但更加重视个体的情感和特定环境下的生存体验。他们呼吁从诗歌语言层面上实现"真实",以清除和替换僵硬的诗歌语汇、意象系统、象征方式,从而为诗歌开辟了更具生长力的空间。

然而,这种对个体情感和体验的强调,背后仍旧存在代言和独语的矛盾。对于朦胧诗的写作而言,代言意识十分明显,这在许多诗歌中可以看出,如《一代人》《我们去寻找一盏灯》《一代人的呼声》等。虽然朦胧诗中并没有出现"我们"或"一代人"的字眼,但它们仍然表达了具有普遍性或代言性的情感、思考和意识。

20世纪七八十年代转型期的散文、报告文学和戏剧则更带有问题写作的意味。这些文体本身的"非虚构"特质,使得它们可以在"真实"的框架内,直抵人生的沉重经历。它们或直接面向现实,采取"干预生活"的姿态,或表达内心的情绪和问题意识,具有时效性特征。

这一时期的散文作品,如巴金的《随想录》、丁玲的《"牛棚"小品》等,都体现了对个体情感和体验的追求。报告文学则以徐迟的《哥德巴赫猜想》、陈祖芬的《祖国高于一切》等为代表,展现了问题写作的特点。而戏剧作品,如《于无声处》《丹心谱》《血,总是热的》《屋外有热流》等,则以真实、真诚的态度,展现了转型期社会的问题和矛盾。

三、80年代文学的新变与裂变

1985—1989年时期,中国文学经历了深刻的新变与裂变。这一时期,文学界出现了多种文学思潮和创作风格,标志着中国文学进入了一个多元并存、争鸣互鉴的新阶段。

(一) 80年代的小说

1. 先锋小说

"先锋小说"的出场与文学刊物对此类作品的集体展示有关,"先锋小说"的出场,为年轻的"先锋小说家"们的出场,提供了良好的文坛环境。这也使得"先锋小说"成了20世纪80年代艺术寻找变革出路的一个转折点,成了小说艺术形式的代言人。

"先锋小说"主要指的是马原、洪峰、莫言、残雪、余华、苏童、格非、叶兆言、孙甘露、北村、叶曙明等人在 20 世纪 80 年代中后期创作的小说，其中有些作家的创作较早一些，特别是残雪和莫言，他们产生影响力的时间也比较早。作为文学潮流，1987 年是"先锋小说"以强大阵容集体亮相的年代。

在 20 世纪 80 年代"先锋小说"的叙事规则中，"元小说"最重要的特征不仅仅是丰富小说的叙述技巧或者展示小说家们打破传统现实主义创作手法的意图，更在于他们要将小说引向对虚构性的确认。虚构的言说其实在指向另一种真实，一种不同于以往的现实主义作品表达的真实。这一点也正是"先锋小说"在使用"元小说"叙述技巧时，给中国小说创作发展带来的最宝贵的经验，因为它从哲学与艺术观念的层面改变着人们对于世界的认知方式。因而，在各具特色的"先锋小说"的艺术世界中，作者们营造了多个突破传统现实主义规范的世界。

2. 新写实小说

（1）"新写实小说"的命名。新写实小说，是不同于历史上已有的现实主义，也不同于现代主义"先锋派"文学，而是当时小说创作低谷中出现的一种新的文学倾向。这些新写实小说的创作方法仍是以写实为主要特征，但特别注重现实生活的原生形态的还原，真诚直面现实、直面人生。"新写实小说"的文学史地位的确立得益于当时文学批评力量的推动。新写实小说的另一个特点就是不仅具有鲜明的当代意识，还分明渗透着强烈的历史意识和哲学意识。但它减退了过去现实主义那种直露、急功近利的政治色彩，而追求一种更为丰厚、更为博大的文学境界。

1989 年 10 月，《钟山》杂志还和《文学自由谈》杂志联合召开了"新写实小说"讨论会，全国范围的各大期刊也纷纷刊载作者及评论家关于此话题的各色文章。至此，"新写实小说"这一命名被广泛使用。池莉的《烦恼人生》（1987）、《不谈爱情》（1988），方方的《风景》（1987）、《黑洞》（1988），李晓的《继续操练》（1986）、《关于行规的闲话》（1988），刘恒的《伏羲伏羲》（1988），刘震云的《塔铺》（1987）、《新兵连》（1988）、《单位》（1988），叶兆言的《艳歌》（1989）均被视为"新写实小说"的代表作。这一类将日常生活琐事纳入叙述笔端，并极力展示其"原生态"的作品，已经改变了社会主义现实主义形成的生活真实观，在彰显人们对生活琐事以及自身身体的感性体验中，使得其对"现实"的选择出现了"新"的"写实性"。

（2）"新写实小说"的客观化叙事。客观化，实际上就是叙述者保持着一种冷静、客观的叙述姿态，极力避免作者对书写对象作出的各种评价，创造出一种类似于纪实性的效果。这样的叙述策略直接促使了小说中的日常生活琐事得以以一种全面的、生活化的、似乎是不加删选的方式呈现出来。"新写实小说"借助客观化的描述，摒弃了以往书写现实题材作品中常有的那种高高在上或者是全知全能的叙述姿态，不再以启蒙、超越、劝诫、拯救、批判的叙述姿态来关怀现实，而对生活作了现象学式的还原，这种还原的背后，体现的正是作者们对日常生活的关注和芸芸众生的忙碌人生的关怀。

（二）80 年代的诗歌

20 世纪 80 年代的诗歌是热烈而又多元的，堪称诗人的"黄金时代"。对这群诗人的亮相来讲，1986 年是一个重要的年份，这一年的 10 月，《深圳青年报》和安徽《诗歌报》推出中国诗坛 1986 "现代诗群体大展"，展出了"朦胧诗"后自称的"诗派"60 余家，而且 1989 年，这两家单位再次推出一批"诗派"，也有 60 余家。

评论者和诗人们，普遍地要从刚刚过去的"朦胧诗派"的论争中，去突围权威，寻找出新的艺术生长点，树立新的诗歌自我的热情。文坛出现了诗歌流派林立的局面，其中，像"非非主义""整体主义""他们文学社""大学生诗派""新传统主义""莽汉主义""撒娇派"等是有较大的影响力且有鲜明的诗歌主张的派别。周伦佑、蓝马、杨黎、敬晓东、刘涛、何小竹、尚仲敏、李亚伟、于坚、韩东、陆忆敏、朱文、朱朱、万夏、马松、胡冬等诗人活跃于文坛。这些流派和诗人，在文学史上被称为"第三代诗""新生代诗歌"，诗人们或倡导"感觉还原""意识还原""语言还原"，或主张诗歌是"回到诗歌本身""回到个人"，或追求诗的语言的"口语化"。普遍追求诗是对充满"世俗味"的日常生活的描述，以一种反理想、反崇高的姿态，在语言和语言的运用中去感受生命和生活的色彩。

在 20 世纪 90 年代的经济浪潮中，曾经聚集得热热闹闹的诗派走向了解体，

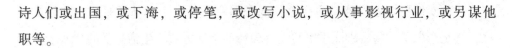

诗人们或出国，或下海，或停笔，或改写小说，或从事影视行业，或另谋他职等。

（三）80年代的散文

80年代的散文作为当代文学话语资源的重要组成部分，同其他文学体裁一样，一直努力着突破"十七年"以来的散文创作模式。从拒绝"以小见大""托物言志"的主题和结构模式，到摆脱杨朔、刘白羽、秦牧等人的散文范例，到"文体自觉"口号下进行的"美文""艺术散文""抒情散文"等相关散文概念的重新界定，此时期的老一代作家和新一代作家们，以他们不同的人生经历为基础，呈现了风格各异的散文作品。20世纪80年代中期，一些理论探索开始显山露水，对散文的概念、文体自觉都提出了新的要求，散文开始出现创作的丰富性和文体创新上的突破性。国内发表散文的刊物也有所增加，原来只有《随笔》和《散文》两个全国重要刊物，后又增加了《散文世界》《杂文报》《散文报》和《散文选刊》等有较大影响力的刊物。

20世纪80年代中期是散文发展的重要时段，此时，越来越多的作家不满足于以往陈旧的表达方式，在作品的主题及写作技巧方面作出积极的探索，同时，随着理论界对散文概念及散文性质的探索，散文的艺术性越来越强了。其中不乏一些老作者重出文坛，提笔创作，呈现了一批艺术价值较高的作品。像汪曾祺这样的作家，就给文坛以极大的冲击力。更重要的是，一些中年作家，经过艰难而微妙的审美调整，也有了新的进展。比如，周涛的散文以新疆的自然、人文景观为写作对象，融议论、抒情和叙事于一体的风格中，展示了作者对西部自然山水、人物性情的深切关怀等。

20世纪80年代，一批女性散文家以群体的方式登场，格外引人注目，并出现了"女性散文"的概念。这批女作家有季红真、王英琦、唐敏、韩小惠、李佩芝、叶梦、苏叶、斯妤、马丽华、黄茵等。她们善于从日常生活的细微中发现诗意，往往通过书写日常生活来展示新时期女性对于女性身份的理解和建构，并在对自我心理、情绪的敏感捕捉中，营造一种细腻的感性情调。她们在游记、生活见闻中来表达她们的女性观，或直击男权社会对女性的有色眼光，或表达自己的女性主张，代表了本时期众多女性主义者带着点激进色彩的女性主义观。相较于以往的女性散文家，她们往往更侧重于书写女性的个体体验来表达女性的特征，甚至产生了一些特别注重书写女性独特的生活方式、生活感受的"小女人散文"，这样的散文在 20 世纪 90 年代曾一度风靡文坛。比如，李佩芝、斯妤等人，家长里短、衣食琐事都成了她们叙写的对象，建构着女性世界的淡雅人生。

（四）80 年代的戏剧

20 世纪 80 年代戏剧（话剧）的发展源自 20 世纪 70 年代末期，此时，中国话剧结束了长期迟滞不前的状态，在剧本的创作数量及演出次数上首先开创了一个较蓬勃的局面，新老剧作家纷纷开始自己的创作，短短几年间就涌现出了一大批剧作。随着 20 世纪 80 年代向西方现代派借鉴的浪潮席卷而至，话剧在主题以及表现手法上都积极寻找新的支点。在戏剧理论界和创作界也形成了一次较大规模的"戏剧观"问题的大讨论。至 1985 年左右，新的"戏剧观"产生了较大的影响力。

当时戏剧观的第二个变化是，历来戏剧家重情节，此时有些戏剧作品出现了从重情节向重情绪的转化，也就在描写对象上发生了较大的变化。戏剧观的第三个变化，是戏剧从规则的艺术向不规则的艺术转化。戏剧观还有一个变化，就是戏剧艺术正从外延分明的艺术向外延不太分明的艺术转化，这和戏剧从规则向不规则转化是相联系的。至 20 世纪 80 年代中期，"实验戏剧"（又称"探索戏剧""先锋戏剧"）成为一股独立的浪潮，以大胆反叛传统的艺术创新精神，充满着批判性和尖锐性的锋芒，带动着中国的戏剧走向。在西方现代主义艺术的辐射下，话剧发展呈现出了开放的、多元的态势，无论是戏剧观念还是戏剧展示方式，都走向了更加广阔的空间，在短短的几年间，中国的话剧似乎急于弥补数十年的不足，纷纷在艺术手法和审美思维方式上创新。

中国戏剧产生了大量有影响力的剧本，如《魔方》被认为是 1985 年中国实验戏剧的代表作之一，它集中反映了"探索戏剧"在结构设置上的现代性思维框架。作品借用魔方有多解的喻义，将戏剧情节设置为九个互不相关、题材样式不同、主旨各异的模块，只是通过节目主持人的串说将它们联系在一起，自命为"马戏晚会式"的编剧法，整个结构没有明显的戏剧线索，也不讲究情节的高潮起伏和因果相连特性，几个模块之间只是一些互不相干的戏剧小品拼成的大拼盘。按照作品开创的这种结构，观众完全可以相信，这个"组合"可以无休止地组合下去。实际上，结构方式的变化意味着剧作者看待世界方式的变化，当各类戏剧突破单一的、封闭式的现实结构，展示出多元的、开放式的结构方式时，意味着剧作家们不再将世界看作非此即彼的二元对立空间了，并且，在认识人物的性格、心理及事件发展上，更多地趋向于对多层面的内心及事件的多向可能性的发现。

20世纪80年代进行的轰轰烈烈的"实验戏剧"到了20世纪90年代依然遇到了市场需求的冲击、探索的热情度和力度减弱等问题，不过，以牟森、孟京辉、张广天为代表的"先锋戏剧"的创作者们依然进行着不断的探索。

第三节　90年代文学（1989—1999）

90年代文学是中国文学发展史上一个重要的时期，这一时期的作品在题材、风格、表现手法等方面都有显著的特点。1989年至1999年，中国经历了政治、经济、文化等方面的深刻变革，这些变化在文学创作中得到了深刻的反映。

一、90年代文学的变迁

（一）文学的底层演变

1990年，《钟山》第1期继续在"新写实小说大联展"专栏发表相关作品，比如程乃珊的《供春变色壶》、梁晓声的《龙年：一九八八》（上篇）等。同期还刊登了董健、黄毓璜、陆建华、丁帆等人的"新写实小说"笔谈。

"新写实"可以说是一种文学命名，甚至是一次文学策划。"新写实联展"从1988年开始酝酿，1989年第3期推出，但在当时沉寂的氛围中并未引起任何关注，直到1990年后，才真正成为文学界的话题。"新写实"小说可能象征了现当代文学的一个重要拐点。

"现实主义冲击波"最初指20世纪90年代中期刘醒龙、谈歌、何申、关仁山等作家关注现实的一批作品出现的效应，后来扩大指称20世纪90年代后期大量出现的以"现实主义"方法表现当前乡镇、工厂、城市现实生活和经济生活为核心的社会矛盾的小说在文学界产生的影响。这些小说侧重对现实困窘的描述，关注社会底层、普通劳工、农民以及城镇居民的日常生活，体现出一种平民情感。除了表现乡村发生激烈变动以外，还以全景式的方式书写 20 世纪 90 年代以来的经济变革、政治改革过程中面临的问题与冲突。

"现实主义冲击波"的命名准确地揭示了它的本质：只是强烈但短暂的瞬间效应。和之前的主旋律现实主义作品相比较，"现实主义冲击波"显然更具批判性，同时也正因为这种"有限"的批判性不能冲破更加强烈的"解释"功能，这种"批而不破"的写作悖论让他们的作品在底层立场和主流话语之间摇摆不定，表现出一种暧昧的写作姿态来。

可见"新写实""现实主义冲击波"和 21 世纪出现的"底层文学"之间存在着某些现实主义的传承关系，将它们联系起来考察，更利于人们作出全面客观的评断。这些现象不过是"文学的底层"另一种说法，都是"现实主义"文学观念在时代列车上的一种现象。20 世纪 90 年代后的"冲击波""底层写作"之所以能广泛兴起、持续发展、深入讨论，和中国当代社会结构的变化、利益阶层的分化关系密切。

每个时代都有属于它自己的独特的"现实主义精神"。那是一种把作家的良心和时代生活融入艺术之路、反映真理之光的精神，体现在作品和艺术上就绝不可能让人有"简化""雷同""重复"之感，而是一种"与时俱进"的艺术探索。

"新写实""现实主义冲击波""底层文学"的缺点正在于从理论指导到创作实践都没有太大的突破。回到"底层写作"的趋势上，相信这种写作还将持续发展，并且有望出现真正可以代表这个时代的作品。随着讨论的深入，"底层写作"已经慢慢摆脱那种纯粹的展示、道德同情而呈现出多样化的发展；理论批评界也渐渐产生一些有价值的思考，也许这才是此类文学真正走上希望之路的开始。

（二）文学的市场与商业化

20 世纪 80 年代，中国正经历着改革开放的历史性变革，这一时期为中国的未来发展奠定了坚实的基础。而在 90 年代初，随着市场化改革的深入推进，文人"下海"的现象开始引起社会的广泛关注与争议。这一现象的出现，既反映了当时社会的变革趋势，也体现了文人在新的历史条件下对自我价值实现的追求。回顾历史，"20 世纪 80 年代正值承上启下之时，背靠'十七年'，面向市场化"①。其中具有影响的，比如王朔有着良好的文学感觉，对市场也极为敏感，他应该是中国当代文坛第一个把文学与市场有效结合并取得双赢的中国大陆作家。王朔在中国当代文坛创造了多个"第一"，他的商业头脑更是当时一般作家难以超越的。王朔将全部作品的出版权委托中华版权代理总公司全权代理，要付出版权收益的 10% 作代理费。王朔算是有先见之明的作家，越来越"市场化、商业化"的社会，他掘取了文学市场的第一桶金，也贡献了一个非常富有建设力量的"王朔现象"。

张贤亮"下海"具有偶然性。为了创办企业，他建立了"宁夏艺海实业发展有限公司"，作为宁夏文联的主席和法人代表，他用自己在海外译作的版税外汇存单去银行抵押，这就是资金的来源。在时代发展的推动下，产权明晰使他无形当中不自觉地建立了一个现代企业制度。

20 世纪 90 年代，商业化对现当代文学的冲击，相当彻底和深刻地改变了之前文学的方方面面。与商业化浪潮相伴随的就是知识分子的逃散，例如 1993 年的《废都》的争议以及"人文精神"的危机的开始。人们对文学"价值"的评价方式、期待、理解等都在"经济利益"与"艺术思想"之间发生复杂的碰撞。

文学曾经被过多地政治化，背负太多的东西；同时文学在松绑政治的过程中，也承受了太多来自经济的压抑。文学之于一个时代正常的功能依然没有有效地发挥出来，仍然需要人们从各种现实、坚硬、软弱的浮云中静下心来，慢慢打量世界并且继续生活与写作、阅读和思考。

（三）人文精神的讨论

"人文精神"大讨论是 20 世纪 90 年代文学最重要的精神事件，人文精神讨

---

①龚艳. 多面侠女：20 世纪 80 年代女侠片的生成及样式 [J]. 电影艺术，2022（04）：152.

论的直接缘起是 1993 年《上海文学》第 6 期刊发了王晓明等人的谈话录《旷野上的废墟——文学和人文精神的危机》一文。这篇文章从王朔的小说批判开始，讨论了包括张艺谋电影、先锋小说、新写实小说等一系列文学、文化现象。该文引发了一系列的讨论，极大地触动了很多人内心的挣扎和敏感神经，激烈的争论随之展开，成为 20 世纪 90 年代最重要的文化事件。人文精神讨论的内容与话题非常广泛，因为参与讨论的人数众多，且又来自不同领域，几乎牵涉到社会生活的各个方面。探讨的视角从文学开始，扩散到哲学、伦理学、历史学、政治学、经济学、社会学、人类学等众多社会科学领域，随着问题的不断深入，引起各方面的极大关注。

当作家贾平凹写出《废都》这样一部反映当时知识分子精神颓败的小说后，学者王晓明等人也在《旷野上的废墟——文学和人文精神的危机》一文中呼应和批判了这种现象。总之，1993 年的作家描述了一个精神的"废都"，而学者们也看到了一片更大的精神"废墟"——20 世纪 90 年代的中国文化界都感受到了一种没落的"废"气。贾平凹遭受的批评，或者说《废都》表现出来的知识精神，也许正是王晓明等所担忧的"人文精神危机"的直接表征——给中国当代学术进行了一个非常形象、有力的注脚。

（四）互联网文学兴起的时代

1995 年前后，中国的互联网开始兴起，开初仅限于少数用户，之后在各大城市飞速发展。"网络文学是现代信息技术高速发展过程中催生的一种颇具争议的后现代文学形式，其以独具个性化的美学特征和多元化的美学价值追求消解了传统文学的美学价值视域，更加符合新的媒介生态环境中受众对于通俗文学及高效交互需求的大众审美取向。"[1] 新技术条件不仅仅会对古老的艺术形式产生作用，它同样对艺术的内核——诸如审美、思维等也产生较大的影响，诱发新的艺术观和艺术种类。在这新与旧、虚拟与现实、古典与现代、创新与保守、融合与碰撞等一系列的关系中，1995 年兴起的中国本土"网络文学"将会带给人们更

---

①李京梅. 互联网时代网络文学的美学精神建构——评《网络文学美学价值的理性审视》[J]. 新闻与写作，2021（04）：117.

多思考。

网络文学的概念经过早期的争论与流变已渐渐澄清起来，简单指以互联网为载体和传播媒介，借助超文本链接和多媒体演绎等手段来表现的文学作品、类文学文本及含有一部分文学成分的网络艺术品，以网络原创作品为主。创作主体通常是网络作家、网络写手。形式包括类似传统文学的小说、诗歌、散文等，也可以是博文、帖子、日志等新形式或基于网络技术的"超文本"等。和传统文学相比，网络文学最突出的特点是表现自由、平等，每个人都可以是作者，也可以是读者，在充分体现网络自由平等主旨的同时也表现出混乱杂、多样性、互动性、传播便捷、知识产权保护困难等其他特点。需要注意的是，网络文学与传统文学不是对立的两极，而是互相渗透的有机体系。

如果说 1995 年是中国本土网络文学的"兴起"之年，那么它的第一个高潮大约出现在 1999 年前后，主要表现为出现大量公认的、有影响力的网络文学作品，传统媒体和学界也开始大量讨论该现象。从 1999—2003 年，关于网络文学的讨论以一种惊人的速度增长着，参加讨论者也由大众传媒走向学术前台。

网络文学的创作实绩并不能以质量赢得信任和尊重，人们对它的价值和前景产生怀疑，靠媒体的突围而没有艺术品质的确认和审美价值的自证，任何文学都无从取得存在的合理性。直到 21 世纪初，网络文学整体上还是时尚意义大于审美意义，媒体多于艺术创新，传播方式胜于传播内容。它需要的不是历史的尊重，而是通过自己的创作确立其艺术价值。对于网络文学的理论指导应以完全不同于传统文学的"超文本"为基础而构建，网络文学作家身份的网民化，创作方式的交互化，文本载体的数字化，流通方式的网络化和欣赏方式的机读化等基本特征，决定了其存在方式、创作模式和欣赏、审美都会有变化。而这种变化也将影响网络文学作品从"生产"到最后被"消费"的整个体系的运作。

当文明快速发展时，人类的艺术理念、人文精神表现得似乎不适应自己的发展速度了。网络文学正是科技与艺术"整合"的产物，其他新型艺术种类也有相似的处境，只不过相对于这些艺术种类而言，网络文学因其传播速度与范围及影响而倍加受到人们的关注，并对传统文学形成了直接的压力。

综上所述，网络文学整体上似乎更多是在和传统文学"合谋"来取得利益而非"艺术价值"，它的价值自足性和历史合理性都处于悬置状态。事实上，网络文学的理论研究其实是在缺少作品状态下的一种超前研究，它需要真正成功的网络作品来证明其独特的艺术魅力。

二、1990—2000 年文学形式的创新

（一）1990—2000 年的小说

"长篇小说热"是能代表 20 世纪 90 年代文学成就最突出的一个创作现象。20 世纪 90 年代众多的长篇小说中，一些作品已经在文学史或历史的沉淀中以某种经典化的形式固定下来，比如张承志的《心灵史》，张炜的《九月寓言》《家族》，莫言的《酒国》《丰乳肥臀》，王安忆的《纪实与虚构》《长恨歌》，贾平凹的《废都》《白夜》，陈忠实的《白鹿原》，余华的《活着》《许三观卖血记》，苏童的《我的帝王生涯》，格非的《敌人》《欲望的旗帜》，李锐的《旧址》《无风之树》，史铁生的《务虚笔记》，陈染的《私人生活》，韩少功的《马桥词典》，叶兆言的《一九三七年的爱情》，林白的《说吧，房间》，王小波的《黄金时代》，铁凝的《大浴女》，阿来的《尘埃落定》，霍达的《穆斯林的葬礼》，阎连科的《日光流年》以及王蒙的"季节系列"，刘震云的"故乡"系列等。人们对 20 世纪 90 年代一些重要作家的作品也进行了探讨。

莫言获得 2012 年诺贝尔文学奖毫无疑问奠定了他的经典地位，同时他也成为现当代文学史上一个重要而伟大的标志作家。20 世纪 90 年代，莫言创作了两部很重要的长篇小说：《酒国》和《丰乳肥臀》。1992 年的《酒国》是一部集先锋性与批判性于一体但一直被批评界和文学史低估的小说。其先锋性首先表现在文体结构方面，小说共十章，分为四部分。第一部分是"莫言"创作的小说，写高级侦查员丁钩儿到酒国破案的经历；第二部分是李一斗与"莫言"的通信；第三部分是李一斗的九篇小说；第四部分也就是第十章，写"莫言"出发到酒国见到了李一斗和其他小说中的人物。小说叙事在先锋和传统之间自由穿越，主旨则上接鲁迅的启蒙思想，下启 20 世纪 90 年代之后知识分子的命运，思想容量极为丰富，是一部很有解读难度的作品。《酒国》中看似荒诞不经的酒之欲望、高价出售孩儿等酒国"奇观"虽不是现实实有，但文本有着揭示现代人"欲望疯狂病"的批判意识与思索深度。

余华在 20 世纪 90 年代的文学创作中展现出了显著的变化。其先锋作品中融入了多样化的声音元素，这些声音主要可分为三类：其一，小说中人物直接表达的对白声，通过人物的对话展现其内心世界与情感状态；其二，叙述者所描述的喊叫声，这类声音增强了文本的现场感与紧张氛围；其三，因暴力行为而产生的"暴力之声"，此类声音为作品注入了更为深刻的社会批判与道德反思。这些声音元素的运用，使得余华的作品更加丰富多元，也进一步凸显了其作为文学家的独特魅力与深刻思考。1991 年的《在细雨中呼喊》是余华第一部长篇小说，被认为是一部绝望的心理自传，某种程度上是对当时小说的一次全面总结，标志着一个时期的结束。《活着》在 20 世纪 90 年代经历了一个由争议到经典的过程，小说整体上回归传统现实主义的方法让注重"创新"和"特别"的批评家们产生了犹疑，简洁之中蕴含的丰富性也很难一下子从相似的文学表达中脱颖而出。小说以平静、温和的笔调讲述了福贵的故事，在极简化的艺术表达中渗透了普遍的人类情感和生死体验，其中大量的细节描写更是直抵人心最为柔软的部分。

1995 年出版的《许三观卖血记》以幽默、简洁、富有音乐性的方式讲述了许三观多次依靠卖血渡过人生难关的故事，博大宽容的温情渗透在众多细腻真实的人生苦难中，以简洁的笔调写出精深的内涵。《许三观卖血记》在叙事方面非常明显的标志是重复和对话的大量使用。《活着》和《许三观卖血记》都以极简化的方式，把生活的悲惨和人性的温暖表达得简单有力、充分深刻。

贾平凹的作品以描写农村见长，但也喜欢刻画知识分子。"农民"和"知识分子"是贾平凹小说创作的两大人物体系，在中国当代作家中系统、及时地反映中国当代农民与知识分子，贾平凹无疑是最重要的作家之一。1993 年出版的《废都》是贾平凹第一部城市题材之作，反映了急剧变革的中国社会现实，由于其独特而大胆的态度以及出位的性描写，引起了社会各界的广泛关注。作品以作家庄之蝶和几个女性的关系为核心故事，表现了包括画家、书法家、商人、政客等社会各阶层人物的心态沉浮。该作品语言方面力求吸收明清白话小说的特点，形成含蓄而富有内在韵味的小说格调，表达有关世纪末知识分子感受到的悲凉"废都"意识，被作者自称为安妥自身的作品。

王安忆是一位在多种题材和领域内都有较大创造力的女作家。20 世纪 90 年代发表的《长恨歌》写出了上海市民一个时代精神的整体隐喻，在叙述方式、语言感觉以及人性的深刻等方面都作出精细的探索。王安忆在这部作品中充分地展示了一位女作家的细腻与物感，以一种很"慢"的笔调将这个人生故事写得哀婉动人，其中对女性心理的刻画与上海市井生活的理解令人印象深刻。《长恨歌》的写作笔调舒缓苍凉，表现出一种阅尽沧桑、淡然远观的优雅风度，是中国城市文学与女性写作的一个巨大收获。

苏童20世纪90年代的主要长篇小说有《米》《城北地带》《武则天》。《米》是苏童的第一部长篇小说，写了一个人具有轮回意义的一生，是一个关于痛苦、生存和毁灭的故事，作者在作品中思考和面对人及人的命运中黑暗的一面。《米》被认为是最具寓言性的新历史主义小说，是运用新历史主义小说手法的典范。

格非在20世纪90年代的小说主要有《敌人》《边缘》《欲望的旗帜》等。1994年的《欲望的旗帜》写了一次重要的全国性哲学会议被迫由三个欲望事件推迟或中断的故事：学术巨擘贾兰坡之死；商人邹元标被捕；作家宋子衿发疯。贾兰坡之死一直以一个扑朔迷离的谜题贯穿小说的始终，且最终作者也没有公布答案。这种模糊性与不确定性恰恰给故事的发展创造了无限生发的可能性。小说首先面临的是20世纪90年代以来历史的巨大空场与精神废墟，作家在后记中说明了他的写作目的。格非是一个敏感而富有责任感的思想者，他不断试图碰撞处于人类生存核心地带的矛盾，痛苦于时代与社会的堕落。

张承志的《心灵史》是20世纪90年代文学的一个重要收获。作者有感于20世纪90年代已经出现的转型时期社会经济对人们精神的冲击与腐蚀，试图通过强烈的个人体验来追问或昭示终极的人生价值与生命意义。《心灵史》以一种历史的眼光、审美的情趣表达人生价值的哲思，体现出一种奇异神圣的牺牲与信仰之美。虽然个别观点略显偏激，但对于20世纪90年代以后精神日益涣散的中国人来说，这种异质性的写作充满了某种重塑和构建的力量。

张炜20世纪90年代的小说创作和知识分子的精神状态密切相关，比如《九月寓言》《家族》《柏慧》。《九月寓言》是20世纪90年代一部非常有力度的长篇小说，正如题目所称，小说讲述了一个小村在土地上不断迁徙和定居的故事，表达了浓重的寓言色彩。"道德理想主义"与诗意生活的想象是张炜作品的一个显著标志，因此也构成了其作品与现实社会之间某种强烈的紧张甚至对抗关系。

比如《家族》《柏慧》中的"我"与"葡萄园",表达了作者对精神家园、道德生命的守护而不得的惶惑。20世纪90年代张炜的写作依然传承了20世纪80年代《古船》里就开始的那种人类生存价值意义的追索,表达了一种强烈的社会文化现实批判立场,并试图构建一种理想的人文道德精神"大地"。正因如此,在20世纪90年代人文精神危机的争论中,他和张承志以笔为旗,写下了许多批判世俗的随笔。

陈忠实在写《白鹿原》之前已经有了十多年的创作经历,长期的中短篇小说写作训练为长篇创作积累了丰厚的经验。1993年出版的《白鹿原》是他迄今最重要、最成功的作品。评论界对它的评价颇高,视之为现当代文学的"扛鼎之作"。小说对民族文化与现代历史有独到思考,是代表着现实主义艺术高度的史诗式作品,是一部既有可读性又有审美价值的好作品,也是茅盾文学奖获奖作品。

史铁生是一位用残缺的身体写出了健全而丰满的思想,以文学的精神照亮了人们幽暗内心的作家。20世纪90年代创作的《务虚笔记》是史铁生最重要的一部长篇小说。小说的主要人物都以英文字母代替,这种符号化的人物和距离感的叙述方式让小说阅读变得复杂和困难起来。因此也是一部广受好评却很少有人能真正把它从头到尾都读完的作品。

韩少功的《马桥词典》对民间文化和方言的呈现,对小说文体的创新再次体现了作家的努力,尽管后来引发"笔墨官司",但仍然是20世纪90年代不可忽略的重要作品。

刘震云在20世纪90年代的文学力量主要集中于表现乡村生活的系列长篇上,先后出版了《故乡天下黄花》《故乡相处流传》《故乡面和花朵》,只是比起21世纪后各类"触电"作品,这些带有艺术探索的小说似乎没有获得所期待的反响。

阎连科在20世纪90年代的中国当代文坛正式崛起,尤其是长篇小说《日光流年》受到好评。小说描绘了豫中山区三姓村人如何挣脱活不过40岁的命运的故事,对乡土底层的生存状况与"苦难"极力渲染,在惨烈的情节设计中体现了作家的焦灼与批判精神,由此也拉开了阎连科21世纪以后小说创作的"爆发"大幕。

毕飞宇的代表作《青衣》发表于世纪之交。毕飞宇也是一位在20世纪90年代末崛起、在21世纪后迅速发展的作家,其创作别有风味,成绩斐然,值得持续关注。

（二）1990—2000 年的诗歌

1. 20 世纪 90 年代诗歌概况

20 世纪 90 年代诗歌发表和出版的状况有了新的变化。专门的诗歌刊物《诗刊》《星星》《诗选刊》仍然继续出版，综合性文学刊物如《人民文学》《山花》《上海文学》等发表诗歌的热情却已锐减。"民刊"成为诗人赖以存在、诗歌的思想艺术探索得以展开的主要阵地。此外，因正常出版渠道难度加大，个人自印诗集成为普遍现象。

20 世纪 90 年代，虽然诗歌在整个社会的文学生活中已边缘化，可是诗界内部却仍然十分热闹。在诗的传播上，20 世纪 90 年代后期，一些诗人在城市的书店、咖啡馆、茶室等场所举办小型诗歌朗诵会，一些大学定期举办诗歌节。随着互联网进入中国，"网络诗歌"的兴起成为划时代事件。

20 世纪 90 年代诗歌，"个人化""个人写作"成为最重要的诗歌征象。20 世纪 90 年代诗歌的"个人写作"，不单指写作的个性和风格，更不是私人化写作的代名词。它是新诗发展到一个新的阶段，在特定的文化语境下，诗人对现实生活的介入方式与对题材处理策略的重大调整，是诗人以独立身份和个人立场，对生命存在体验的独特言说。

女性诗歌写作也是 20 世纪 90 年代诗歌中一道亮丽而不可遗漏的风景。女性诗歌其实是 20 世纪 80 年代中期后兴起的，指包括"女性作者""女性意识""性别特征"在内的诗歌写作，一般以翟永明、唐亚平等为其中的代表。20 世纪 90 年代女性诗歌的转型与发展，突出表现在女性整体意识的淡化和个人化的加强。

叙事也是 20 世纪 90 年代诗歌的一个重要关键词。它不同于新诗中"叙事诗"的文类划分，而是指诗与现实的关系的修正，新的诗歌建构手段。它根植于 20 世纪八九十年代中国社会语境的深刻转变，是对 20 世纪 80 年代单向度的抒情性的"青春期写作"的补正。

贯穿 20 世纪 90 年代诗歌界的一个主要话题是"知识分子写作"与"民间写作"之争。欧阳江河的《1989 后国内写作：本土气质、中年特征与知识分子身份》，闵正道、沙光主编的《中国诗选》，王家新的《"理想主义"与知识分子精神》等文章先后表述了知识分子写作的某些观念。1997 年前后"坚守现在书系"（门马主编，改革出版社 1997 年版，收欧阳江河、翟永明、西川、萧开愚、陈东东、孙文波个人诗集）、"20 世纪中国诗人自选集"丛书（湖南文艺出版社 1997年版，收西川、欧阳江河、陈东东、王家新个人诗集）和"90 年代中国诗歌"丛书（洪子诚主编，文化艺术出版社 1998 年版）等，都比较偏向于后来被称为"知识分子写作"的诗人。

为了呈现历史真相，"民间写作"的诗人开始行动。1998 年，小海、杨克编选《他们——10 年诗选》。同年，于坚、韩东、杨克等在广州策划《1998 中国新诗年鉴》，确定下民间写作的策略。1999 年于北京市平谷区盘峰宾馆召开"世纪之交：中国诗歌创作态势与理论建设研讨会"，展开了尖锐的诗歌论争。同年，唐晓渡主编的《1998 现代汉诗年鉴》与杨克主编的《1998 中国新诗年鉴》都出版了，也是双方争论的一个高潮。

2. 20 世纪 90 年代重要诗人诗作

20 世纪 90 年代的重要诗人，既包括还保持着创造活力并不断有新开拓的"老一辈"诗人，如郑敏、牛汉、昌耀、蔡其娇等；也包括 20 世纪 80 年代初已初步确立写作风格，并产生了一定影响的"新诗潮"作者，如翟永明、于坚、韩东、王家新、西川、王小妮、欧阳江河等；还包括虽然 20 世纪 80 年代已经开始发表作品，但主要创作成就的取得在 20 世纪 90 年代的张曙光、孙文波、臧棣、伊沙、西渡等。

西川翻译过庞德、博尔赫斯等人的作品，也写过诗论和随笔。他写诗始于大学时代，20 世纪 80 年代的作品带有古典主义的特征，1989 年后，其作品被广泛传播，给当时社会带来深刻的影响。进入 20 世纪 90 年代以后，西川的写作更开阔、更深厚，诗歌中涉及的材料也更为广泛芜杂，他将目光朝向历史与宇宙更深远处，用哲学的眼光来思考问题，通过想象性的体验来构建他的诗性世界。前期的"语言炼金术"对他的益处于此得以显现，他能从容地将各种抒情、叙事、戏剧等因素综合而使之熔于一炉而不至于混乱，显示出过人的综合能力。《厄运》《近景和远景》《致敬》等都能打破诗歌旧有建构方式而成为典型的综合创作文本。

王家新在 20 世纪 90 年代发表了《瓦雷金诺叙事曲》《帕斯捷尔纳克》等作品。命运、时代、承担是他的诗的情感、观念支架，他将自己的文学目标定位在对时代、历史的反思与批判的基点上。

孙文波在 20 世纪 90 年代参与了多种诗歌"民刊"的创办，《红旗》《九十年代》《小杂志》都身与其役。他的写作路向是从身边的事物中发现需要的诗句。他的诗具有平易、亲切和坚实的道德感等可信赖的性质。他的重要作品《在无名的小镇上》《聊天》《散步》《铁路新村》等最主要的元素就是当代社会诸方面的日常情境与细节，因而也被称为"风俗诗"。但孙文波不是"日常经验"的崇拜者，他强烈而执着的历史关怀和人文视角，对生活与自我的严格审视，提升了"日常经验"的诗意质量。

20 世纪 80 年代中期，张枣赴德国求学，并在那里的大学任职。他的"抒情方式"趋向复杂，主要一点，是以"对话式"来取代独白式的抒情。诗中常飘忽着某些隐秘的信息，它的传递得到一些读者会心的领悟与参与，但因时空际遇的不同，和对想象方法的陌生，对于另外的读者而言却是某种阻隔。张枣的诗数量并不多，除 20 世纪 80 年代初的名作《镜中》《何人斯》，重要作品还有《楚王梦雨》《灯心绒幸福的舞蹈》《秋天的戏剧》《云》《跟茨维塔耶娃的对话》等。

张曙光在大学时期开始写作，受到注意则要迟至 20 世纪 90 年代初。相对而言，他的诗没有复杂的技巧，某个场景，某一回忆，一些言论，靠联想、思索和语调加以组接。诗意连贯、自然，注重深思、冥想氛围的营造。《岁月的遗照》《尤利西斯》《边缘的人》《这场雪》等作品，无不让人体会到个体存在的沉痛感、荒谬感、毁灭感。

臧棣与中国新诗"宏大"的主流格调偏离，专注小、从容于精的向度。臧棣的诗，具有清晰、简洁的形态，表现他对现代汉语在声音、词义、句法上的"可能性"发现的敏感。臧棣的诗歌道路自有其风险，受到的评价褒贬不一。

作为民间写作的一员主将，伊沙在 20 世纪 90 年代初的《饿死诗人》中发出了惊世骇俗的宣言，充分显示了他的先锋性。《结结巴巴》则把诗推向了非诗的绝境，无论是从内容还是语言上，都显示出了自由狂欢的姿态，肆意反叛他所认为的一切传统诗意和诗美。

（三）1990—2000 年的散文

散文热是 20 世纪 90 年代文学景观中最引人注目的文学现象之一。随着大众文化的兴盛，报业的迅速发展，"晚报""周末"类报纸几乎都开始辟出散文、随笔专栏。小说家、诗人，乃至评论家、学者的加盟，使 20 世纪 90 年代的散文创作队伍空前强大，读者对于散文的消费欲望高涨。

随着市场经济的环境中人们的生存压力逐渐增加，他们需要在最短的时间内，用最为经济的方式处理个人的情感体验，因此篇幅短小、便于阅读的散文成了人们的首选。20 世纪 90 年代散文的繁荣，不仅仅体现在创作者与读者的人数众多，还体现在强化了审美性、娱乐性、可读性及结构模式、文体形态呈现多样化的趋势，并形成了各具特色的各种流派。

1. 以余秋雨的散文为代表的文化大散文

以余秋雨的散文为代表的文化大散文，又被人称为"学者散文"。余秋雨、季羡林、林非、萧乾、雷达、宗璞、杨绛、谢冕、张中行、黄秋耘等的散文就是其中翘楚。关于文化散文的内容，可以作三方面概括：

（1）书写传统文化精神，从文化古迹或人文风情中，寻求中国文化的内涵和文化人格的构成。

（2）体现当代的文化意识，站在时代思想的高度，表现当代人的审美意趣、文化心理，以及对于生命、宇宙、人类的文化感悟。

（3）发扬作者的文化品格，作者以自己的人生体验融入文化思考之中，表现出鲜明的精神个性与文化品格。学者型作家加盟散文大军，使 20 世纪 90 年代的散文呈现出前所未有的文化厚度与学术品位。如余秋雨的散文集《文化苦旅》《山居笔记》《文明的碎片》《霜冷长河》等，便堪称其间代表。

2. 以张承志、史铁生等的作品为代表的体现人文关怀的散文

20 世纪 90 年代，散文创作的一大亮点是大批小说家、诗人、艺术家加入散文创作行列，散文创作队伍空前壮大，兼治散文的"双栖作家""多栖作家"明显越来越多。铁凝、张抗抗、史铁生、张炜、陈忠实、汪曾祺、李国文、高晓声、王蒙、张承志、刘心武、冯骥才、贾平凹、何士光、梁晓声、韩少功、邓刚

等人都写出了不少有影响的散文佳作。

史铁生的作品最为震撼读者的地方，在于他从个人特殊的生命体验出发，思索生命的困境，艰难地探索人生的意义与价值。张承志成名于小说创作，散文集有《绿风土》《荒芜英雄路》《洁净的精神》等。张承志的散文创作中表现出一种生存理想和生存精神，惯于从历史文化的视角来探索人生与社会。在当代散文的多元格局中，张承志的散文个性格外突出，显示出一种独立不羁、庄严深邃、冷峻热烈的审美品格。

3. 林贤治、王小波、筱敏等人的思想随笔

在20世纪90年代，大批有思想、有批判意识的新老学者、人文社会科学家等开始了散文创作，钱理群、王小波、林贤治、筱敏、严秀、王充闾、李锐、徐无鬼、徐友渔、潘旭澜、王学泰、蓝英年、余杰都堪称其间翘楚。他们的文字，洋溢着深厚的人文精神，闪烁着犀利的理性智慧，为散文注入了蓬勃的生命活力。

王小波以小说见长，但他的散文同样出色，可以在幽默的言说中蕴藏深刻的思想见解，嬉笑怒骂皆成文章。林贤治是诗人、散文家，同时是以研究鲁迅见长的学者，他的《人间鲁迅》深得鲁迅研究界的认可与赞赏。林贤治的散文创作，无疑深受鲁迅的影响，他的文笔犀利冷峻，继续着批判国民灵魂的工作。从历史到文人，林贤治对奴性文化给国人带来的深重戕害，有着深刻的剖析与批判。《平民的信使》等思想散文集，将一切批判泛道德化可能是林贤治散文的问题所在，思想的深刻性和尖锐性也使其独树一帜。女作家筱敏，则是思想随笔写作群体中的另一名佼佼者。她的散文集《成人礼》，以深刻的思想洞见、沉稳的理性智慧而为人称道，她的文字和思想在当今中国女散文家中堪称独一无二。

4. 以素素等人的作品为代表的女性散文的发展

20世纪90年代，随着女性文学的进一步发展，女性散文也逐渐成为一股不可忽视的潮流，斯妤的《心灵速写》，素素的《女人书简》，筱敏的《西睡五题》《家》《规矩》，张抗抗的《牡丹的拒绝》，苏叶的《车辚辚马萧萧》等，都是当时颇有代表性的女性散文佳作。因为这些优秀女性散文作者的出现，现代女性散文也得以跻身20世纪文学景观，成为20世纪90年代散文园地当中的瑰宝。

5. 新生代散文的出现与发展

新生代亦称晚生代，是指出生于 20 世纪 50 年代末、60 年代和 70 年代初，而在 20 世纪 90 年代产生影响的一批散文家。他们大多数有大学本科学历，有的还是硕士、博士，有良好的文化素养，创作起点高。祝勇、原野、田晓菲、老愚、叶依、南妮、彭程、瘦谷、于君、止庵、摩罗、冯秋子、苇岸、王开林、戴露、潘向黎、邓浩、洪烛、周晓枫等人，都堪称其间代表。

综观 20 世纪 90 年代的散文创作，可以说那是一个百花竞艳的时代，20 世纪 90 年代的"散文热"构成了"世纪末的狂欢"。名家辈出、流派迭起，比起 20 世纪 80 年代的散文创作，20 世纪 90 年代的散文不仅显得更丰富多彩，而且走向博大、厚重与深刻，呈现出多元发展的景观，并且触发了对于中国社会、文化发展命题的深沉思考。

第四节　新世纪文学（2000 年至今）

新世纪文学（2000 年至今）的发生发展与中国的文学制度重组、媒介传播发展和消费文化兴起这三个因素密切相关。"进入 21 世纪，中国现代文学持续发展，呈现了更加清晰的历史动向。"[1] 中国文学制度的重新组合、媒介传播手段的进步以及消费文化的盛行，共同推动了 21 世纪文学的形成与演变。在这一时期，中国文学不仅在国内产生了深远影响，在国际上也获得了广泛的关注和认同。

一、21 世纪文学的发生发展

（一）中国文学制度推动 21 世纪文学发生发展

中国的文学制度产生于中国特定的政治、经济和文化环境，影响了现当代文

---

①张未民. 新世纪以来的文学：思潮与文脉——试论"中国现代文学 3"［J］. 当代作家评论，2018（04）：45.

学的生产方式，推动了现当代文学的发生。20 世纪 90 年代末期，中国政治、经济和文化环境都发生了巨大的改变，文学制度也相应作出了调整和重组，进而激发了 21 世纪文学的发生。第六次文代会于 1996 年 12 月召开，会议强调文艺"为人民服务"的大方向，对"让文艺回到自身"的观念予以反思，对以自我为中心、以形式为中心的文艺作品和文艺理论予以批判。第七次文代会于 2001 年 12 月召开，号召现代中国的文艺工作者在全球化的背景下应该遵循先进文化的前进方向，自觉投身改革开放和现代化建设的伟大实践，努力创作有利于群众性文艺活动蓬勃开展的优秀作品。这两次文代会都把文学放在经济全球化背景下进行考察，强调了群众标准的重要性，将文艺的政治功能逐渐引向了式微，使那些曾经惊心动魄的现当代文学运动成为历史记忆。

这一时期，市场的力量逐渐增长，图书出版的需求更多地倾向于市场，数量众多的长篇小说和规模巨大的丛书频频出版，市场对图书数量的迫切需求已超越对文学质量的追求，同时，对图书的娱乐性需求也超过了对其思想性和艺术性的考量。在激情扩张的出版业面前，文学写作者被迫接受了一轮"适者生存"的竞争角逐。这场竞争中的赢家大都具有旺盛的精力和高产的能力，如贾平凹、莫言、张炜、刘醒龙、阎连科等作家。同样的"生存竞争"也发生在不同的文学文体之间，由于诗歌和短篇小说更重视艺术性，学术论著更重视思想性，皆被市场淡忘。市场最为青睐的文学文体是长篇小说和散文随笔，因为长篇小说最具娱乐性，散文随笔则最易生产并被复制。这说明出版的影响力已经深入作家的创作节奏与文体选择，全球化、族群矛盾、跨国资本、信息化、小资生活、底层社会等术语，正在取代苦难、伤痕、人道主义、先锋性、人文精神、知识分子、使命感等，经济至上的新的文学意识形态逐渐形成。再加上 20 世纪 80 年代前的政治至上观念在文学制度内的部分遗留，和 20 世纪 80 年代的艺术至上观念在一些个体创作中的悄然延续，三种文学意识或明或暗交织并存，共同形成了 21 世纪文学复杂的历史风貌。

（二）互联网推动 21 世纪文学发生发展

作为媒介的互联网，不仅传播着作为信息的文学，也必然会参与塑造人们对于文学的意识形态，并进而影响到文学的创作、接受、传播、批评等各个层面。

中国 21 世纪文学的发展实践，可以说是"媒介决定论"的有力验证。中文文学与网络的结合，最早始自 1991 年，留美大学生王笑飞创办了海外"中文诗歌通讯网"。1995 年 3 月，诗阳、鲁鸣等人创办中文网络文学刊物《橄榄树》；1996 年，多位女性作者创办了一份网络女性文学刊物《花招》；1995 年 8 月，清华大学建立中国大陆第一个网络论坛（BBS）站"水木清华"，之后各个高校相继成立校园 BBS 站，各站均有专属文学版块；1997 年，网易免费提供个人主页空间，发表在网络上的原创文学迅速增多；同年"榕树下"文学网站成立，一大批写作者和读者迅速聚集，使其成为一个大型文学社区，在此发表的文学作品被首次称为"网络原创文学"，被大众迅速接受并广泛传播，"榕树下"也因此成为 21 世纪以网络为传播载体的通俗文学的发源地。

网络和文学的结合令人们向往，"网络原创文学"使人趋之若鹜，这与基于网络技术而产生的新型的网络文化特征密不可分。相较于传统的农业文化、工业文化，网络文化在思想性、实践性和时代性方面有其独特之处：网络文化的实践特征可以概括为信息海量、传播快捷、交流互动和形式多样；网络文化的思想特征主要表现在知识共享、情感分享、多元开放和去中心化；网络文化的时代特征则体现于个性张扬、商品主导和娱乐至上。这些鲜明、新奇的特征激发了无数文学写作者和读者的热情，使他们共同投身于网络文化生活中去，各自参与并推动了 21 世纪文学的发生、发展。

（三）消费文化对 21 世纪文学发生发展的影响

在消费社会中，为了生产方式自身的生产与再生产，社会就要不断地刺激消费，使大规模消费成为社会的基本生活方式，消费不再是单纯的经济行为，而是一种符号消费的文化行为，不断向审美领域扩张，讲故事可以作为一种说服人们消费的方法。大众通过文化产品的消费确立了对物质产品的消费的口味，文化消费可以深入渗透到物质消费中去，可以带动物质消费，甚而引领大范围的物质消费大潮。重视品牌和形式而轻视质量和内容的消费文化特征对文学观念、审美范式和文学评价体系形成了巨大挑战，改变了文学生产的方式：文学作品作为消费品被广泛生产。

消费文化之于 21 世纪文学的发展是一把双刃剑，在消费文化影响下发生的

21 世纪文学因而具有双重性：一方面，它具有大众性、民主性，适应了现代社会大众的消遣娱乐需要，推动了大众审美意识的提高；另一方面，它又具有消费性和低俗性，可能消解人们的自我意识，尤其是在大众传媒的深度介入之下，人们甚至很难在独立追求与媒介影响之间划出清晰的界限。

因此，时代也需要一些更加独立的文学写作者：他们在消费社会具备失败者的自省精神，有能力开展对于消费文化的独立思考，不妨以平庸、世俗的日常生活为写作对象，但同时需要发挥文学的超越性和批判性功能，打破消费文化所营造的美轮美奂的幻象，从而恢复人的独立自我意识，使人们能够重新体验、反思自己的生活，获得艺术的享受和精神的解放。他们拥有不多的读者、微薄的收入和微不足道的声名，但是他们的独立创作蕴含着文学发展的丰富可能性。

二、社会结构促进文学场域的变革

（一）社会过渡期的文学解读难题

我们习以为常的社会主义与资本主义、官方与非官方、市场经济与政府干预、精英与大众、"通俗文学"与"纯文学"等二元对立描述方式和观察角度，在社会结构转型期变得模糊不清。政治和经济领域的变革作用于文化领域，引发文化领域的深刻变革。文学领域亦无法置身事外，包括文学生产机构、评价机构、文学组织和社团、读者在内的所有文学参与者都在重新进行权力分配，文学场的内部成员关系改变，促使文学场改变自身的运行逻辑。

（二）大众文化的文化主导权

从场域理论的角度，文学场是文化生产场中的一个次场。在新世纪的文学场研究中，我们必须关注大众文化在文化生产场中日益凸显的重要性。在经济资本的主导和国家产业政策的支持下，新世纪中国文化生产场呈现出大众文化快速发展，并向精英文化渗透的趋势。

大众文化对现当代文学的影响是全方位的。它介入文学的生产机制，改变文学的传播方式，影响文学场内象征资本的分配方式，甚至作用于文学批评和文学研究。大众文化已经成为一种新的、隐性的意识形态，无孔不入地融入作家的创作和读者的阅读过程。大众文化与文学的关系，已经从 20 世纪 80 年代的对抗、90 年代的被动抵抗，转变为现在的主动接近和融合。

（三）作家"文化精英"身份的稀释

作家作为文学的生产者，是文学场中最具有能动性的核心环节。作家的自我定位和文化身份，直接关系文学作品的思想深度和人文关怀，影响读者，进而影响出版社、期刊等文学场的流通环节。

然而，进入 21 世纪，网络媒介的崛起使得作家们的"文化精英"身份被稀释。网络媒介已经成为整个媒介场的主导者，其表达方式对其他媒介都会产生影响。在网络时代，无论是文学作品还是电影、电视，都受到了网络媒介的影响。以文学为例，出现了杂志书、微小说等与互联网思维和习惯相呼应的新文学形式，小说语言也体现出网络语言的特点。

三、21 世纪的发展趋势

第一，文化自觉。21 世纪以来，文化自觉成为重要的研究议题。学者们从不同角度探讨了如何在全球化语境中实现文化自觉，以及如何在全球化的浪潮中坚持和弘扬民族文化。这些研究着重讨论了文化自觉对于民族文化的保护、发展以及对外交流的意义。

第二，现代性反思。21 世纪学者对现代性的反思持续深入。除了批判性的现代性反思，学者们还从建设性的角度思考如何构建一种更加合理的现代性，以应对全球化带来的问题。这些研究为 21 世纪全球治理提供了有益的思考。

第三，网络文学与新媒体。21 世纪，网络文学和新媒体成为文学发展的新形态。学者们关注网络文学的生产机制、传播渠道、文本特征等方面，并思考这些新兴文学形态对传统文学研究的影响。

第四，跨学科研究。21 世纪学科交叉融合趋势明显，文学研究不再局限于文本分析，而是拓展到文化研究、政治研究、社会研究等领域。学者们尝试从跨学科的视角审视中国文学，以期获得更全面的理解。

第五，全球比较视野。21世纪，全球比较成为文学研究的重要方法。学者们通过比较不同国家的文学，探讨不同文化之间的交流与互动，以期在全球范围内审视文学的发展。

第六，中国道路。21世纪以来，中国道路成为国际学术界的关注焦点。学者们深入探讨了中国道路的独特性，分析了中国道路为发展中国家提供的发展模式。这些研究有助于丰富全球发展模式的理论体系。

第三章 现当代文学意蕴及发展方向

第一节 现当代文学所蕴含的美学特征

美学是研究美的本质、美的形式、美的价值以及审美经验的哲学分支。它探讨人们如何体验和创造美，以及美的概念是如何随着文化、历史和社会背景而变化的。现当代文学是中国文学发展的重要阶段，它不仅传承了古典文学的优秀传统，而且在语言、叙事、主题、文化和接受等方面展现了独特的美学特征。

一、语言美学特征

"文学语言不仅具有普通语言的指义性，更具有超越语言本身的审美价值。"① 语言学本身就具有诸多的美学特征，语言元素的组合更是让美变得极致，尤其是汉语作为世界上唯一一种表意体系语言，它不仅可以将语言自身的魅力充分地展示出来，而且可以将语言词汇组合出来的深层魅力展示出来，这个被我们叫作现当代文学"语言的美学特征"。

现当代文学在语言上的美学特征表现为对语言的创新和实验。作家们尝试打破传统的语言规则，创造新的表达方式，如使用方言、俚语、新词等，以增强文本的地域性、时代感或个人风格。同时，作家们也通过语言的节奏、韵律、象征、隐喻等手段，提升文学的艺术性和深度。

（一）诗歌的语言美学

1. 音韵

（1）韵律。韵律是指诗句中音节和重音的排列组合，它像一首歌曲的旋律，

---

①龚艳. 文学语言特征的美学探析［J］. 传奇. 传记文学选刊（理论研究），2011（04）：13-14.

引领着读者的听觉感受。在《再别康桥》中，徐志摩巧妙地运用了韵律，使得诗歌在朗读时更加和谐、优美。例如，"轻轻的我走了，正如我轻轻的来；我轻轻的招手，作别西天的云彩"，这两句诗中，诗人通过精心的韵律安排，使得诗句在诵读时如行云流水，令人陶醉。

（2）押韵。押韵也是音韵美的重要体现。押韵是指诗句中末尾音节的相同或相近，它能够产生回声般的效果，使诗歌更具节奏感。在《再别康桥》中，诗人同样运用了押韵的手法，使得诗歌的音乐性更加突出。例如，"走""来""手""彩"四个字在诗句末尾押韵，使得整首诗歌在音韵上更加和谐统一。

（3）音韵技巧。徐志摩在《再别康桥》中还运用了多种音韵技巧，如叠词、双声、叠韵等，进一步丰富了诗歌的音乐性。这些音韵技巧的运用，不仅使得诗歌在听觉上更加悦耳动听，同时也传达了诗人深厚的情感。

总之，音韵作为诗歌语言美学的基础，在徐志摩的《再别康桥》中得到了充分的体现。诗人通过巧妙的韵律安排和押韵手法，使得诗歌在音韵上达到了极高的美学境界。这不仅展示了诗人对音韵艺术的深刻理解与高超运用，也为读者带来了一场美妙的诗歌音乐之旅。因此，在欣赏诗歌时，我们不仅要关注其意境和情感，更要品味其音韵之美，感受诗歌独特的音乐魅力。

2. 节奏

节奏是诗歌语言美学的灵魂，它主要体现在诗句的长短、强弱和停顿上。

（1）诗句的长短。在中国现当代诗歌中，诗句的长短不一，使得诗歌的节奏感更加明显。诗人们通过调整诗句的长短，创造出或急促或悠扬的节奏，以表达不同的情感和思想。例如，北岛的《回答》中，诗句长短不一，节奏感强烈。诗中的"卑鄙是卑鄙者的通行证，高尚是高尚者的墓志铭"，长短不一的诗句使得诗歌的节奏感更加明显，同时也增强了诗歌的力度和冲击力。

（2）诗句的强弱。在中国现当代诗歌中，诗句的强弱也是节奏美的重要体现手段。诗人们通过对诗句的重读和轻读的处理，创造出或强烈或柔和的节奏感。例如，徐志摩的《再别康桥》"轻轻的我走了，正如我轻轻的来；我轻轻的招手，作别西天的云彩"，诗人通过对"轻轻"的重复使用，以及对"招手"和"作别"的重读，创造出了一种轻柔而深情的节奏感，表达了诗人对美好时光的留恋和对离别的无奈。

（3）诗句的停顿。在中国现当代诗歌中，诗句的停顿是节奏美的又一重要体现手段。诗人们通过对诗句的断句和停顿的处理，创造出或紧张或舒缓的节奏感。例如，艾青的《我爱这土地》"为什么我的眼里常含泪水？因为我对这土地爱得深沉"，诗人通过对"为什么"和"因为"的断句和停顿，创造出了一种紧张而深情的节奏感，表达了诗人对祖国的深沉爱意。

3．意象

意象是诗歌语言美学的核心，它主要体现在诗人通过具体的形象来表达抽象的思想和情感。

（1）传统意象的运用。在中国现当代诗歌中，传统意象的运用使得诗歌的意象美更加深刻。诗人们通过对自然景物、历史人物、文化符号等传统意象的运用，表达了对自然、人生、社会等方面的思考和感悟。

（2）新意象的创新。在中国现当代诗歌中，新意象的创新使得诗歌的意象美更加丰富。诗人们通过对现代生活中的具体形象进行抽象和象征，创造出新的意象，以表达对现代社会的思考和感悟。例如，顾城的《一代人》中，"黑夜"和"光明"这两个意象被用来表达对未来的希望。诗中的"黑夜给了我黑色的眼睛，我却用它寻找光明"这两句诗中，"黑夜"和"光明"这两个意象的对比，使得诗歌的意象美更加丰满，同时也表达了作者对光明未来的渴望。

4．修辞

修辞是诗歌语言美学的灵魂，它主要体现在诗人对各种修辞手法的巧妙运用上。中国现当代诗歌在修辞上的运用，既继承了古典诗歌的传统，又融入了现代诗歌的创新。

（1）比喻的运用。比喻是中国现当代诗歌中常见的修辞手法。诗人们通过将两个不同的事物进行类比，以表达出更深层次的意义。

（2）拟人的运用。拟人是另一种常见的修辞手法。通过赋予非人类事物以人的特征和行为，诗人可以创造出更加生动和具有表现力的形象。例如，徐志摩的《再别康桥》中，"轻轻的我走了，正如我轻轻的来；我轻轻的招手，作别西天的云彩"，通过将云彩拟人化，表达了诗人对美好时光的留恋和对离别的无奈。

（3）对比的运用。对比是诗歌中常见的修辞手法。通过对比两个相对立的事物，诗人可以突出它们之间的差异，以表达出更深层次的意义。例如，北岛的《回答》中，"卑鄙是卑鄙者的通行证，高尚是高尚者的墓志铭"通过对比卑鄙和高尚，揭示了社会的道德困境。

（4）反问的运用。反问是诗歌中常见的修辞手法。通过提出问题，诗人可以引导读者思考，以表达出更深层次的意义。

5．风格

风格是诗歌语言美学的核心，它主要体现在诗人的语言运用和表达方式上。中国现当代诗歌在风格上的运用，既有对传统风格的继承，也有对新风格的创新。

（1）抒情风格。抒情风格是中国现当代诗歌中常见的风格。诗人们通过抒发内心情感，表达对自然、人生、社会等方面的思考和感悟。例如，戴望舒的《雨巷》中，"撑着油纸伞，独自彷徨在悠长、悠长又寂寥的雨巷"通过描绘雨巷中的独行者，表达了诗人对人生的感慨。

（2）叙事风格。叙事风格是中国现当代诗歌中的重要风格。诗人们通过讲述故事，展现人物命运，反映社会现实。例如，张曙光的《1965年》是一首典型的当代叙事诗。该诗通过叙事的方式，将个人经历与历史背景相结合，展现了作者对过去的回忆和反思。这种叙事性诗歌不仅关注个体的情感体验，还通过具体的历史事件来反映更广泛的社会现实。

（3）议论风格。议论风格是中国现当代诗歌中的一种风格。诗人们通过发表观点，评价人物和事件，表达对社会现象的看法。例如，郭沫若的《天上的街市》以议论风格，对"天上的街市"这一幻想进行了描绘。诗人通过发表自己的观点，评价这个幻想中的世界，表达了对美好未来的向往和憧憬。

（4）象征风格。象征风格是中国现当代诗歌中的一种现代风格。诗人们通过赋予事物象征意义，传达诗歌主题。例如，闻一多的《死水》："这是一沟绝望的死水，清风吹不起半点涟漪。"通过死水象征黑暗的社会，表达了诗人对现实的失望。

（5）暗示风格。暗示风格是中国现当代诗歌中的一种风格。诗人们通过含蓄的语言，引导读者思考诗歌主题。例如，卞之琳的《断章》："你站在桥上看风景，看风景的人在楼上看你。"通过描绘桥上人与楼上人的互动，暗示了人生的相对性和无常。

（二）散文的语言美学

散文，作为一种自由灵活、情感真挚的文学形式，其语言之美，无疑是其魅力的重要组成部分。在我国散文大家们的作品中，无论是鲁迅的犀利深刻，还是朱自清的朴实感人，抑或是林清玄的优美禅意，张抗抗的细腻笔触，以及龙应台的真挚力量，都为我们展现了散文语言美学的独特魅力。现当代散文的语言美学关注的是散文在语言运用上的审美特质，包括语言的准确性、生动性、音乐性以及个性化等方面。这些特点使得散文具有了一种独特的艺术魅力，让人们在阅读过程中既能感受到文字的力量，又能体验到美的享受。

第一，准确性。现当代散文追求用词准确，能够精确地表达作者的思想和情感。如鲁迅的散文，每一个字词都经过精心挑选，力图达到言简意赅的效果。鲁迅以其深刻的社会批判和犀利的文笔著称，以鲁迅的《朝花夕拾》为例，在作品中，他通过回忆的形式，生动地描绘童年时代的点滴，同时融入了对社会现实的深刻反思。这种准确的描绘和深刻的反思，展现了鲁迅对语言的精确把握和对社会现象的敏锐洞察。

第二，生动性。散文通过生动的语言描绘，使读者能够产生强烈的视觉和感官体验。如沈从文的散文，善于运用细腻的笔触描绘湘西的自然风光和风土人情。朱自清的《荷塘月色》运用细腻的笔触和优美的词句，如变换音乐节奏般地描绘了荷塘月夜的宁静美景，同时传达了他对宁静、自由生活的向往。这种生动的语言和优美的节奏，给人以极大的感官享受和情感共鸣。

第三，音乐性。散文的语言音乐性体现在韵律和节奏上。如朱自清的《荷塘月色》，通过语言的韵律美，营造出一种宁静和谐的氛围。在这篇散文中，朱自清运用了大量的叠词、排比等修辞手法，使文章读起来朗朗上口，给人以美的享受。

第四，个性化。现当代散文家的语言风格各异，体现了作者的个性和独特风格。如林清玄的散文，语言清新脱俗，充满了哲理和禅意。在《生命的化妆》中，林清玄通过对生活琐事的描绘，传达出一种超脱的人生观念。他的文字犹如一股清泉，让人在阅读中得到心灵的滋养。

（三）小说的语言美学

小说作为文学创作的一个重要组成部分，承载着展现文学魅力、塑造艺术形象、传达作者意图等多重任务。在现当代小说中，语言美学的运用更是显得尤为关键，它直接关系到作品的艺术效果和读者的审美体验。

第一，小说的语言丰富性。一部优秀的小说，其语言必然是丰富多彩的，能够创造出多样化的文学世界。这种丰富性不仅体现在词汇的选择上，更体现在句式的多变、修辞的巧妙运用以及语气的变化等方面。以莫言的作品为例，他的小说语言犹如一幅幅色彩斑斓的画卷，既有对乡土生活的细腻描绘，又有对人物内心的深入挖掘。他巧妙地运用各种修辞手法，将山东高密东北乡的独特风情展现得淋漓尽致，使读者仿佛置身于那个充满传奇色彩的世界之中。

第二，小说的语言具有强大的表现力。小说通过语言，能够深入挖掘人物的内心世界，展现其情感变化和思想动态；同时，也能够揭示复杂的社会关系，反映时代的风云变幻。余华的作品便是一个很好的例证。他的小说语言简洁而有力，常常能够用寥寥数语揭示出人性的光辉与阴暗。他通过细腻的心理描写和生动的场景刻画，让读者能够深刻感受到人物的喜怒哀乐，以及他们所生活的那个特殊时代的印记。

第三，小说的语言还具有鲜明的地域性。现当代小说家们往往善于运用具有地域特色的语言，以增强小说的真实感和文化底蕴。陈忠实的《白鹿原》便是一个典型的例子。在这部作品中，陈忠实大量使用了陕西地方语言，对方言的巧妙运用，使得小说中的人物形象更加鲜活，故事情节更加引人入胜。读者在阅读过程中，不仅能够感受到关中平原的浓厚生活气息，还能够领略到陕西文化的独特魅力。

第四，小说的语言创新性。随着科技的进步和文化的交融，小说的语言也在不断地探索和创新。小说家们努力打破传统的语言规范，尝试运用新的表达方式和修辞手法，以适应不断变化的社会和文化环境。韩寒的作品便是这一方面的佼佼者。他的小说语言幽默、讽刺，充满了现代感和时尚感。他善于运用网络语言和流行语汇，使得小说更加贴近年轻人的生活实际，更容易引起他们的共鸣。

综上所述，小说的语言美学在现当代小说中占据着举足轻重的地位。它不仅要求小说家们具备扎实的语言功底和丰富的文学素养，还需要他们具备敏锐的观察力和深刻的洞察力。只有这样，才能够创作出既具有审美价值又具有深刻内涵的优秀小说作品。

然而，随着文化多元化的趋势日益明显，小说的语言美学也面临着更多的挑战和机遇。一方面，小说家们需要不断地拓展自己的语言视野，吸收各种文化元素和语言资源；另一方面，他们也需要保持对语言的敏感度和创新力，不断探索新的表达方式和艺术手法。只有这样，才能够让小说的语言美学在现当代文学中焕发出更加绚丽的光彩。

（四）戏剧的语言美学

在现当代戏剧中，语言美学的重要性不容忽视。戏剧作为一门综合艺术，其语言美学不仅体现在剧本的文学价值上，还体现在演员的表演、导演的构思以及舞台美术等多个方面。

1. 剧本创作

剧本是一部戏剧的基础，剧本的语言美学直接关系到整部戏剧的艺术品质。现当代戏剧的剧本创作在语言美学方面呈现出以下几个特点：

（1）现实主义精神。现当代戏剧的剧本创作强调现实主义精神，即真实地反映社会生活，揭示社会矛盾，展现人物性格。剧作家通过生动的对话、细腻的心理描写和富有象征意义的场景，将现实生活中的矛盾冲突和人物性格展现得淋漓尽致。如曹禺的《雷雨》、老舍的《茶馆》等，都是现实主义戏剧的经典之作。

（2）诗意化表达。现当代戏剧剧本在现实主义的基础上，注重诗意化的表达。剧作家运用丰富的想象力和独特的艺术手法，将现实生活进行诗意化的处理，使剧本具有较高的文学价值。如郭沫若的《屈原》、田汉的《文成公主》等，都是诗意化戏剧的代表作品。

（3）喜剧化倾向。现当代戏剧剧本在表现社会矛盾和人物性格的同时，还具有较强的喜剧化倾向。剧作家通过幽默、讽刺、夸张等手法，对社会现象和人物性格进行喜剧化的处理，使观众在笑声中体会到戏剧的魅力。如丁西林的《压迫》、夏衍的《上海屋檐下》等，都是喜剧化戏剧的佳作。

2. 演员表演

演员表演是戏剧艺术的核心，演员的语言表现力直接关系到戏剧的艺术效果。现当代戏剧的演员表演在语言美学方面具有以下特点：

（1）生活化表演。现当代戏剧演员表演强调生活化，即演员在表演过程中要力求真实、自然，使观众产生身临其境之感。演员通过深入挖掘人物性格，运用细腻的表演技巧，将人物形象塑造得栩栩如生。如北京人艺的演员表演，就以生活化著称。

（2）内心化表演。现当代戏剧演员表演注重内心化，即演员要深入挖掘人物的内心世界，展现人物的心理变化。演员通过丰富的内心体验和表情、动作等外部表现，将人物的内心世界展现得淋漓尽致。如我国著名演员于是之在《茶馆》中的表演，就具有很强的内心化特点。

（3）创新性表演。现当代戏剧演员表演强调创新性，即演员要根据时代的发展和观众的需求，不断探索新的表演手法。演员通过创新性的表演，使戏剧艺术焕发出新的生命力。如我国著名演员濮存昕在《雷雨》中的表演，就具有很强的创新性。

3. 舞台美术

舞台美术是戏剧艺术的重要载体，舞台美术的语言美学直接关系到戏剧的艺术效果。现当代戏剧的舞台美术在语言美学方面具有以下特点：

（1）现实主义风格。现当代戏剧舞台美术强调现实主义风格，即真实地反映社会生活，揭示社会矛盾。舞台美术通过精心的场景设计、道具制作和灯光运用，将剧本中的现实主义精神得以充分体现。如我国著名舞台美术家徐翔的《茶馆》、高广健的《雷雨》等，都是现实主义戏剧的佳作。

（2）诗意化表达。现当代戏剧舞台美术注重诗意化的表达。舞台美术通过独特的艺术手法，将现实生活进行诗意化的处理，使戏剧作品具有较高的艺术价值。如我国著名舞台美术家韩生的《屈原》、张继文的《文成公主》等，都是诗意化戏剧的代表作品。

（3）喜剧化处理。现当代戏剧舞台美术还具有较强的喜剧化处理。如我国著名舞台美术家黄清泽的《阳台》、张武的《恋爱的犀牛》等，都是喜剧化戏剧的佳作。

二、叙事美学特征

叙事方式的创新是现当代文学的重要特征。作家们不再满足于传统的线性叙事，而是采用多角度、多层次的叙事结构，如多线索并行、故事套故事、跨时空对话等，以丰富故事的层次和深度，增加阅读的趣味性和挑战性。

（一）诗歌的叙事美学

1. 诗歌的叙述方式

现当代叙事诗歌在叙述方式上灵活多样，既有传统的线性叙述，也有现代的倒叙、插叙等手法。这种多样性使得诗歌在叙述故事时，能够更好地展现诗人的思想感情和审美追求。

贺敬之的《回延安》则采用倒叙的方式，使得作品具有时空交错的美感，显得情感真挚，感人至深。

2. 诗歌的叙述内容

现当代叙事诗歌在叙述内容上关注历史、现实、人生等方面，既有对重大历史事件的描绘，也有对日常生活琐事的叙述。这种多样性使得诗歌在表达主题时，能够更好地展现诗人的思想深度和审美趣味。

郭沫若的《女神》是一首寓意深刻的叙事诗。诗人以女神的诞生和成长为线索，描绘了新中国从诞生到成长的艰辛历程。这首诗歌通过对神话传说的现代解读，寓意着新中国的崛起，表达了诗人对民族复兴的坚定信念。

舒婷的《祖国啊，我亲爱的祖国》则通过具体事物的描绘，表达了对祖国的热爱之情。诗人以第一人称的视角，讲述了祖国大地上的山川河流、城市乡村、历史与现实。这首诗歌以真挚的情感和细腻的笔触，展现了诗人对祖国的深沉爱意。

3. 诗歌的叙述效果

现当代叙事诗歌在叙述效果上追求真实、生动、感人。诗人通过对具体景物、人物、事件的描绘，传达自己的思想感情，引发读者的共鸣。

艾青的《我爱这土地》通过具体的景物描绘，展现了诗人对土地的深厚感情。诗人以第一人称的视角，讲述了对土地的"深沉"之爱。这首诗歌以真挚的情感和生动的描绘，表达了诗人对土地的热爱和忠贞。

（二）散文的叙事美学

第一，叙事方式的灵活性可谓是一大特色。不同的作家，根据不同的主题与情感需求，会选择不同的叙述手法。鲁迅先生的《藤野先生》便是一例，他以回忆录的形式，将过去与藤野先生的交往经历一一铺陈开来，那深情的回忆与细腻的描绘，使读者仿佛置身于那个时代，与作者一同经历那些难忘的时刻。而朱自清的《背影》则采用了线性叙述的方式，以时间为轴，将父亲对他的深深关爱与牵挂娓娓道来，那份父子情深，令人动容。

第二，散文的叙述内容同样丰富多彩。现当代叙事散文往往关注现实生活、人生感悟等方面，通过细腻的描绘与深入的思考，让读者对生活有了更深刻的理解。杨绛先生的《我们仨》便是一部充满温情的家庭叙事散文，她以平实的语言，叙述了家庭成员之间的相处点滴，那份来自家庭的温暖与美好，令人心生向往。而史铁生的《我与地坛》则通过描述作者与地坛的深厚渊源，表达了对生命的深刻思考，那份对生命的敬畏与珍视，让人深受启发。

第三，叙述效果。当代叙事散文追求真实、生动、感人。作家们以细腻的笔触，描绘出生活的点滴细节，使读者仿佛置身其中，感受到那份真实与生动。余秋雨的《文化苦旅》便是一部充满文化气息的叙事散文，他通过对具体文化现象的深入描述，展现了对文化传承的深深忧虑，那份对文化的热爱与执着，令人动容。而龙应台的《野火集》则以犀利的语言，揭示了社会现实中的种种问题，那份对社会现实的关注与批判，让人深感震撼。

（三）小说的叙事美学

现当代小说的叙事美学是指在小说创作中，作者运用叙事技巧、叙事结构、叙事视角等手段来表现故事内容，传达主题思想，以及塑造人物形象的一种美学追求。叙事美学是小说艺术的重要组成部分，它直接关系到小说的吸引力和感染力。

1. 小说的叙事技巧

现当代小说家在叙事技巧上展现出极大的创造力。他们不满足于传统的线性叙述，而是采用了多线性、非线性、碎片化等技巧来增强叙事的张力和深度。例如，鲁迅的《阿Q正传》中，除了讽刺和夸张手法外，还巧妙地使用了第一人称和第三人称相结合的叙事方式，使得读者既能获得全知的视角了解人物和社会环境，又能感受到人物自身的心理活动。这种复合的叙事技巧增强了作品的艺术魅力和思想深度。

2. 小说的叙事结构

在叙事结构上，现当代小说打破了传统的单一时间顺序，尝试了复杂而富有层次的结构设计。莫言的《红高粱家族》就是一个典型例子，他通过时空交错的方式，将不同时期的故事片段交织在一起，构建了一个跨越几代人的宏大叙事框架。这样的结构不仅丰富了故事的维度，也使读者能够从多角度理解历史和家族的命运。余华的《活着》，尽管采用了较为传统的线性叙事结构，却通过对生活细节的深入挖掘和情感的真实刻画，达到了震撼人心的效果。

3. 小说的叙事视角

叙事视角的选择对于小说的叙述效果有着重要影响。钱锺书在《围城》中采用全知视角，让读者能够全面地了解方鸿渐的生活环境和内心世界。张爱玲的《金锁记》则通过有限视角，将读者带入曹七巧的个人经历中，感受到她的情感波动和心理变化。这种有限视角的运用，增加了故事的神秘感和吸引力，使读者对人物产生强烈的共情。

4. 小说的人物塑造

在人物塑造上，现当代小说家追求的是人物形象的真实、丰满和立体化。贾平凹在《废都》中不仅描绘了庄之蝶复杂的情感经历，还深入探讨了他的心理状态和性格演变。陈忠实在《白鹿原》中则创造了一群栩栩如生的农村人物，他们的言行举止、思想感情都极具地方特色和时代色彩，使得整部作品充满了浓郁的生活气息。

5. 小说的主题思想

现当代小说在主题思想上不断拓展新的领域，深化文学的思想内涵。王安忆的《长恨歌》不仅是对女性命运的描写，更是对上海这座城市以及整个中国社会变迁的深刻反思。莫言的《丰乳肥臀》则通过一个乡村女性的生活历程，展现了中国近代史上普通人的生存状态和精神风貌。

6. 小说的语言风格

在语言风格方面，现当代小说呈现出多样化的趋势。莫言的小说语言深受山东乡土方言的影响，具有浓厚的地方色彩和民族特色。而韩寒在《三重门》中则运用轻松幽默的语言，揭示了都市青年面临的困惑和挑战，其独特的语言风格吸引了众多年轻读者的关注。

（四）戏剧的叙事美学

1. 戏剧的叙事特点

（1）现实主义与自然主义。现实主义和自然主义是现当代戏剧的重要叙事特点。现实主义强调对现实生活的真实描绘，注重人物、情节、背景的真实性，反映了社会现实和人物性格的复杂性。自然主义则更加注重对人物内心的深入挖掘，强调环境和遗传对人的影响，通过对生活细节的精细描绘，表现了人的动物性和社会性。

（2）现代主义与后现代主义。现代主义和后现代主义是现当代戏剧的另一种叙事特点。现代主义戏剧强调形式的创新和自我表达，突破了传统的叙事结构，采用非线性叙事、内心独白、意识流等手法，表现了人物的精神状态和社会的混乱。后现代主义戏剧则更加注重对现实和文本的解构，采用拼贴、讽刺、荒诞等手法，表现了文化的多元性和相对性。

（3）叙事视角的多样化。现当代戏剧的叙事视角也呈现出多样化的特点。传统的戏剧通常采用全知视角，观众可以看到人物的内心世界和外部动作。现当代戏剧则常常采用有限的视角，观众只能看到人物的言行，而无法了解他们的内心世界，这种叙事方式增加了戏剧的悬疑性和多义性。

2. 戏剧的叙事形式

（1）舞台表演的创新。现当代戏剧在舞台表演上进行了大量的创新，打破了传统的舞台和观众的关系，采用互动、即兴、多媒体等手法，使观众成为戏剧的一部分，增加了戏剧的参与性和体验性。

（2）导演构思的重要性。在现当代戏剧中，导演的作用越来越重要，他们不仅是戏剧的创作者，也是戏剧的解释者。导演通过对剧本的解读和舞台的设计，创造出独特的戏剧风格和叙事方式。

（3）演员表现的深度。现当代戏剧对演员的表现提出了更高的要求，演员不仅要掌握传统的表演技巧，还要具备深入理解和表现人物内心的能力。现当代戏剧中的演员常常需要进行大量的准备工作，包括对人物背景的了解、对角色的深入体验等。

3. 戏剧的叙事美学影响

（1）社会变迁的反映。现当代戏剧的叙事美学反映了社会的变迁。随着社会的发展和变革，人们的生活方式和思想观念发生了变化，戏剧作为一种艺术形式，也反映了这种变化。例如，现代主义戏剧中的混乱和不确定性，反映了 20 世纪初社会的动荡和不确定性。

（2）文化多元性的表现。现当代戏剧的叙事美学也反映了文化的多元性。随着全球化和信息化的发展，不同文化之间的交流和融合越来越频繁，戏剧作为一种文化形式，也表现了这种多元性。例如，后现代主义戏剧中的拼贴和讽刺，反映了现当代文化的多元性和相对性。

（3）人类精神的探索。现当代戏剧的叙事美学还反映了人类精神的探索。戏剧作为一种艺术形式，不仅反映了社会和文化的变迁，也反映了人类对自身和世界的探索。例如，现实主义戏剧中对人物内心世界的深入挖掘，反映了人类对自我和他人认知的探索。

4. 文学作品案例简析

《雷雨》是现代著名剧作家曹禺创作的一部现实主义戏剧，它通过对一个封建家庭内部矛盾和冲突的真实描绘，反映了封建社会的腐朽和黑暗。

《茶馆》是中国著名剧作家老舍创作的一部现实主义戏剧，它通过对茶馆里各种人物的生活和内心世界的深入挖掘，反映了社会的变迁和人性的复杂性。

贺敬之的《白毛女》通过叙述一个被地主迫害的农村少女的悲惨命运，揭示了旧社会的黑暗和残酷，其叙事风格既悲愤又激昂。

沙叶新的《陈毅市长》叙述陈毅在上海的工作和生活，其叙事风格既庄重又生动。

孟京辉的《活着》则通过改编余华的小说，以戏剧的形式叙述了一个普通人在历史变迁中的命运沉浮，其叙事既忠实于原著又富有舞台表现力。

三、主题美学特征

现当代文学的主题更加多元和开放，作家们关注个体与社会的复杂关系，探讨人性的多面性，以及人在现代社会中的异化、孤独、自由等问题。这些主题的探讨不仅反映了社会的变迁，也体现了文学的深刻性和前瞻性。

（一）诗歌的主题美学

1. 诗歌的主题内容

中国现当代诗歌的主题内容丰富多样，既有对自然、人生、爱情、死亡等永恒主题的探讨，也有对社会现象、历史事件、时代风貌的关注。诗人们以独特的视角，捕捉生活中的点滴细节，抒发内心的情感和思考。

（1）自然主题。自然是中国现当代诗歌的重要主题之一。诗人们以自然为载体，表达对生命、宇宙和人生的感悟。如艾青的《我爱这土地》："为什么我的眼里常含泪水？因为我对这土地爱得深沉……"通过描绘大地、河流、风等自然景象，表达了对祖国深沉的爱。再如海子的《面朝大海，春暖花开》："从明天起，做一个幸福的人，喂马、劈柴，周游世界……"通过描绘大海、春天、花朵等自然元素，展现了诗人对美好生活的向往。

（2）人生主题。中国现当代诗歌中的人生主题丰富多样，反映了诗人们对生活、命运、人生价值的思考和感悟。这些诗歌为我们提供了宝贵的精神财富，启发我们思考自己的人生道路和价值追求。例如，徐志摩的《再别康桥》表达了诗人对美好时光的留恋和对未来的憧憬；郭沫若的《女神》通过描绘女神的形象，展现了诗人对自由、美好人生的追求；戴望舒的《雨巷》则表达了诗人在困境中仍保持希望的信念。

（3）社会主题。中国现当代诗歌还关注社会现象和历史事件。诗人们以敏锐的洞察力，揭示社会问题，反思历史教训。如舒婷的《祖国啊，我亲爱的祖国》通过祖国与个体的关系，表达了对民族命运的关切。

2. 诗歌的主题意义

中国现当代诗歌的主题意义丰富，既有对个体命运的关怀，也有对民族命运的思考。诗人们在创作中，关注时代变迁，反思社会现象，传递正能量。

（1）个体关怀。中国现当代诗歌关注个体命运，表达对人生的关爱。诗人们通过描绘人物的内心世界，展现个体在时代洪流中的挣扎与成长。如戴望舒的《雨巷》："撑着油纸伞，独自彷徨在悠长、悠长又寂寥的雨巷。"通过雨巷中的独行者，表达了诗人对人生的感慨。

（2）民族思考。中国现当代诗歌关注民族命运，表达对国家命运的关切。诗人们以敏锐的洞察力，揭示社会问题，反思历史教训。如毛泽东的《沁园春·雪》："北国风光，千里冰封，万里雪飘。"通过描绘北国的雪景，隐喻了中华民族在艰难时期仍不失壮丽的气魄，表达了对民族复兴的强烈愿望。再如郭沫若的《凤凰涅槃》："凤凰涅槃，浴火重生。"用凤凰的神话形象象征中华民族经历苦难后的重生和崛起。

（3）时代反思。中国现当代诗歌还承载着对时代的反思。诗人们在作品中不仅表达个人的情感体验，还试图捕捉时代的脉搏，反映社会的变迁。如顾城的《一代人》："黑夜给了我黑色的眼睛，我却用它寻找光明。"这首诗反映了当时人们的迷茫与探索，以及对光明的渴望。而舒婷的《神女峰》则是对改革开放初期，人们面对新生活、新观念冲击时的复杂心态的写照。

（4）人文关怀。人文关怀是中国现当代诗歌的另一个重要主题。诗人们关注人的精神世界，探索人的存在意义。如海子的《日记》："今夜，我不关心人类，我只想你。"这首诗表达了对个体情感的深刻关注，以及对人类普遍情感的共鸣。

（5）艺术探索。中国现当代诗歌在艺术形式上也进行了大胆的探索。诗人们尝试打破传统的诗歌形式，引入新的艺术手法，以增强诗歌的表现力。如艾青的《我爱这土地》："为什么我的眼里常含泪水？因为我对这土地爱得深沉……"这首诗采用象征、抒情、比喻、拟人等多种艺术手法的综合运用，表达了诗人对祖国的深沉爱意。而徐志摩的《再别康桥》："轻轻的我走了，正如我轻轻的来；我轻轻的招手，作别西天的云彩。"则运用了现代诗歌的抒情手法，展现了诗人对美好时光的留恋。

（二）散文的主题美学

散文的主题美学是散文创作中的重要方面，它涉及作品的情感表达、思想深度、审美追求等多个层面。在中国现代散文中，主题美学的实践体现在作家们如何通过独特的视角和深刻的思考，来表达对生活、自然、人性、爱情等方面的理解和感悟。

1. 散文的主题挖掘

现当代散文在主题挖掘上具有深度。作家们通过独特的视角和深刻的思考，来表达对生活、自然、人性、爱情等方面的理解和感悟。

鲁迅的《朝花夕拾》是一部深入探讨人性复杂和社会矛盾的作品。鲁迅通过对童年记忆的回顾，揭示了人性的复杂和社会的矛盾。这本散文集以真挚的情感和犀利的笔触，展现了鲁迅对人性的深刻洞察。

梁实秋的《雅舍小品》则是一部揭示生活哲理的作品。梁实秋通过对日常生活的观察，揭示了生活中的哲理。这本散文集以幽默的语言和独特的思考，展现了梁实秋对生活的深刻理解。

2. 散文的主题表达

现当代散文在主题表达上追求真挚和自然。散文家通过对具体事件的叙述，抒发自己的情感和观点。

林清玄的《生命的化妆》是一篇表达人生境界理解的作品。林清玄通过对化妆的比喻，表达了对人生境界的理解。这篇散文以优美的语言和深刻的思考，展现了林清玄对人生的深刻洞察。

（三）小说的主题美学

现当代小说的主题美学体现在小说对主题的选取、处理和呈现上。小说通过复杂的人物关系、曲折的故事情节和丰富的环境描写，展现了作者对现实、历史和人性的深刻洞察。

1. 小说的主题选取：从平凡到伟大

现当代小说在主题选取上，展现出了前所未有的广泛性。它不再局限于传统的历史、爱情等题材，而是将触角伸向了生活的各个角落，挖掘出那些看似平凡却蕴含深刻哲理的主题。

路遥的《平凡的世界》就是一部以普通人生活为主题的小说。在这部作品中，作者通过描绘孙少安、孙少平等人的成长历程，展现了他们在改革开放年代的奋斗与追求。这些人物虽然身处底层，但他们的坚韧、乐观和拼搏精神却让人深感敬佩。小说通过他们的故事，告诉我们：即使生活再平凡，只要我们用心去感受、去奋斗，就能创造出属于自己的不平凡。

与《平凡的世界》不同，余华的《兄弟》则选取了更为宏大的社会变迁作为主题。小说通过讲述两兄弟李光头和宋钢在不同历史时期的命运起伏，反映了社会的剧烈变革对普通人生活的影响。这部作品不仅展现了人性的复杂与多面，也让我们看到了历史车轮滚滚向前下，个体命运的无奈与抗争。

这些小说主题的选择，既体现了作家对现实生活的敏锐洞察，也展现了他们对人性、社会和历史的深刻思考。这些主题不仅具有普遍性，能够引起广大读者的共鸣，也具有独特性，能够展现出每个作家独特的艺术风格和思想深度。

2. 小说的主题处理：深度与创新的融合

现当代小说在主题处理上，也展现出了前所未有的深度和创新。小说家们不再满足于对主题的简单叙述和呈现，而是通过对主题的深入挖掘和反思，展现出对人性、社会和历史的深刻理解。

莫言的《红高粱家族》就是一部以家族历史为主题的小说。在这部作品中，莫言通过对九儿、余占鳌等人物命运的描绘，展现了家族在动荡年代中的兴衰荣辱。小说不仅揭示了人性的复杂与多面，也表达了对民族精神和文化传承的深刻思考。莫言通过对家族历史的叙述，探讨了民族精神与文化传承在时代变迁中的命运，引发读者对于家族、传统与现代的深入思考。这种深度处理主题的方式，使得现当代小说在思想内涵上更加丰富和深刻，不仅增强了小说的艺术感染力，也提升了读者的阅读体验。

与此同时，现当代小说在主题处理上也追求创新。小说家们试图打破传统的叙事模式和思维定式，以全新的视角和手法来呈现主题。这种创新不仅体现在叙事结构上，也体现在语言风格、人物形象等多个方面。

例如，阿来的《尘埃落定》就以独特的视角和手法处理了藏族土司制度的历史变迁这一主题。小说通过傻子少爷的视角，展现了土司制度的兴衰荣辱以及藏族社会的风土人情。这种独特的视角和手法，使得小说在主题呈现上更加新颖和独特，也让读者在阅读过程中获得了全新的审美体验。

3. 小说的主题呈现：多维度的面貌

当代小说在主题呈现上，展现出了多样性和丰富性。小说家们通过不同的叙事技巧和视角，使得主题呈现出多维度的面貌，让读者在阅读过程中获得更加全面和深刻的理解。

王安忆的《长恨歌》就是一部以女性命运为主题的小说。在这部作品中，王安忆通过对主人公王琦瑶一生的叙述，展现了女性在时代变迁中的命运沉浮。小说不仅描绘了王琦瑶与多个男性之间的情感纠葛，也揭示了女性在家庭、社会中的多重角色和复杂心理。这种多维度的主题呈现方式，使得小说在情感深度和思想内涵上更加丰富和深刻。

除了《长恨歌》外，还有许多现当代小说在主题呈现上展现出了多样性和丰富性。例如，格非的《江南三部曲》通过对几代人的命运描写，展现了江南地区的历史变迁和文化传承；苏童的《妻妾成群》则通过对封建家庭内部权力斗争的描绘，揭示了人性的复杂与阴暗面。

这些小说在主题呈现上的多样性，不仅使得作品本身更加丰富多彩，也满足了不同读者的阅读需求。无论是喜欢历史题材的读者，还是喜欢情感题材的读者，都能在这些小说中找到自己喜欢的元素和故事。

同时，这种多维度的主题呈现方式也有助于读者对主题进行深入理解和思考。通过不同的叙事技巧和视角，小说家们将主题展现得更加立体和全面，让读者在阅读过程中能够感受到主题的多个层面和维度。这种深入理解和思考不仅有助于提升读者的阅读水平，也有助于推动现当代小说的发展。

（四）戏剧的主题美学

1. 戏剧的主题选取

现当代戏剧在主题的选取上显示出了强烈的时代性和针对性。曹禺的《雷雨》以封建家庭的伦理纠葛为中心议题，深刻揭示了人性的悲剧和社会的黑暗，反映了当时社会压抑与反抗的情绪。老舍的《茶馆》，则通过北京城里一个小茶馆的兴衰，映射出从清末至民国时期巨大的社会变迁和人民生活的沧桑。这些作品在主题的选取上紧密贴合时代脉搏，以小见大，反映出剧作家对社会现象的敏锐洞察。

2. 戏剧的主题处理

在主题的处理上，现当代戏剧追求的是深度和力度。剧作家们并不满足于表面的叙述，而是深入挖掘社会和历史的脉络，探讨复杂的人性问题。郭沫若的历史剧《屈原》，表面上讲述的是战国时期楚国忠臣屈原的故事，实则探讨了忠诚与背叛、理想与现实的永恒主题。通过对屈原形象的塑造和心理活动的刻画，郭沫若展现了一个时代的精神面貌和个体的道德抉择。这种深入的主题处理不仅使戏剧具有了历史的厚重感，也赋予了它丰富的哲理性。

3. 戏剧的主题呈现

在主题的呈现方式上，现当代戏剧注重戏剧性与艺术性的完美结合。田汉的《关汉卿》就是一个典型的例子。他通过对元代戏剧家关汉卿的艺术形象的塑造，不仅重现了古代戏剧人的生活状态，而且传达了艺术家对于艺术和生活的执着追求。在舞台上，演员们的精湛表演、情节的紧凑布局以及对话的生动呈现，使得主题得以在观众面前鲜活地展现出来，产生了强烈的感染力和冲击力。

除了上述剧作外，还有许多现当代戏剧作品在主题美学上作出了突出贡献。例如，洪深的《活着的死者》探讨了知识分子的身份困境和社会责任；夏衍的《上海屋檐下》则关注了都市普通人的生活境遇；赖声川的《暗恋桃花源》则以幽默和讽刺的方式表现了现代人的情感困惑和追求。这些戏剧作品以其独特的视角和深刻的主题思考，为观众提供了精神上的震撼和思想上的启迪。

四、文化美学特征

现当代文学在全球化的背景下，呈现出对不同文化元素的吸收和融合的特点。作家们跨越文化的界限，探讨文化差异、文化认同、文化冲突等问题，使得文学作品具有更广阔的文化视野和更深的文化内涵。

（一）诗歌的文化美学

1. 诗歌的文化传统

现当代诗歌在文化传统方面，既有对古典诗歌传统的继承，也有对现代诗歌形式的创新。徐志摩的诗歌深受西方浪漫主义影响，同时融合了中国古典诗歌的意境和韵味。他的诗作如《再别康桥》以自由诗的形式，表达了对爱情和生活的向往。这首诗歌既有西方浪漫主义的情感奔放，又有中国古典诗歌的意境深远，展现了徐志摩对文化传统的传承和创新。

2. 诗歌的文化身份

现当代诗歌在文化身份方面，表现了诗人在全球化背景下对民族文化的认同和探索。这种认同和探索使得诗歌在表达文化特征时，能够更好地展现诗人的文化自觉和文化自信。

海子的诗歌中充满了对乡土文化的热爱和对民族命运的思考。他的诗作如《麦地》通过对麦地的描绘，表达了对乡土文化的热爱和对民族命运的思考。这首诗歌以真挚的情感和深刻的思考，展现了海子对文化身份的认同和探索。

3. 诗歌的文化批判

现当代诗歌在文化批判方面，展现了诗人对社会现象和文化问题的深刻反思。这种反思使得诗歌在表达文化特征时，能够更好地展现诗人的社会责任和文化担当。

北岛的诗歌中充满了对社会现象的批判和对文化问题的反思。他的诗作如《回答》通过对社会现象的描绘，表达了对社会问题的关注和对人性的思考。这首诗歌以犀利的笔触和深沉的思考，展现了北岛对文化批判的深刻洞察。

（二）散文的文化美学

现当代散文的文化美学体现在散文对文化现象的描述、分析和评价上。散文家通过对文化传统的继承、文化现象的观察和文化问题的思考，展现了丰富的文化内涵。

1. 散文的文化描述

现当代散文在文化描述方面，既有对传统文化遗产的记录，也有对现代文化现象的观察。这种描述使得散文在反映文化特征时，能够更好地展现作家的文化自觉和文化自信。比如，汪曾祺的散文描绘了江南水乡的风土人情，同时展现了现代社会的文化变迁。

2. 散文的文化分析

现当代散文在文化分析方面，展现了作者对文化现象的深刻洞察。散文家通过对文化现象的观察和思考，揭示了文化传承和历史变迁的关系。

余秋雨的散文通过对文化遗迹的考察，探讨了文化传承和历史变迁的关系。他的散文集《文化苦旅》以独特的视角，观察了中华大地的文化遗迹，揭示了文化传承的重要性，以深刻的思考和独到的见解，展现了余秋雨对文化分析的深度和广度。

3. 散文的文化评价

现当代散文在文化评价方面，表现了作者对文化问题的独立思考和批判精神。散文家通过对文化问题的思考，表达了对文化革新的渴望。

鲁迅的散文通过对封建礼教和愚昧习俗的批判，表达了对文化革新的渴望。他的散文以讽刺的笔触，批判了封建礼教和愚昧习俗，呼吁文化革新，以犀利的批判和深刻的思考，展现了鲁迅对文化评价的独立性和批判性。

（三）小说的文化美学

1. 小说的文化背景

在文化背景方面，现当代小说作家们善于将故事置于特定的文化环境中，以此来塑造人物形象、推动情节发展，并深化作品的主题意义。这些文化背景可以是地域性的，也可以是时代性的，甚至可以是民族性的。它们为小说提供了丰富的可能性，使得小说能够更加生动地展现社会的多元性和复杂性。

例如，陈忠实的《白鹿原》便是一部以陕西关中地区为背景的杰出小说。在这部作品中，陈忠实巧妙地利用了关中地区的农耕文化、家族制度、信仰等文化元素，构建了一个丰富多彩的文化世界。小说中的主人公们在这个文化世界中生活、斗争、成长，他们的命运与这个文化世界紧密相连，使得整个故事充满了浓郁的地域色彩和文化底蕴。

又如，阿来的《尘埃落定》以藏族社会为背景，深入挖掘了藏族文化的独特魅力。小说通过对藏族服饰、饮食、建筑、信仰等方面的描写，展现了一个神秘而美丽的藏族世界。同时，小说也揭示了藏族文化在现代社会冲击下的困境与挣扎，使得读者对藏族文化有了更加深入的了解和认识。

这些作品都充分展示了现当代小说在文化背景方面的丰富性和多样性，它们通过对特定文化环境的描绘，使得小说具有了更加深厚的文化内涵和更加广阔的社会视野。

2. 小说的文化冲突

在文化冲突方面，现当代小说作家们敏锐地捕捉到了不同文化观念和价值体系之间的碰撞和冲突。这些冲突可以是中西文化之间的冲突，也可以是新旧文化之间的冲突，还可以是不同地域文化之间的冲突。这些冲突为小说提供了丰富的情节和深刻的主题，使得小说能够更加深入地探讨文化的多样性和复杂性。

张爱玲的小说中常常出现中西文化、新旧文化之间的冲突和融合。在《金锁记》中，张爱玲通过女主角曹七巧的命运，展现了旧时代女性在封建礼教束缚下的挣扎与无奈。同时，小说中也涉及了西方文化的影响，如曹七巧对洋货的喜爱和向往，以及她对西方生活方式的模仿和追求。这些文化元素的交织和碰撞，使得小说具有了更加丰富的文化内涵和更加深刻的主题意义。

另外，贾平凹的《浮躁》也是一部深刻揭示文化冲突的小说。小说中通过对乡村社会的描写，展现了传统文化与现代文明之间的冲突和摩擦。小说中的主人公们在面对现代文明的冲击时，既感到兴奋和好奇，又感到迷茫和不安。这种文化冲突使得他们的命运充满了不确定性和复杂性，也使得小说具有了更加深刻的思考和更加广阔的视野。

这些作品通过对文化冲突的描绘，具有了更加鲜明的时代感和更加深刻的社会意义。它们让我们看到了不同文化之间的碰撞和融合，也让我们思考如何在多元文化背景下寻找自己的文化定位和价值观念。

3. 小说的文化认同

在文化认同方面，现当代小说作家们关注个体在多元文化背景下的归属感和身份认同问题。他们通过描写人物在不同文化之间的挣扎与选择，探索了个体如何在复杂的文化环境中找到自己的位置和价值。

莫言的作品便是一个很好的例子。他的小说中常常出现对传统与现代、本土与外来文化的探索和反思。在《红高粱家族》中，莫言通过对家族历史的叙述，展现了人物在传统道德和家国情怀与现代意识之间的冲突和抉择。小说中的主人公们既坚守着传统的家族观念和道德准则，又受到了现代思想的冲击和影响。他们在这种复杂的文化背景下，不断寻找自己的身份认同和价值观念。

同样，余华的小说也深刻探讨了文化认同的问题。在《活着》中，余华通过主人公福贵一生的坎坷经历，展现了个人在历史变迁和社会动荡中的无奈与坚韧。福贵在不同历史时期和文化背景下，不断适应和调整自己的生活方式和价值观念，他的生活虽然充满了苦难和挫折，但他始终保持着对生活的热爱和对人性的信仰。这种对生活的坚持和对人性的信仰，正是福贵在不同文化背景下找到的文化认同和自我定位。

这些作品通过对文化认同的探索，具有了更加深刻的人文关怀和更加广阔的社会价值。它们让我们看到了个体在多元文化背景下的挣扎与选择，也让我们思考了如何在不同的文化环境中找到自己的位置和价值。

综上所述，现当代小说的文化美学体现在对文化背景的设定、文化冲突的描绘和文化认同的探索上。这些文化元素不仅丰富了小说的内涵和形式，也拓宽了读者的视野和认知。通过阅读和欣赏这些作品，我们能够更加深入地了解社会文化现象和个体心理状态，也能够更加深入地思考和探讨人类文化的多样性和复杂性。

（四）戏剧的文化美学

1. 戏剧的文化主题

现当代戏剧作品在探索文化主题时，往往将焦点对准那些具有代表性的社会现象和文化符号。例如老舍的《茶馆》，以北京的一家普通茶馆为背景，展现了自清末至民国再到解放初期中国社会的巨大变迁。这部作品不仅描绘了一个时代的物质文化场景，如茶馆中的三教九流、各种行业人物及其生活方式，还通过这些社会底层人物的命运折射出那个时代的文化心理和价值取向。

2. 戏剧的文化冲突

文化冲突是现当代戏剧作品中经常触及的一个主题。剧作家们利用复杂的人物关系和剧烈的情节冲突，展示了在特定历史时期内，不同文化观念之间的摩擦和碰撞。曹禺的《雷雨》便是通过一个封建家庭内部的悲剧，揭示了传统封建伦理道德与现代个性解放思潮之间的矛盾冲突。作品中的每个角色都是不同价值观念的承载者，他们之间的冲突不仅是个人命运的悲剧，更是整个时代文化冲突的缩影。

3. 戏剧的文化认同

在文化认同的探索上，现当代戏剧常常聚焦于个体在面对宏大历史进程和多元文化冲击时的定位和选择。郭沫若的《屈原》不单单是对历史人物的戏剧化描绘，更是对民族文化精神的传颂和认同。屈原的形象成为坚守信念、忠于国家的象征，反映了作者对于民族文化的尊重和对于民族精神的追寻。在全球化浪潮中，许多现当代戏剧作品也反映了人们对于本土文化的坚守与外来文化的影响之间的矛盾和思索。

除了上述提及的作品外，还有众多戏剧作品同样在文化美学上有着独到之处。例如，赖声川的《暗恋桃花源》通过现代人对古代故事的重演，探讨现实与理想、传统与现代之间的张力；林兆华的《赵氏孤儿》则以后现代的手法重构古典文本，展现了对传统文化的现代解读和批判性思考。

综合而言，现当代戏剧所体现的文化美学，不仅仅是对舞台艺术形式和表演技巧的探索，更重要的是它在文化层面所作出的思考和表达。剧作家们通过对文化主题的挖掘、文化冲突的呈现和文化认同的追问，使得戏剧作品成为了一个丰富的文化研究场域。这样的文化美学不仅有助于增强戏剧艺术自身的深度和广度，也为理解复杂的社会文化现象提供了一个独特的视角，从而促使观众对于自身所处文化环境进行反思和审视。

五、接受美学特征

现当代文学的接受美学特征体现在读者与文本的互动关系上。作家们意识到读者的主观能动性，创作出具有开放性和不确定性的文本，鼓励读者参与文学作品意义的构建，从而使得文学作品的意义不再固定不变，而是随着读者的解读而不断生成。

（一）诗歌的接受美学

1. 诗歌传播

现当代诗歌的传播方式多样，包括文学期刊、网络平台、诗歌朗诵会等。以《诗刊》为代表的文学期刊，长期以来一直是诗歌传播的重要渠道。它为诗人提供了发表作品的平台，也为读者提供了接触诗歌的途径。例如，诗人北岛的作品《回答》就是在《诗刊》上发表的，这首诗歌通过对时代问题的深刻反思，引起了广泛的社会关注。

网络平台的出现，为诗歌传播提供了新的可能性。例如，在豆瓣、知乎等平台上，许多诗人通过发表自己的作品，与读者进行互动交流。这种传播方式使得诗歌的接受群体更加广泛，接受效果也更加直接。

诗歌朗诵会则是一种更加直观的传播方式。通过诗人的现场朗诵，诗歌的音韵美和情感美得以直接传达给观众。例如，诗人芒克的作品《阳光中的向日葵》在诗歌朗诵会上被朗诵后，其强烈的视觉形象和深沉的哲理引发了观众的共鸣。

2. 诗歌解读

现当代诗歌的解读方式多样，读者可以根据自己的文化背景和审美经验来理解诗歌。诗人海子的《面朝大海，春暖花开》是一首充满象征意义的诗歌。读者可以根据自己的生活经验和情感体验，对诗中的大海、春天、花朵等意象进行个性化的解读。这首诗歌的多义性和开放性，使得每个读者都能从中找到自己的共鸣。

诗人余秀华的《穿越大半个中国去睡你》则是一首具有强烈女性主义色彩的诗歌。读者可以根据自己的文化背景和性别观念，对诗中的女性形象和性别议题进行深入解读。

（二）散文的接受美学

1. 散文传播

现当代散文的传播途径广泛，包括报纸、杂志、散文集和网络平台等。不同的传播途径影响了散文的受众和接受效果。例如，报纸和杂志通常以短篇散文为主，注重时事性和可读性，读者群体较为广泛；散文集则更注重作品的艺术性和深度，读者群体相对较小；而网络平台则为散文的传播提供了更广阔的空间，使得散文能够迅速传播并引发广泛关注。

在传播过程中，散文作品的选择和编排也影响着读者的接受。优秀的散文作品往往能够引起读者的共鸣，激发读者的思考，从而提升散文的传播效果。例如，鲁迅的《朝花夕拾》、朱自清的《荷塘月色》等作品，以其独特的艺术魅力和深刻的思想内涵，吸引了无数读者，成为中国现代散文的经典之作。

2. 散文解读

现当代散文的解读方式多样，读者可以根据自己的经验和文化背景来理解散文。散文的真实性和亲切感使得读者能够与之产生共鸣。散文作品中的意象、情感和思想等元素，往往能够触动读者的内心，引发读者的共鸣。例如，朱自清的《背影》通过对父亲形象的描绘，展现了深沉的父爱，引起了读者的共鸣，成为散文解读的经典案例。

在解读散文时，读者需要关注作品的语言、结构和主题等方面。通过对作品的深入分析，读者可以更好地理解作品的意义和价值。同时，读者还可以从作品中发现作者的独特风格和创作特点，从而提升对散文的欣赏水平。

3. 散文体现

（1）艺术性。散文的艺术性体现在其独特的语言风格、丰富的意象和深刻的思想内涵。优秀的散文作品往往具有较高的艺术价值，能够给读者带来美的享受。例如，余秋雨的《文化苦旅》以其独特的语言风格和深刻的思想内涵，被誉为当代散文的佳作。

（2）思想性。散文的思想性体现在作品所表达的思想深度和广度。优秀的散文作品往往具有深刻的思想内涵，能够引发读者的思考。

（3）情感性。散文的情感性体现在作品所表达的情感真挚和感染力。

（4）创新性。散文的创新性体现在作品在形式、内容和手法等方面的创新。优秀的散文作品往往能够打破传统的束缚，为散文创作注入新的活力。例如，史铁生的《我与地坛》采用第一人称叙述，以独特的视角展现了地坛的历史和文化，为散文创作提供了新的可能性。

（三）小说的接受美学

中国现当代小说作品的接受美学，是指读者在阅读中国现当代小说作品时所形成的审美体验和审美评价。接受美学强调读者的主体性，认为作品的意义和价值在于读者的接受和解读。因此，对于中国现当代小说作品的接受美学，我们需要关注读者的阅读经验、审美趣味和审美期待，以及作品如何满足或超越读者的审美期待。

第一，读者的审美期待。读者在阅读小说之前，通常有一定的审美期待，包括对故事情节、人物形象、叙事方式等方面的期待。这些期待可能受到读者个人的文化背景、阅读经验和社会环境的影响。例如，一些读者可能更喜欢现实主义小说，而另一些读者可能更偏爱现代主义或后现代主义小说。因此，小说作品在满足读者的审美期待方面具有一定的挑战性。

第二，作品的审美价值。小说作品的审美价值在于其艺术性和创造性。艺术性体现在作品的文学语言、叙事技巧、人物塑造等方面；创造性体现在作品对现实生活的独特观察和深刻思考。例如，鲁迅的《呐喊》通过独特的叙事方式和对社会现实的深刻揭示，展现了其艺术性和创造性，使读者产生共鸣和思考。

第三，作品的接受与传播。小说作品的接受与传播是一个复杂的过程，涉及作者、作品、读者和社会环境等多个因素。作品的接受程度和传播范围受到作品的质量、读者的审美趣味、社会文化背景等多种因素的影响。例如，沈从文的《边城》在 20 世纪 30 年代并未受到广泛关注，但随着时间的推移，逐渐被读者发现和接受，成为中国现代文学的经典之作。

第四，作品的批评与解读。小说作品的批评与解读是接受美学的重要组成部分。批评家通过对作品的深入分析和评价，引导读者理解和欣赏作品，同时也对作品进行价值判断。不同的批评家和读者可能会有不同的解读方式和观点，形成多元化的批评景观。例如，鲁迅的《阿 Q 正传》被不同的批评家分别解读为对国民性的批判、对个人命运的思考、对社会现实的反映等，展现了作品丰富的内涵和多样的解读可能性。

(四) 戏剧的接受美学

中国现当代戏剧作品的接受美学，是指观众在观看中国现当代戏剧作品时所形成的审美体验和审美评价。接受美学强调观众的主观性和参与性，认为戏剧作品的意义和价值在于观众的接受和解读。

第一，观众的审美期待。观众在观看戏剧之前，通常有一定的审美期待，包括对剧情内容、表演形式、舞台设计等方面的期待。例如，一些观众可能更喜欢现实主义戏剧，而另一些观众可能更偏爱象征主义或表现主义戏剧。因此，戏剧作品在满足观众的审美期待方面具有一定的挑战性。

第二，作品的审美价值。艺术性体现在作品的戏剧语言、表演技巧、舞台呈现等方面。例如，曹禺的《雷雨》通过独特的剧情安排和对人性的深刻揭示，展现了其艺术性和创造性，使观众产生共鸣和思考。

第三，作品的接受与传播。例如，老舍的《茶馆》在 20 世纪 50 年代并未受到广泛关注，但随着时间的推移，逐渐被观众发现和接受，成为中国现代戏剧的经典之作。

第二节　现当代文学作品中的情感价值

一、现当代文学作品中情感的重要性

情感价值通常指的是个人或集体对某些事物、事件、人物或文化现象的情感态度、情感评价和情感认同。这种价值反映了人们对事物的喜好、厌恶、热爱、崇敬等情感体验，它是文化、教育、个人经历等多种因素共同作用的结果。

第一，人文关怀。现当代文学作品关注人的情感[1]世界，通过描绘人物内心

---

[1] 情感是指个体在特定情境下所体验到的心理状态和情绪反应，包括愉悦、悲伤、愤怒、恐惧等。它是人类和动物共有的心理特征，是人的生理和心理因素相互作用的结果。情感反应与认知过程密切相关，人们通过情感来评价事物，认识世界，并指导行为。

的喜怒哀乐，表现人性的复杂和丰富。作品中的情感元素有助于读者更好地理解和感受作品中的人物，从而体现出作品的人文关怀。

第二，真实性。现当代文学作品追求真实地反映社会生活，情感是人物性格的重要组成部分。作品中的情感描绘能够使人物形象更加立体和真实，使读者更容易产生共鸣。

第三，艺术表现。情感是文学艺术的重要表现手法。现当代作家通过运用各种修辞手法和表现技巧，将人物的情感世界展现得淋漓尽致，增强了作品的艺术感染力。

第四，社会批判。现当代文学作品中的情感描绘往往与社会现实紧密相连。作家通过对人物情感的挖掘，揭示了社会现象背后的本质问题，对社会现实进行了批判和反思。

第五，时代特征。现当代文学作品中的情感具有鲜明的时代特征。不同历史时期的文学作品，其情感表现往往反映了当时社会背景和人们的精神风貌。

第六，情感共鸣。文学作品中的情感具有普遍性，能够跨越时空，引发读者的共鸣。读者在阅读过程中，能够感受到作品中人物的情感波动，从而产生情感共鸣，加深对作品的理解和感悟。

总之，情感在现当代文学作品中具有重要性，它是作品艺术魅力的重要组成部分，也是作品与现实生活紧密相连的纽带。通过情感描绘，作家能够更好地表现人物性格、反映社会现实、展现时代特征，同时引发读者的共鸣，使作品具有更高的艺术价值。

二、现当代文学作品中的情感价值体现

（一）历史文化的传承与发扬

现当代文学作品承载着丰富的历史文化内涵，通过情感的表达，传承和发扬民族优秀文化。

在《边城》这部作品中，沈从文先生以湘西边陲小镇为背景，描绘了一个充满地域特色和文化氛围的故事。作品中的情感价值在于激发读者对传统文化的热爱，弘扬民族精神，增强民族自信心。

《边城》通过描绘湘西边陲小镇的生活，展示了地域文化的独特魅力。作品中的人物形象、风土人情、民间传说等元素，使读者感受到了湘西地区的民俗文化和历史底蕴。这种对地域文化的传承和发扬，使《边城》成为一部具有独特文化价值的作品。

《边城》中的情感价值还体现在对民族精神的弘扬上。作品中的主人公翠翠，是一个纯洁善良、坚韧乐观的少女。她在面对困境和挫折时，始终保持着对生活的热爱和希望。这种积极向上的精神品质，体现了坚韧和乐观的民族精神。通过翠翠的形象，读者可以感受到民族精神的伟大和力量，可以感受到地域文化的独特魅力。

（二）社会现实的反映与批判

现当代文学作品关注社会现实，通过对社会现象的描绘和批判，表达作者的情感态度。

在《活着》这部作品中，余华先生以平实的语言讲述了一个普通农民家庭的命运。作品中的情感价值在于唤起读者的共鸣，促使人们关注社会问题，思考现实与理想之间的差距。

《活着》通过主人公福贵的经历，反映了社会现实的残酷和无情。福贵在贫困、疾病、天灾人祸中不断挣扎，但他始终坚守着对生活的希望。这种对生活的执着和坚韧，使读者感受到生命的力量和尊严。作品中的情感价值在于唤起读者对生活的热爱，同时也引发对社会不公和苦难的思考。

《活着》中的情感价值还体现在对社会现实的批判上。作品通过福贵一家的命运，揭示了社会的不公和黑暗。福贵在贫困中挣扎，却无法改变自己的命运。他的女儿被卖为童养媳，儿子在迫害中致死。这些情节使读者对社会的不公和苦难有了更深的认识，同时也引发了对社会现象的批判和反思。

（三）人性的探索与反思

人性是文学作品中永恒的主题，现当代文学作品中对于人性的探索与反思具有极高的情感价值。

在《围城》这部作品中，钱锺书先生以幽默细腻的笔触描绘主人公方鸿渐的一生。方鸿渐在爱情、婚姻、事业等方面的挣扎，展示了人性的复杂和矛盾。作品中的情感价值在于引导读者思考人性的本质，反思自己在面对相似情境时的情感选择。

《围城》通过方鸿渐的经历，反映了人性的多面性。方鸿渐在爱情中追求真实与纯粹，但在面对现实压力时，却陷入了迷茫和妥协。在婚姻中，他渴望理解与关爱，却又无法摆脱世俗的束缚。在事业中，他追求理想与成功，却不断遭遇挫折。这些情感困境使方鸿渐成为一个充满矛盾的人物，也让读者对人性的复杂性有了更深的理解。

《围城》中的情感价值还体现在对人性的反思上。方鸿渐在经历了一系列的情感挣扎后，逐渐认识到人性的弱点。他开始反思自己的选择和行为，思考如何在现实社会中保持真实与纯粹。这种反思不仅使方鸿渐成长为一个更加成熟的人，也让读者思考自己在现实生活中的人性困境。

（四）个体命运的关怀与思考

现当代文学作品关注个体命运，通过对人物命运的描绘，传达作者对生命的关爱和尊重。

在《黄金时代》这部作品中，王小波先生以独特的视角和幽默的笔触，讲述了一个关于成长和追求的故事。作品中的情感价值在于引导读者关注他人的命运，培养同理心和人文关怀。

《黄金时代》中的情感价值体现在对个体命运的关怀与思考上。王小波通过王二这个角色的塑造，展现了一个普通人在特定历史时期内的成长历程和心理变化。王二在小说中的种种经历，如青春期的躁动、对爱情的渴望、对知识的追求以及对自由的向往，都是人性中共通的情感体验。这些体验让读者能够感同身受，引发对自身命运的思考。

在《黄金时代》中，王小波以一种幽默而又深刻的方式，揭示了个体在社会大环境中遇到的困境与挣扎。王二的生活充满了荒诞不经和无奈，但他始终保持着对生活的热爱和对自由的追求。这种坚持让读者感受到了个体生命的力量，同时也启发人们思考如何在复杂的社会现实中保持自我。

作品中的情感价值还体现在对个体选择的尊重上。王小波通过王二的故事，表达了对个体选择的尊重和理解。王二在面对生活的种种选择时，既有困惑也有决断，他的选择虽然不总是符合社会的期待，但却真实地反映了他的内心世界。这种对个体选择的尊重，使《黄金时代》成为一部具有深刻人文关怀的作品。

第三节　理性精神在现当代文学中的体现

一、理性精神的内涵与价值

理性精神是人类文明进步的重要动力，它强调运用理性思考和科学方法来认识世界、解决问题。在文学领域，理性精神同样具有重要地位。现当代文学作为反映社会现实、揭示人性、探讨人生意义的艺术形式，理性精神在其中起到了关键作用。

（一）理性精神的内涵

理性精神，是人类在认识世界、处理问题和作出决策时所体现的一种以事实与逻辑为依据的思考方式。

第一，深入细致的调查研究，充分掌握相关的事实和信息。在此基础上，通过科学的方法和严密的逻辑推理，对问题进行深入剖析，得出合理、科学的结论。理性精神鼓励我们保持独立思考，培养批判性思维，勇于质疑权威和传统观念，不断挑战和更新现有的认知体系。

第二，理性精神的核心在于尊重事实和逻辑，强调以客观、公正的态度看待问题。它不仅仅是一种思考方式，更是一种人生态度和价值观。理性精神要求我们在面对问题时，不盲目跟风、不随波逐流，而是坚持独立思考，用理性的眼光去审视世界。

（二）理性精神的价值

理性精神的价值无法估量，它是人类认识世界、解决问题的重要工具，也是推动科学技术进步和社会发展的关键因素。在人类历史的长河中，理性精神一直发挥着举足轻重的作用。它帮助人类摆脱迷信和愚昧的束缚，追求自由、平等和幸福。同时，理性精神还强调个体主义和人文关怀，尊重人的尊严和价值，关注人的全面发展和幸福感。

在现代社会，理性精神的重要性更加凸显。随着科技的快速发展和社会的不断进步，我们面临的问题日益复杂多变。只有依靠理性精神，我们才能正确分析问题、制定科学决策，推动社会的和谐稳定和持续发展。

二、理性精神在现当代文学中的重要性

（一）理性精神与文学创作的关系

文学创作是一种复杂的心理活动，它既需要作家的感性体验和情感表达，也需要作家的理性思考和逻辑推理。理性精神在文学创作中起到了关键作用。

第一，理性精神有助于作家深入观察和思考社会现象，揭示社会问题和人性的弱点，从而提高作品的思想深度和艺术价值。

第二，理性精神有助于作家运用科学的方法和逻辑的推理，构建合理的故事情节和人物形象，使作品具有更高的艺术魅力和感染力。

（二）理性精神与文学批评的关系

文学批评是对文学作品进行分析和评价的活动，它需要批评家运用理性思考和科学方法，对作品进行深入解读和公正评价。理性精神在文学批评中具有重要性。

第一，理性精神有助于批评家摆脱主观偏见和情感因素的干扰，客观地评价文学作品的艺术价值和思想深度。

第二，理性精神有助于批评家运用科学的方法和逻辑的推理，揭示文学作品的主题思想、艺术手法和审美价值，为读者提供正确的阅读导向。例如，我国著名文学批评家钱锺书在《谈艺录》中，运用广博的知识和严密的逻辑，对古今中外的文学作品进行了深入剖析，为文学批评提供了重要的理论依据。

（三）理性精神与文学理论的关系

第一，理性精神有助于文学理论家摆脱主观臆断和教条主义的束缚，以科学

的态度和方法，对文学现象进行深入研究和总结。例如，苏联文学理论家巴赫金的对话理论，通过对小说中人物对话的分析，揭示了文学创作中对话性的重要性和价值。

第二，理性精神有助于文学理论家运用科学的方法和逻辑的推理，构建科学的理论体系，为文学创作和文学批评提供理论指导。

(四) 理性精神与文学教育的关系

文学教育是对学生进行文学知识和文学鉴赏能力的培养，它需要教师运用理性思考和科学方法，提高学生的文学素养和审美能力。

第一，理性精神有助于教师摆脱主观偏见和情感因素的干扰，客观地评价文学作品的艺术价值和思想深度，为学生提供正确的阅读导向。

第二，理性精神有助于教师运用科学的方法和逻辑的推理，揭示文学作品的主题思想、艺术手法和审美价值，提高学生的文学鉴赏能力。此外，理性精神还有助于教师培养学生的批判性思维和创新意识，激发学生的文学创作潜能。

总之，理性精神在现当代文学中具有重要性，它不仅是文学创作的内在要求，也是文学发展的动力和方向。在文学创作、文学批评、文学理论和文学教育等方面，理性精神都发挥着关键作用，为文学的繁荣和发展提供了重要的支持。因此，我们应该高度重视理性精神在现当代文学中的地位和作用，努力培养和弘扬理性精神，为文学的繁荣和发展作出贡献。

三、理性精神在现当代文学作品中的体现

(一) 理性精神在中国现当代诗歌作品中的体现

1. 理性精神在诗歌中的价值意义

理性精神在现当代诗歌作品中的体现，不仅丰富了诗歌的内涵和外延，更提升了诗歌的艺术价值和社会价值。它使得诗歌作品更加深刻、真实、有力，更加能够触动读者的心灵深处。同时，理性精神也为现当代诗歌的创作和发展提供了重要的思想支撑和精神动力。

通过理性精神的体现，现当代诗歌作品能够更好地反映社会现实和人性真

相，更好地传达诗人的情感和思想。它们不仅能够给读者带来美的享受和心灵的震撼，更能够激发读者的思考和探索精神，推动社会的进步和发展。

2. 理性精神在诗歌中的具体体现

（1）《再别康桥》。徐志摩的《再别康桥》是一首充满理性精神的现代诗歌。在诗中，徐志摩以细腻的笔触描绘了康桥的景致，每一句都透露着他对过往岁月的怀念与理性审视。他并未沉溺于感性的哀伤，而是以理性的目光回顾过往，将对康桥的情感升华为对生命、时光和离别的深刻感悟。这种理性精神体现在他对于自然景物的客观描述与主观情感的巧妙结合上，使得诗歌既富有画面感又不失深度，展现了作者内心世界的丰富与复杂，以及对人生哲理的独特理解。

（2）《我爱这土地》。艾青的《我爱这土地》是一首表达爱国情感的诗歌，同时也体现了理性精神。诗中，艾青通过对土地的深情描绘，表达了对祖国的深厚情感。但他并没有让情感泛滥，而是通过理性的思考，如"为什么我的眼里常含泪水？因为我对这土地爱得深沉"，将个人的情感与对国家命运的理性关注相结合，展现了一种深沉而克制的理性精神。

（3）《鱼化石》。舒婷的《鱼化石》是一首充满哲理的现代诗歌。诗中，舒婷以鱼化石为意象，表达了对生命、时间、历史的深刻思考。她通过和鱼化石的对话，如"你问我，我何时成了化石？我说，当我的爱被埋在时间的灰尘里"，展现了诗人对生命无常和爱情易逝的理性认识。这首诗通过对生命本质的理性探索，体现了诗人对人生和宇宙的深刻理解。

这些诗歌作品中的理性精神，体现在诗人对人生、自然和历史的深刻洞察，以及他们对情感和思考的理性控制。通过这些作品，我们可以看到中国现当代诗歌中理性精神的丰富内涵和深远影响。

（二）理性精神在散文作品中的体现

1. 理性精神在散文中的表现

（1）对社会现象的深刻洞察。现当代散文作品中，许多作家通过对社会现象的深入观察和思考，展现了理性精神。他们不仅关注社会现象的表面，更注重挖掘现象背后的深层原因和本质特征。

（2）对人生哲理的深入思考。在现当代散文作品中，作家们常常通过对人生经历的反思和思考，表达对人生哲理的理解和体悟。他们以理性的态度看待人生的起伏和挫折，从中提炼出深刻的人生哲理。例如，周国平的《人生哲思录》中，作家通过对人生经历的思考，表达了对人生意义和价值的理性认识，引导读者思考人生的目的和意义。

（3）对自然和宇宙的深刻洞察。在现当代散文作品中，作家们也常常通过对自然和宇宙的观察和思考，表达对宇宙奥秘和自然规律的理性认识。他们通过对自然景物的描写和思考，展现了人与自然和谐共生的理念。例如，梁衡的《心中的大自然》，作家通过对自然的观察和思考，表达了对自然美的热爱和对自然规律的敬畏，展现了人与自然和谐共生的理念。

2. 理性精神在现当代散文中的作用

（1）引导读者思考。现当代散文作品中的理性精神，通过社会现象、人生哲理和自然宇宙，引导读者进行思考和反思。作家们以理性的态度和思考，提出问题、分析问题，引导读者思考问题的本质和解决之道。这种引导作用使散文作品具有了更深层次的思想性和启发性。

（2）传递价值观。现当代散文作品中的理性精神，也传递了作家们的价值观和人生观。作家们通过对社会现象、人生哲理和自然宇宙的思考，表达了对美好生活的追求和对人生价值的理解。这种价值观的传递使散文作品具有了更强的思想性和感染力。

（3）促进社会进步。现当代散文作品中的理性精神，通过对社会现象的深刻洞察和批判，促进了社会的进步和改革。作家们以理性的态度和思考，揭示了社会问题背后的原因和本质，提出了改革和发展的方向。这种促进作用使散文作品具有了更强的社会责任感和时代意义。

3. 理性精神在现当代散文中的体现案例

（1）周国平的《人生哲思录》。作家通过对人生经历的反思和思考，表达了对人生意义和价值的理性认识。作品中的理性精神体现在周国平对人生哲理的深入思考和对人生价值的理性追求。通过对人生的思考，周国平引导读者思考人生的目的和意义。

（2）梁衡的《心中的大自然》。作家通过对自然的观察和思考，表达了对自然美的热爱和对自然规律的敬畏。作品中的理性精神体现在梁衡对自然和宇宙的深刻洞察和对人与自然关系的理性认识。通过对自然的描写和思考，梁衡强调了人与自然和谐共生的理念。

综上所述，理性精神在中国现当代散文作品中的体现，不仅表现在作家们对社会现象、人生哲理和自然宇宙的深入思考，也体现在他们对社会现象的深刻洞察和对人性的深入剖析。这种理性精神使散文作品具有了更深层次的思想性和启发性，引导读者思考问题的本质和解决之道，传递了作家们的价值观和人生观，促进了社会的进步和改革。因此，理性精神在中国现当代散文作品中的体现具有重要的文学价值和社会意义。

（三）理性精神在小说作品中的体现

中国现当代小说作品在文学史上具有举足轻重的地位，它们不仅反映了社会变迁和人民生活，还展现了作者们的理性精神。理性精神是一种对事物进行客观、冷静分析的态度，它要求人们在面对问题时，摒弃个人情感和偏见，运用逻辑和理性进行思考和判断。在中国现当代小说作品中，理性精神得到了充分的体现，成为作品的重要特征之一。

第一，关注社会现实。中国现当代小说作品普遍关注社会现实，以揭示社会问题和剖析社会现象为主要创作目标。作者们以理性精神为指导，通过小说作品对社会现实进行深入剖析，展现社会的真实面貌。例如，鲁迅的《呐喊》通过揭示封建社会的黑暗和人性的扭曲，呼吁人们觉醒和改革。巴金的《家》则通过描绘家族的衰落和个人的挣扎，反映了中国社会的变迁和人性的困境。这些作品都体现了作者们对社会现实的关注和理性精神。

第二，塑造理性人物。在中国现当代小说作品中，作者们常常塑造具有理性精神的人物形象。这些人物以理性为指导，面对困境和矛盾时能够冷静思考，作出明智的选择。例如，茅盾的《子夜》中的主人公吴荪甫，他是一位有着理性思维和坚定信念的商人，在面对商业竞争和社会变革时，他能够冷静分析形势，作出正确的决策。这种理性人物形象的塑造，不仅体现了作者对理性精神的重视，也为读者提供了思考的范例。

第三，呈现复杂的人性。中国现当代小说作品在描绘人物形象时，注重呈现人性的复杂性和多样性。作者们以理性精神为指导，通过细腻的笔触和深入的剖析，展现人物内心的矛盾和挣扎。例如，张爱玲的《金锁记》中的主人公曹七巧，她是一个聪明而自私的女人，她在婚姻和家庭中经历了种种困境，最终走向了自我毁灭。这个形象展现了人性的复杂性和悲剧性，使读者对人性和生活有了更深刻的思考。

第四，探讨人生哲理。中国现当代小说作品常常探讨人生哲理，以引导读者思考和反思。作者们以理性精神为指导，通过小说作品表达对人生、人性和社会的思考。例如，钱锺书的《围城》通过描绘主人公方鸿渐的生活经历，探讨了人生的选择和困境。小说中的名言"围在城里的人想逃出来，城外的人想冲进去"，引发了读者对人生意义的深思。这种探讨人生哲理的创作方式，体现了作者们的理性精神和对读者的引导。

（四）理性精神在戏剧作品中的体现

在中国现当代戏剧作品中，理性精神作为一种重要的表现方式，贯穿始终，不仅体现在人物塑造、情节发展上，更深刻地反映了中国社会和文化的变迁。

1. 理性思维与人物塑造

在中国现当代戏剧中，人物塑造往往与理性思维紧密相连。这种理性思维不仅体现在人物的性格特征上，更体现在人物的行为决策和内心世界中。例如，以曹禺的代表作《雷雨》为例，周朴园作为剧中的核心人物，他的性格特征和行为决策都深受理性思维的影响。他善于分析和判断各种复杂情况，能够作出明智的决策来维护自己的利益。同时，他的内心世界也充满了理性思考的痕迹。他对自己的行为和动机进行深刻的反思和剖析，展现了一个理性与感性交织的复杂人物形象。又如，在巴金的《家》中，高觉慧这个人物在面对封建家庭的束缚时，他的理性思维方式促使他勇敢地追求自由和解放。他不仅敢于挑战封建传统观念，还积极寻求新的生活方式和价值观念。这种理性思维方式使得高觉慧成为了一个具有先进思想和坚定信念的人物形象。

2. 理性选择与情节发展

在中国现当代戏剧中，情节的发展往往与人物的理性选择密切相关。这种理性选择不仅推动了剧情的发展，也展现了人物在面对困境时的智慧和勇气。例如，在周梅森的《人民的名义》中，检察官侯亮平在面对各种复杂案件和考验时，始终坚持以法律和理性为准则，最终揭露了黑暗势力的罪行，实现了正义。这种理性选择不仅展现了侯亮平的智慧和勇气，也传递了作者对法治和正义的坚定信念。

3. 理性精神与社会反思

中国现当代戏剧作品中的理性精神还常常与社会反思相结合，引发人们对现实问题的深入思考。这种社会反思不仅体现在对历史和现实的批判上，也体现在对未来发展的展望上。例如，在贾平凹的《秦腔》中，白雪是一个美丽、善良、坚强的女性形象，她在经历了种种磨难后，依然保持着对生活的热爱和对美好未来的向往。她的形象不仅代表了中国当代女性的独立与自强，更体现了人类在困境中坚守信念、追求自由的精神力量。在老舍的《茶馆》中，茶馆老板王利发通过对客人的理性分析，揭示了当时社会的种种弊端和问题。这种社会反思不仅引发了人们对现实问题的关注和思考，也为社会的进步和发展提供了有益的启示。

第四节　现当代文学现状及发展方向

一、现当代文学现状

（一）商业化浪潮中的文学探索

在商业化浪潮中，现当代文学面临着前所未有的挑战和机遇。商业化的冲击使得文学创作越来越多地受到市场需求和商业利益的驱动，文学作品的生产和流通方式也发生了深刻的变化。

商业化浪潮推动了文学的大众化和普及化。随着出版业的繁荣和网络文学的兴起，更多的人有机会接触到各种类型的文学作品，文学的受众群体得到了空前的扩大。同时，商业化也带来了更多的资源投入，使得一些优秀的文学作品得以更广泛地传播和推广。

商业化浪潮也给文学带来了诸多负面影响。一些作家为了迎合市场需求和商业利益，放弃了对文学艺术的追求，创作出了低俗、媚俗的作品。这些作品往往缺乏深度和内涵，无法满足读者的精神需求，对文学的健康发展造成了不良影响。

在商业化浪潮中，现当代文学的探索主要表现包括：①一些作家坚持文学的独立性和艺术性，通过深入生活、挖掘人性，创作出具有深刻思想内涵和独特艺术魅力的作品。这些作品不仅在文学史上留下了重要的印记，也为读者提供了宝贵的精神食粮。②一些作家尝试运用新的写作技巧和手法，打破传统的文学规范和束缚，创作出具有新颖性和实验性的作品。这些作品往往具有强烈的个性化色彩和创新性思维，为读者带来了全新的审美体验。

此外，一些作家还关注社会问题和时代主题，通过文学作品表达对社会现实的关注和思考。这些作品往往具有鲜明的时代特色和深刻的社会意义，能够引发读者的共鸣和思考。

（二）文学创新研究的深度与广度

在文化多元化的今天，都市文化和网络文化成为人们生活的重要组成部分。在这样的背景下，纯文学和先锋文学逐渐成为文学领域的新宠。尽管如此，我们也观察到，文学研究的深度和广度似乎还有待加强。许多文学工作者在提升现当代文学热度方面作出了不懈努力，拓展了公众的文学视野，但在文学研究的深刻性和创新性方面，似乎仍有提升的空间。文学研究的深化和创新，对于提升文学作品的使用价值和社会价值具有重要意义。

（三）中外文化交流的双刃剑效应

在全球化的浪潮中，中外文化交流为我国现当代文学带来了新的灵感和机遇，但同时也带来了一定的挑战。外来文化的涌入，一方面丰富了我们的文化视野，另一方面也可能对青少年的文化认同产生一定的影响。如何在保持文化开放的同时，坚守中华优秀传统文化，避免盲目崇洋，是摆在我们面前的一个重要课题。同时，中外文化交流也可能对国内文学作品的市场份额产生一定的冲击，这是我们需要审慎思考和应对的问题。

（四）文学作品中"自我"反思的必要性

文学作品的自我反思与批判，不仅是其内在要求，更是对文化传承和社会进步的巨大贡献。自我反思，是对自我行为的深度审视与评估。在文学创作中，它要求作家不仅要有敏锐的洞察力，能够捕捉到社会生活的细微变化，更要有勇气直面自己的创作，不断反思、修正和完善。这种反思，既包括对作品主题的挖掘，也包括对表达手法的创新，还包括对文化传统的继承与发展。

随着科技的飞速发展和文化的多元化，文学作品面临着前所未有的挑战：①读者对文学作品的期待不断提高，他们渴望在作品中看到真实、深刻的人性探索；②外来文化的影响和冲击，使得一些作家在创作中迷失了方向，过度追求新奇、独特，而忽视了传统文化的深厚底蕴。因此，强化文学作品的"自我"反思显得尤为重要。这种反思，不仅能够帮助作家更好地把握时代脉搏，创作出更加贴近读者内心的作品，还能够推动文学与社会的良性互动，实现文化传承与创新。

文学作品中自我反思体现包括：①对传统文化的深刻理解和尊重。作家在创作过程中，应当深入挖掘中华优秀传统文化的精髓，将其与现代生活相结合，创作出既有传统韵味又不失现代感的作品。②对现实生活的敏锐洞察。作家要时刻保持对生活的关注，从平凡中发现不平凡，从普通中提炼出深意，让作品真正反映现当代社会的真实面貌。③对创作技巧的不断探索与创新。作家应当勇于尝试新的表达方式和手法，不断突破自我，使作品在形式上也能引人入胜。

二、现当代文学的发展方向

（一）创新现当代文学理念

现当代文学的发展与文学理论之间存在着密切关联，主要体现在思想层面和创作层面。在思想层面上，现当代文学思潮及相关创作都建立在相应的文学理论基础之上。例如，现实主义、浪漫主义等理论为我国现当代文学创作提供了丰富的理论资源，深刻影响了作家的创作观念。在创作层面上，现当代文学吸收并应用了文学理论中的优秀内容。例如，现代主义理论强调主观性和形式创新，这一观点在我国现当代文学创作中得到了广泛运用。许多作家不但强调个人的情感体验，还通过形式、手法的革新来丰富文学表现手段。如新诗运动中，诗人在学习西方诗歌理论的基础上发扬我国传统诗歌的艺术精髓，最终形成了富有中国特色的新诗风格。由此可见，文学理念的创新与丰富是推动我国现当代文学蓬勃发展的重要动力。

（二）坚守现当代文学作家初心

社会经济的日益发展使得市场经济体制愈发多元，现当代文学要想实现长久发展，使其创造更多的文学价值，走向商业化的趋势在所难免。虽然市场的发展趋势是随着经济的走向而变化的，可现当代文学作品的商业化模式却是人为控制的。为了避免现当代文学作品走向商业化模式的不归路，最终在经济和利益下逐渐消亡，就要提升现当代文学作家的责任感和使命感，使作家认识到自己背负着传承中国传统民族文化的使命，抱着抵制世俗功利的心态，用探寻人生真理和生命真谛的心态去进行文学创作，同时增强自身的影响力，不断鞭策自己，深入研究经典文学作品，创作出更多的富有时代气息，利于现当代文学长久发展的文学作品。

（三）汲取与创新传统文学理论

文学理论是研究文学本质、特征、发展规律和社会作用的学科，能够为文学创作提供理论基础和指导。现当代文学包括近现代以来的各类文学作品。二者之间有着密切的互动关系。在传承传统的基础上，现当代文学也在努力进行创新。这种创新需要坚实的理论基础作为指导，而文学理论正是现当代文学发展的基石。文学理论为中国现当代作家提供了丰富的创作方法，现当代作家也可以通过反思和批判来开拓新的创作路径。现当代文学的繁荣与发展依托对传统文学中"养料"的深度挖掘。

第一，传统文学理论的借鉴与传承。现当代作家从传统文学理论及文学作品中汲取灵感，借鉴古代经典。通过借鉴经典，现当代文学创作汲取了丰厚的思想滋养。传统经典为现当代文学作品注入了深厚的内涵。如《林海雪原》的作者曲波借鉴了中国古典传奇文学，特别是《三国演义》《水浒传》等作品的创作模式和手法。

第二，古代经典的现代延伸与重释。现当代文学作品是古代经典的现代延伸，是对古代经典的重释、再发现以及再激活。经典作品在不同的历史语境中一直有被再发现、再阐释的可能。

第三，传统文学理论的现当代诠释与变革。现当代文学作品通过对传统文学理论进行重新诠释，使其更好地适应社会的需求。重新诠释并非摒弃传统，而是在保留传统精髓的基础上，赋予其现当代的内涵。如《平凡的世界》以中国传统农村社会为背景，展现了中国社会的巨大变革。

第四，哲学思想在现当代文学中的应用。中国传统文学理论中蕴含着丰富的哲学思想，现当代作家在创作中常常汲取这些哲学智慧。通过传承传统的哲学思想，现当代文学作品能够深入地探讨人性、社会和时代课题。

第五，现当代文学的创新传承与变革保留。现当代文学对传统文学理论的充分汲取使其在创新中传承，在变革中保留，形成了独特而富有活力的文学景观。

（四）构建现当代文学模式

1. 加大文学模式的挖掘力度

现当代文学创作要具有鲜明的时代特征，发展时既要突出自身具有的优势，又要注重世界文化模式的挖掘，逐步向世界化发展。现当代文学是一种文化的象征，是人类精神食粮，它的发展应以突显人类的精神内涵和审美情趣为主，而不是否定人类的价值观念，或者是从中获取经济方面的利益。

当现当代文学走向世界舞台时，创作者和研究者应保持初心，具备明辨是非能力，在世界文化交流上扬长避短，既要充分展示我国现当代文化的独特魅力，又要对西方优秀文化进行吸收借鉴，并且在不断的交流中建立新文学精神，用长远的眼光看待现当代文学的发展。

2. 善于挖掘人性化与民族化的文学模式

（1）善于挖掘民族化的文学模式。现代社会中，要想将现当代文学作品归于传统，就要顺应中国文学发展规律，注重民族化文学模式的挖掘。从当前来看，虽然外国文学的渗透给现当代文学作品带来了一定的冲击，但民族文化还保留在一些现当代文学作家的思想中。比如，现当代文学中，部分现当代文学作家创作诗歌时，大多是白话诗歌，用简洁、朴素的话语代替"之乎者也"，这些诗歌的创作灵感，来源于民间的真实生活。现当代文学作家对民间生活的细致刻画，能够淋漓尽致地展现现当代文学作品含有的民族之魂，如艾青的《我爱这土地》、舒婷的《祖国啊，我亲爱的祖国》、叶挺的《囚歌》、臧克家的《您是》、闻一多的《一句话》等。此外，在现当代文学创作的过程当中，对于外来文学的借鉴必不可少，但是中国传统的特色也要在创作过程当中得以体现，现当代文学创作的基石是传统文化和民间精神。

（2）善于挖掘人性化的文学模式。分析现当代文学作品可以看到，许多文学创作者挖掘人性本质特征时，习惯注入自己的思想，并且在创作中树立一些性格鲜明的人物形象。比如说，鲁迅笔下的祥林嫂，是旧中国农村劳动妇女的典型；老舍笔下的祥子，是中国北平城里的一个年轻好强、充满活力，有着三起三落人生经历的人力车夫；张爱玲笔下的沈世钧、顾曼桢等年轻人，淋漓尽致地展现了都市年轻人的痴爱怨情。

对于文学创作者来说，要注重人性化文学模式的挖掘，具体内容包括：①现当代作家要认真品读、分析经典文学作品，包括人物的刻画、细节的描写、场景的铺垫等，只有对经典文学作品进行深层次的解读和研究，才能实现与新文化的有效衔接。②持续扩大现当代文学的学术空间。现当代文学不仅包括经典文学作品，还涉及传统的古诗词和戏曲，这就要求现当代作家要不断地、持续扩大学术空间，加大对传统古诗词和戏曲的研究力度，感悟传统文化的魅力所在。③认真分析社会变革或转型时期的市民文学，找出文学特征和社会效益，从而推动中国现当代文化的均衡发展。

（3）注重与现实生活的联系。经典文学作品之所以脍炙人口、触动心弦，引发人们情感上的共鸣，是因为多数内容都是文学作家的生活经历，是当时社会的真实写照。对于现当代文学作品缺少感人至深、直击灵魂的语言的现象，现当代文学作家要给予重视，不要禁锢自己的思想和意识，而是要走出作品，回归生活，既可以是自己的人生，又可以搜集生活中感人的素材，然后以独特的方式进行记录，以真情实感进行抒写。

第四章　现当代文学作品中的不同形象塑造

第一节　现当代文学史上的农民形象

一、农民对中国的重要性

"中国是农业大国，农业在漫长历史过程中形成了一系列丰富且绚烂多彩的文化体系。中国农民文学思潮史也悄然而生，在时代变迁中形成并持续发展。"[①]农民不仅是粮食生产的主力军，而且在农村经济发展、社会稳定和传统文化传承等方面发挥着重要作用。

第一，粮食生产的主力军。粮食是人类生存和发展的基本物质条件，粮食安全关系到国家的安全和社会稳定。中国是世界上人口最多的国家，粮食需求量巨大。农民作为粮食生产的主力军，承担着保障国家粮食安全的重任。他们通过勤劳的耕作，为国家提供了丰富的粮食资源，保障了国家的粮食安全。

第二，农村经济发展的推动者。农村是中国经济的重要组成部分，农民是农村经济发展的主体。农民通过种植、养殖、农产品加工等方式，为农村经济的发展作出了巨大贡献。农村经济的发展不仅能够提高农民的收入水平，还能够促进农村社会的进步和稳定。因此，农民在农村经济发展中扮演着至关重要的角色。

第三，社会稳定的维护者。农民是中国社会稳定的重要支柱。农民群众是中国社会的基础，他们的稳定和幸福直接关系到整个社会的稳定。农民是国家的重

---

①陈寿琴. 重构中国现当代农民文学思潮史的路径研究——评《"三农"中国的文学建构》[J]. 中国农业气象，2023，44（10）：970.

要纳税人，为国家的财政收入提供了重要支持。此外，农民还能够通过参与农村自治和社会组织等方式，维护社会的稳定与和谐。

第四，传统文化传承的重要载体。中国是一个拥有悠久历史和丰富文化的国家，传统文化是中华民族的瑰宝。农民作为传统文化的重要传承者，承载着丰富的民俗文化、民间艺术和传统技艺。他们通过口耳相传、传统节日庆典、民间艺术表演等方式，将传统文化传承下去，为中华民族的文化繁荣作出了巨大贡献。

二、现当代文学史上农民形象的重要性

在现当代文学史上，农民形象的重要性不容忽视。作为社会结构的基础和农业生产的主体，农民一直是文学创作中的重要角色。从古典文学到现代文学，农民形象的塑造和演变不仅反映了社会经济的变迁，也体现了文化观念和社会价值观的转变。

20世纪初，随着新文化运动的兴起，文学作品开始关注农民的生活状况和社会地位。随着中国共产党的成立和土地革命的开展，农民形象在文学中的地位得到了前所未有的提升。在这一时期，农民被塑造成革命的主力军，他们在文学作品中展现出了对封建压迫的反抗和对新生活的渴望。改革开放以来，随着市场经济的引入和社会结构的复杂化，农民形象在文学中的描绘也变得更加多元化。一方面，农民被塑造成为现代化进程中的奋斗者和追梦人，他们的形象不再是单一的劳动者，而是有着丰富情感和个性的人物。另一方面，文学作品也开始关注农民在现代化进程中所面临的困境和挑战，如城乡差距、土地流失、环境破坏等问题。这些作品通过真实的农民形象，反映了现代社会的复杂性和多面性。

总之，农民形象在现当代文学史上的重要性不仅体现在其广泛的出现和深刻的影响力上，还体现在其所承载的社会意义和文化价值上。农民形象的塑造和演变既是对历史变迁的记录，也是对未来发展的探索。通过对农民形象的深入描绘，文学作品不仅展现了农民的生活状态和精神风貌，也促进了社会对农民问题的关注和思考，推动了社会的进步和发展。因此，农民形象在现当代文学史上具有不可替代的重要性。

三、现当代文学作品中农民形象的塑造

（一）诗歌作品中农民形象的塑造

在中国现当代诗歌作品中，农民形象常常被塑造成勤劳、朴实、善良的形象。诗人通过描绘农民的生活状态和精神面貌，表达对农民的赞美和敬意。农民作为中国社会的基础，他们的形象在诗歌中具有重要的象征意义，反映了诗人对农民的深厚感情和对农村生活的关注。

第一，农民形象在中国现当代诗歌中被塑造为勤劳的形象。农民是中国社会的主要生产力，他们承担着耕种土地、种植农作物等繁重的劳动任务。在诗歌中，诗人通过描绘农民辛勤劳作的场景，展现了农民的勤劳精神。

第二，农民形象在中国现当代诗歌中被塑造为朴实的形象。农民生活在农村，与大自然紧密相连，他们的生活简单而朴实。在诗歌中，诗人通过描绘农民的生活场景，展现了农民的朴实品质。例如，郭沫若收录在其诗集《女神》中的《雷峰塔下》展现了郭沫若对于农民生活的深刻观察和理解，以及他对农民辛勤劳动的赞扬和尊重。在诗歌中，郭沫若表达了对农民的崇敬之情，并呼吁人们关注和支持农民的生活和工作。

第三，农民形象在中国现当代诗歌中被塑造为善良的形象。农民是中国社会中最基层的群体，他们善良、纯朴，对生活充满热爱和希望。在诗歌中，诗人通过描绘农民的善良品质，表达了对农民的敬意和赞美。

（二）散文作品中农民形象的塑造

在中国现当代散文作品中，农民形象的塑造往往充满了深厚的人文关怀和对现实社会的深刻反思。以下是具体的作品案例，它们各自以不同的视角和情感色彩描绘了农民的生活状态和心理世界。

第一，朱自清《背影》。这是一篇广为人知的经典散文，作者朱自清通过对父亲送他到火车站的背影的描写，展现了一个普通农民父亲深沉的爱子之情。文章中的父亲形象，既有农民的坚韧和勤劳，也有作为父亲的温柔和无私。朱自清细腻的笔触捕捉到了那些微小但充满情感的细节，如父亲为他准备行李、为他购

买水果和烟卷等，这些细节描写让读者感受到了农民父亲的朴实无华和生活的艰辛。这个形象成为了中国文学史上一个永恒的经典，引发了无数读者对亲情和农民生活的情感共鸣。

第二，冰心《寄小读者》。在这本散文集中，冰心通过描写农村的自然景色和农民的日常生活，展现了农民的纯朴和善良。她的文字清新脱俗，充满了对自然的热爱和对农民生活的赞美。文章中的农民形象虽然面临着生活的艰辛，但他们依然保持着乐观和善良的心态，他们与自然和谐共生，享受着简单的快乐。冰心的这本散文集不仅仅是对农民生活的描写，更是对人性美好的颂扬。

这些作品案例表明，中国现当代散文家们在塑造农民形象时，不仅注重外在生活的真实描写，更深入挖掘农民的内心世界和精神面貌。通过对农民形象的多角度展现，散文作品使读者能够更加全面和深刻地理解农民的生活现实，引发对社会底层人民命运的关注和对农村问题的思考。这些丰满而真实的农民形象，不仅丰富了中国现当代散文的内容，也增强了文学的社会价值和人文关怀。

（三）小说作品中农民形象的塑造

在现当代小说作品中，农民形象作为社会底层群体的代表，得到了作家们的广泛关注与深入塑造。他们通过细腻的人物刻画和生动的情节描绘，展现了农民的生活状态、心理变化和人生追求，使得农民形象在文学作品中焕发出新的光彩。

第一，莫言笔下的农民形象。在《红高粱家族》这部作品中，莫言通过主人公九儿的成长经历，生动地展现了农民的坚韧和生命力。九儿是一个典型的农村女孩，她从小在贫困的家庭中长大，经历了生活的种种磨难。然而，她并没有被困境所打倒，而是凭借着自己的勇气和智慧，一步步走出了困境，成为了家族的骄傲。莫言通过九儿的形象，展现了农民在面对困境时的顽强与不屈，也揭示了农村社会的复杂性和多样性。

第二，贾平凹也是一位擅长塑造农民形象的作家。在《秦腔》这部作品中，贾平凹通过描写秦腔艺人的命运，展现了农民的苦难和希望。小说中的秦腔艺人们，在农村社会中扮演着重要的角色，用自己的歌声和表演给农民们带来欢乐和安慰。然而，他们的命运之路却并不平坦，他们不仅要面对生活的艰辛和贫困，还要承受社会变革带来的冲击和挑战。贾平凹通过对这些秦腔艺人的描写，展现了农民在生活中的苦难和无奈，同时也表达了对他们坚韧不拔精神的赞美。

第三，陈忠实的《白鹿原》也是一部以农民形象为主角的小说。作品中通过对白鹿原上白、鹿两大家族的恩怨纷争的叙述，展现了农民在家族、社会、政治等多重因素下的生存状态。小说中的农民们，他们既有着淳朴善良的一面，也有着自私狭隘的一面。他们在面对家族利益、个人恩怨时，往往表现出强烈的情感和冲动，这也使得他们的命运充满了曲折和变数。陈忠实通过对这些农民形象的塑造，揭示了农村社会的复杂性和人性的多面性，引发了读者对农民命运的关注和思考。

这些作品不仅展现了农民在生活中的苦难和坚韧，也揭示了他们在社会变革中的困惑和追求。农民们面对生活的艰辛和困境，他们并没有放弃希望和梦想，而是用自己的方式去抗争和追求。他们或许没有受过多少教育，但他们有着对生活的热爱和对未来的憧憬。他们用自己的汗水和智慧，在土地上耕耘出希望的花朵，为社会的发展贡献着自己的力量。

通过对这些作品的解读，我们可以看到，农民形象在现当代小说作品中得到了更加深入和全面地塑造。作家们通过丰富的人物形象和曲折的故事情节，展现了农民的生活经历和心理变化。这些作品不仅让读者更加深入地了解了农民的生活和心理，也引发了我们对农民命运的关注和思考。它们让我们看到了农民在社会变革中的努力和追求，也让我们看到了农民在困境中的坚韧和不屈。

随着城市化进程的加速和城乡差距的扩大，农民问题依然是一个亟待关注和解决的重要问题。这些小说作品中的农民形象，不仅是对农民生活的一种真实写照，也是对农民问题的一种深刻反思。它们提醒我们，农民作为社会的重要一员，应该得到更多的关注和尊重。我们应该关注他们的生活状态、心理变化和人生追求，为他们提供更好的生活条件和发展机会。同时，我们也应该反思社会变革对农民带来的影响和挑战，努力寻找解决农民问题的有效途径和方法。

（四）农民形象在戏剧作品中的塑造

在中国现当代戏剧作品中，农民形象被塑造得生动而具有代表性。剧作家们通过戏剧的形式，展现了农民的生活状态和精神面貌。这些戏剧作品中的农民形象，使观众更加真实地感受到农民的生活和情感，引发了对农民的关注和思考。

第一，老舍的《茶馆》是一部具有代表性的中国现当代戏剧作品，通过描写茶馆里的各种人物，展现了农民的智慧和幽默。茶馆作为一个社会缩影，聚集了来自各行各业的人物，其中包括许多农民形象。他们以自己的方式生活，展现出农民的智慧和幽默。例如，茶馆老板王利发，他是一个精明的商人，同时也是一位农民。他用自己的智慧和幽默与各种人物打交道，展现出了农民的聪明才智和幽默感。

第二，郭沫若的《屈原》是一部历史剧，其中涉及的农民形象主要有两位，分别是更夫和卫士。这两位农民形象的出现，不仅丰富了剧情，也使得《屈原》这部作品更加具有现实意义和社会价值。

第二节 现当代文学作品中的长子形象

一、长子在中国文化中的重要性

中国长子文化的根源要追溯到中国奴隶制时期的宗法制，其核心是嫡长子传承制。在中国传统文化中，长子一直扮演着非常重要的角色。这不仅仅是因为他们在家中排行老大，更是因为他们承载着家族的期望和责任。

第一，长子在中国传统文化中代表着家族的延续。在古代中国，人们普遍认为，家族的血脉是神圣的，需要得到传承和发扬。因此，长子往往被视为家族血脉的传承者，承担着传宗接代的重要任务。在封建社会中，如果一个家庭没有儿子，甚至会被视为断了香火，这在当时是非常严重的问题。因此，长子的出生对于一个家庭来说具有非常重要的意义。

第二，长子在中国传统文化中承担着赡养父母的责任。在古代中国，人们普遍认为，儿子是赡养父母的主要责任人。而长子作为家中的老大，更是承担着这一责任的首要人选。在父母年老体弱、生活无法自理的时候，长子需要承担起赡养父母的责任，照顾他们的生活起居，让他们能够安享晚年。这种观念在中国传统文化中根深蒂固，至今仍然影响着许多中国人的家庭观念。

第三，长子在中国传统文化中代表着家族的地位和荣誉。在古代中国，家族的地位和荣誉是人们非常看重的东西。一个家族的地位和荣誉往往是通过其成员的社会地位和成就来体现的。而长子作为家中的代表，他们的成就和地位往往能够为家族带来荣耀。因此，长子在中国传统文化中往往被寄予厚望，希望他们能够在社会上取得成功，为家族争光。

第四，长子在中国传统文化中还承担着祭祀祖先的重要任务。在古代中国，人们普遍认为，祭祀祖先是一种非常重要的信仰仪式，可以保佑家族的安宁和繁荣。而长子作为家中的老大，往往需要承担起主持祭祀的责任。这种观念在中国传统文化中有着悠久的历史，至今仍然影响着许多中国人的信仰。

第五，长子在中国传统文化中还承担着教育和引导弟弟妹妹的责任。在古代中国，人们普遍认为，长子需要承担起教育和引导弟弟妹妹的责任，帮助他们成长。

二、长子形象的特性分析

"现当代文学中有各种各样的人物形象，长子形象就是其中之一，而且是最特别的一类。"① 无论置身于何种时代背景、社会背景或文化背景之下，长子形象都普遍呈现出一系列鲜明的性格特征。

（一）自我牺牲精神

生活在一个大家族中，矛盾是难免的，为了处理矛盾，维护家族的秩序，长子往往要以牺牲自我为前提。根据众多文学作品中塑造的长子形象，通常长子承担着处理家族矛盾、维护家族秩序的责任，且更多情况下会以牺牲自我为代价，即便如此也未必会获得好的处理效果，最终造成长子的悲剧。

巴金《家》中的高觉新作为长子，也是长房长孙，从小深受家人宠爱。钱梅芬是高觉新的青梅竹马，但是正因觉新是家中的长子，需要延续家中香火，父亲的命令使其无法反抗，只想要通过自己的牺牲来换取家族和平。但是事情并没有按照他的预期发展，高觉新所奉行的作揖主义和无抵抗主义，最终使家族解散，造成妻离子散的悲剧。

---

①杨梦. 论现当代文学作品中的长子形象 [J]. 哈尔滨职业技术学院学报，2020（01）：167.

老舍在《四世同堂》中塑造了很多长子形象，例如一号院的钱孟石、五号院的祁天佑及儿子祁瑞宣等，其中祁瑞宣在众多长子中不但形象最为丰满，而且也是长子自我牺牲精神的最佳代表人物。在当时的环境下忠孝不能两全，这使祁瑞宣陷入矛盾与痛苦中。无论是选择为国家尽忠，还是为亲人尽孝，他都会受到内心的谴责。祁瑞宣心中有浓厚的爱国情怀与民族责任感，也正是因此想要离开北平，但是内心对家族的责任感又使其退步，承担起自己是家中顶梁柱的责任，最终选择牺牲梦想。虽然祁瑞宣内心并不喜欢妻子韵梅，但是为了能够让家中长辈高兴，最终还是选择了她，祁瑞宣认为只要长辈高兴，自己作出的全部牺牲都值得。

路遥《平凡的世界》中的孙少安也是现当代文学作品中比较经典的长子形象。孙少安给人的第一印象是非常聪明，这种聪明尤其表现在读书上，但当孙少安十三岁念完小学便自己放弃了读书，选择帮助父亲赚钱养家，把上学的机会留给了弟弟妹妹。在当时的环境下，加之孙少安的生长环境在农村，只有读书才是成才的出路，但是孙少安选择放弃读书，代表他这辈子只能成为农民，而且放弃读书的同时也放弃了爱情。润叶是村支书田福堂的女儿，也是孙少安的青梅竹马，是孙少安眼中的公家人，在当时的年代下，农民与公家人结婚的可能性非常小。尽管两人相爱，却被田福堂反对，孙少安不得已与别人结婚。在这部小说中，孙少安作为长子，选择牺牲自己的前途与爱情，换取弟弟妹妹读书的机会，这是身为长子的责任，也是文学作品中对于长子形象的一种刻画。

对比以上三部文学作品中的三位长子，共同点便是都具有自我牺牲精神。一旦个人利益和家族利益出现矛盾，他们率先选择家族利益，放弃个人利益，承担作为家族中长子的责任。

（二）强烈的责任感

长子们深受封建传统文化的影响，他们所受的教育也是家族教育，因此他们都具有浓厚的家族使命感，他们有延续家族继续前行的责任。

高觉新的家族使命感尤为强烈，在走出学校的那一刻，他就深知自己的责任，维持家族秩序，尽管他做的那些与他的内心世界不相合，尽管他做些吃力不讨好的事。比如高觉新并不喜欢他现在的工作，但因为他是长子，他有责任有义务供养家庭。他只有痛苦地执行家长的命令，来维持家族表面的秩序。

孙少安作为新时期朴实的贫苦的农村人，他知道那个特殊年代自己作为家中长子的责任。他不仅要帮助父亲养家，也在尽力帮助弟弟妹妹们走出农村。孙少安的责任不仅体现在家庭里面，还体现在对村里的广大贫苦农民。当孙少安创业发家致富时，并没有像其他人一样，只顾自己，他也想村里的其他人都能解决温饱问题。可见孙少安是一个宽容、大度、善良、有责任心的人，他的责任心不仅体现在对家人，更表现在对社会的责任上。

《四世同堂》中的祁瑞宣与高觉新相比，拥有进步思想，面对当时的大环境，祁瑞宣想要报效祖国，但也正因为环境，祁瑞宣不得不选择养家，这也是他作为家中长子的责任。当祁瑞宣和弟弟祁瑞丰产生矛盾后，虽然内心对弟弟瑞丰和弟媳不满，但为了家族依然选择隐忍，这正是因为祁瑞宣内心作为长子，想要维护"四世同堂"的责任感。

（三）人格的双重性

现当代的长子都受过西方外来思想文化的影响，思想有一定程度的解放，但是因为从小受到家族文化的影响，思想上又具有传统性，当现代性思想与传统思想相碰撞时，就容易出现双重人格。

高觉新生活在新旧时代相交替的时期，一方面，他从小受封建礼教文化的熏陶，他的思想具有软弱性；另一方面，他又受新文化运动的影响，他的思想又具有先进性。觉新性格的双重性体现在：对待家族的长辈，他采取"无抵抗主义"和"作揖主义"，这也为觉新后来的悲剧埋下了伏笔；而觉新在自己的兄弟姐妹面前，又是一个渴望知识的人，甚至在觉慧和淑英出逃时，给予他们帮助，他希望自己的牺牲能给予兄弟姐妹们自由，从这些方面来看，觉新又是一个封建礼教的反抗者。

《四世同堂》中的祁瑞宣和高觉新的生活时代相同，同样接受过高等教育，内心非常渴求解放与自由。但与此同时，祁瑞宣也深受祁家长房长孙身份的约束，向从小接触的传统文化妥协。祁瑞宣对未来有非常多的想法和激情，但是被"长房长孙"这个身份困在"四世同堂"中。在祁瑞宣的内心，他始终面临选择"家"还是选择"国"的问题。虽然祁瑞宣非常想要实现"家国"统一，但是面对现实最终还是不得已地选择了"家"，这也促成了祁瑞宣这个人物的矛盾的性格。

相比较之下，《平凡的世界》中孙少安的生长环境是改革开放时期。孙少安想要学习知识，也知道知识是改变命运的出路。但与高觉新和祁瑞宣相同的是，孙少安也作出了同样的选择，为了弟弟妹妹而放弃读书，承担起作为长子的责任。在孙少安内心，他清楚地知道，当他选择放弃读书时，便是意味着自己要永远留在双水村。幸好孙少安凭借自己的坚韧、努力，即便身处农村，依然闯出了自己的出路。

三、长子形象在现当代文学作品中的塑造

（一）《白鹿原》中的长子形象塑造

陈忠实的《白鹿原》中，长子形象的塑造不仅代表着家族的未来和传统，还反映了作者对于人性和社会的深刻思考。

第一，白孝文：传统与现代的冲突。白孝文是白嘉轩家的长子，也是白鹿村未来的族长。他的形象是传统与现代冲突的集中体现。一方面，他秉承了父亲的传统道德观念，如忠诚、仁义等，另一方面，他又受到现代文明的影响，内心有着对自由和欲望的追求。这种内心的矛盾和外在的压力最终导致了他人生的悲剧，从一个有望成为族长的青年，到一个丧失道德、沉溺于欲望的败家子，再到一个充满报复心理的权力者。白孝文的一生是白鹿原上传统势力与现代化冲突的缩影。

第二，鹿兆鹏：革命与传统的结合。鹿兆鹏是鹿子霖家的长子，相比于白孝文，他接受了更多的现代教育和革命思想。他试图在传统与现代之间寻找平衡，但他的努力并未成功，最终成为了革命的牺牲品。鹿兆鹏的形象反映了在社会转型时期，即使是拥有现代意识和革命精神的知识分子，也无法完全逃脱传统文化的束缚和时代的悲剧。

第三，黑娃：反抗与归属的冲突。黑娃是鹿三家的长子，他的形象体现了农民对自身命运的反抗和对归属感的追求。黑娃不满于现状，试图通过各种途径改变自己的命运，他的生活充满了动荡和冲突，黑娃的形象揭示了社会底层人民在动荡年代中的悲惨遭遇和无奈选择。

（二）《家》中的长子形象塑造

巴金的长篇小说《家》通过细腻的笔触，塑造了一系列栩栩如生的人物形象，尤其是长子高觉新的形象，以其复杂性和悲剧性引人深思。高觉新作为高家的长房长孙，自小受到封建伦理道德的影响，长大后，在新时代的浪潮中，他既想维护传统，又想追求个人的幸福和理想，这种矛盾和冲突构成了他独特的人格特质。

高觉新是一个典型的封建大家庭的长子形象。他身上融合了两种文化、两种身份，甚至是两个时代的矛盾。一方面，他是旧社会的卫道夫，作为长房长孙，他从小受到家族观念的熏陶，忠诚于家族，扮演着家族顶梁柱的角色；另一方面，他是新思想的受洗者，他渴望自由，追求个人的理想和幸福，但受限于家族规训，无法真正实现自我价值。

高觉新的悲剧性在于他的性格矛盾和家族身份带给他的责任与牺牲。他的一生充满了妥协和顺从，从被迫放弃自己深爱的梅表姐，到与门当户对的李瑞珏结婚，再到后来在家庭危机中无法保护自己的妻子和孩子，高觉新在封建礼教的束缚下，始终无法真正掌控自己的命运。高觉新内心深处有着对新思想的认同，但由于家族的压力和社会环境的限制，他始终无法真正地融入新时代。他的内心充满了痛苦和挣扎，但又缺乏足够的勇气去改变现状，这种性格的弱点最终导致了他的悲剧结局。

总之，高觉新这一形象体现了巴金对封建社会中长子身份的深刻思考。通过对高觉新性格的刻画，巴金展示了封建家庭内部人物的矛盾心理和社会的深层次问题。高觉新的悲剧不仅仅是个体的命运，更是那个时代所有人的共同命运，反映了封建制度对人的精神和行为的深刻影响。

（三）《四世同堂》中的长子形象塑造

老舍在《四世同堂》以北平小羊圈胡同为背景，通过复杂的矛盾纠葛，以祁家为主线，塑造了祁瑞宣这一长子形象。作为祁家的长房长孙，既继承了老一代市民的性格特征，又接受了新式教育，这使得他的内心和行动都充满了矛盾。祁瑞宣在思想和性格的发展过程中，存在着来自新与旧两方面的作用力。他善良、正直，具有爱国思想，但又软弱忍从，受到传统文化思想的束缚。

祁瑞宣在家庭中扮演着顶梁柱的角色，他不仅要承担起家庭的经济责任，还要在精神和情感上给予家人支持。在面对国家危难时，他既想"尽孝"，又想"尽忠"，但却在不能两全的境地中优柔寡断，苦闷不已。他的思想中爱国思想占主导面，最终还是从矛盾、苦闷中得到解脱，走上反侵略的新生之路。

祁瑞宣的内心深处充满了对国家和民族的忧虑，他关心国家的命运，但又无法摆脱家庭的责任。在北平沦陷后，他虽然内心深处有着强烈的报国愿望，但由于家庭的重担，他无法像弟弟祁瑞全那样离家投身抗战。祁瑞宣的这种矛盾和挣扎，反映了他作为一个知识分子在特定历史时期的困境和无奈。

在《四世同堂》中，祁瑞宣的形象不仅展现了个人的命运与国家民族的命运紧密相连的主题，也反映了当时社会各阶层在战争中的不同态度和选择。他的形象塑造了一个在历史洪流中挣扎求生、最终走向觉醒和反抗的知识分子形象。

（四）《活着》中的长子形象塑造

余华的长篇小说《活着》反映了中国农民在社会剧变中的生存状态，通过主人公徐福贵一家的生活历程，揭示了普通人在动荡年代中的苦难与坚韧。小说中的长子形象，即徐福贵，是一个典型的人物形象，他的形象塑造体现了作者对于人性、历史、家庭和自由的深入思考。徐福贵这一形象是通过一系列生活事件和心理变化刻画出来的。他原本是一个浪荡的富家子弟，因家产尽失经历了从地主到农民的转变，并在各种社会变革中饱受磨难。他的形象由最初的放纵不羁逐渐转变为承担家庭重任的男子汉，在生活的重压下展现出惊人的坚韧和勇气。徐福贵这一角色在余华的小说《活着》中承载了丰富的深层次文化和历史内涵。他的经历象征性地反映了中国社会从 20 世纪初到现代的重大历史变迁，福贵的一生经历从富裕的地主家庭到贫穷农民的转变，他的个人命运与中国的社会历史紧密相连，成为一个时代的缩影。福贵的角色设定和经历展现了中国农村在社会巨变中的真实面貌，以及普通人在这些变化中所经历的苦难和挑战。他的故事不仅是个人的悲剧，也是中国近现代史的一个缩影。通过福贵这一角色，余华探讨了生命的意义和存在的价值，以及在极端困境中人性的复苏过程。福贵的故事还体现了中国人民在面对历史洪流时的坚韧不拔和对美好生活的执着追求。无论是在战争中还是在和平时期，无论是在繁荣还是衰退中，福贵都以一种乐观和坚强的态度活着，这反映了中国人的生存哲学和生活态度。

（五）《平凡的世界》中的长子形象塑造

路遥在《平凡的世界》中塑造了孙少安这一长子形象。他是孙玉厚家的长子，承载了在那个年纪不应承担的责任。孙少安从小就表现出了聪明和勤奋，他在小学年年考第一，但由于家庭贫困，他不得不在十三岁时放弃学业，回家帮助父亲养家糊口。孙少安的形象体现了中国农村改革开放初期农民的奋斗历程和精神风貌，他的故事贯穿了整个小说，展现了他在社会变迁中的成长与挣扎。

孙少安的性格特征包括他的善良、自我牺牲精神、自强不息的奋斗精神以及对家庭和社会责任的坚守。他在家庭中扮演着"家庭保护人"的角色，严于律己，宽以待人，具有农村人的淳朴与善良，同时也具有奉献精神——对家庭的无私奉献。孙少安的这种自我牺牲精神，一方面是对中国传统文化的继承，另一方面也是对现代社会转型期间农民心态的一种反映。在中国传统文化中，重视家庭和谐与社会责任感是非常重要的价值观。孙少安的行为正是这一价值观的具体体现。然而，在改革开放和市场经济的大背景下，个人的发展和追求也越来越受到重视。孙少安在坚守传统美德的同时，也不忘追求个人的事业发展，他在农村改革中寻找机会，通过创办砖窑厂等方式带动了当地的经济，这体现了他对现代社会价值的理解和接纳。在孙少安的故事中，我们可以看到他在改革开放的大背景下，如何通过自己的努力和智慧，逐步改善自己和家庭的生活条件。他推动了双水村实现承包到组的责任制，创办砖窑厂，这些都是他在农村改革中的实际行动。孙少安的形象塑造，展现了他不屈不挠、勇往直前的奋斗精神。他在困境中不放弃，始终坚持自己的信念和目标，这种精神是中国农村改革开放初期农民心态的集中体现。孙少安的故事告诉我们，无论面临多大的困难和挑战，只要我们有坚定的信念和不屈的斗志，就能够战胜困难，实现自己的理想。

孙少安的形象也反映了个体在面对社会变迁时的自我调整和适应。他在改革开放的大潮中，不断学习新知识，接受新事物，通过自己的努力和智慧，逐渐改变了自身和家庭的命运。他的故事鼓励人们在社会变革中积极进取，不断追求更好的生活。

综上所述，孙少安的形象不仅反映了中国农村社会的变迁，也体现了个体奋斗的重要性。他的故事激励着人们不畏艰辛，勇往直前，追求自己的梦想和理想。

第三节　现当代文学作品中的教师形象

一、教师对中国的重要性

教师在中国社会中扮演着至关重要的角色，他们是培养未来国家栋梁的重要力量。自古以来，中国就有"尊师重道"的传统，教师被赋予了崇高的地位和神圣的使命。在当今社会，教师的重要性更是不容忽视。

第一，教师是知识的传递者。他们通过教育，将人类积累的知识、经验和智慧传授给学生，帮助学生建立起自己的知识体系。在这个过程中，教师不仅传授学科知识，更重要的是引导学生学会学习、思考和探索，培养他们的创新精神和实践能力。这对于学生个人成长和未来发展具有深远的影响。

第二，教师是价值观的塑造者。在中国，教师肩负着传承中华优秀传统文化、弘扬民族精神和时代精神的重要使命。他们通过言传身教，引导学生树立正确的世界观、人生观和价值观，培养他们的社会责任感和历史使命感。这对于国家和社会的稳定和发展具有重要意义。

第三，教师是心灵的呵护者。在学校这个大家庭中，教师不仅是学生的导师，更是他们的朋友和亲人。他们关注学生的心理健康，关心他们的生活琐事，为他们排忧解难。在这个过程中，教师用自己的爱心、耐心和责任心，为学生营造一个温馨、和谐的成长环境。

第四，教师还是社会进步的推动者。他们通过教育教学改革，不断提高教育质量，为我国经济社会发展提供有力的人才支持。同时，教师积极参与社会公益活动，传播正能量，推动社会进步。

面对新时代的挑战，我国政府高度重视教师队伍建设，采取了一系列政策措施，提高教师待遇，加强教师培训，激发教师活力。广大教师也积极响应国家号召，努力提升自身素质，为培养德智体美劳全面发展的社会主义建设者和接班人贡献力量。

总之，教师在中国社会中具有举足轻重的地位。他们既是知识的传递者，也是价值观的塑造者；既是心灵的呵护者，也是社会进步的推动者。在新时代，我们要进一步弘扬尊师重道的优良传统，关注和支持教师队伍建设，为我国教育事业发展和中华民族伟大复兴贡献力量。

二、教师形象的特性与类型

（一）教师形象的特性

第一，教师形象在现当代文学作品中具有时代性。从鲁迅的《阿Q正传》中的私塾先生，到钱锺书的《围城》中的大学教授，再到莫言的《红高粱家族》中的乡村教师，这些作品中的教师形象都与时代背景紧密相连。他们既受到时代的影响，也影响着时代。例如，鲁迅笔下的私塾先生，反映了封建教育制度的腐朽和落后；而莫言笔下的乡村教师，则展现了新时代教育事业的蓬勃发展。

第二，教师形象在现当代文学作品中具有思想性。这些作品中的教师，往往是社会的思考者和改革者。他们关注社会问题，关心国家命运，积极探索教育改革。如钱锺书《围城》中的方鸿渐，他不仅在学术上有所追求，更在人生道路上不断思考，试图寻找自己的人生价值。这种思考性和改革精神，使得教师形象在现当代文学作品中具有深刻的思想内涵。

第三，教师形象在现当代文学作品中具有人文性。这些作品中的教师，关注学生的成长，关心他们的生活，用爱心和耐心呵护着每一个学生。

第四，教师形象在现当代文学作品中具有典型性。如杨绛的《我们仨》中的钱锺书，他博学多才、幽默风趣，成为一代知识分子的代表；如张爱玲的《红玫瑰与白玫瑰》中的教师，他们忠诚于教育事业，默默奉献，成为无数教育工作者的缩影。

（二）教师形象的基本类型

时代不断前行，每一时期都携带着其独特的社会风貌，步入现代化进程的中国亦展现出一个进步且独具特色的大环境。在这个背景下，现当代文学作品中的教师群像，在物质与精神双重层面经历了取舍与煎熬，呈现出多样化的面貌。这样的客观生存环境深刻影响着作家的创作心态，导致同一作家在不同时期描绘的对象各异，不同作家笔下的教师形象也各具特色。

1. 理想型教师

（1）传统师道的传承者。在现当代文学作品中，这类教师形象体现在对传统文化的传承与弘扬上，他们尊崇传统文化，坚守教育理念，并将其融入现代教育实践。既尊重传统又不满现状，力图通过教育改变学生命运，此类教师在现代文学作品中具有代表性，为现代教育注入了传统文化的新活力。

（2）教育救国的理想者。在现当代文学作品中，这类教师怀揣教育救国的理想，视教育事业为民族振兴的关键。他们致力于提升国民素质，培养国家栋梁。

（3）崇高事业的追求者。在现当代文学作品中，此类教师将教育事业视为崇高使命，为此付出巨大努力与牺牲。他们坚守岗位，致力于学生品德与能力的培养。

（4）进步的反抗者与爱国者。在现当代文学作品中，这类教师具有进步思想，敢于反抗不公，为社会公平正义而奋斗。他们关心国家大事，积极参与社会改革。

2. 异化型教师

（1）个人私利的追逐者。在现当代文学作品中，此类教师主要出于个人利益从事教学，对教育本身缺乏热情与信念，将教师职业视为实现个人目标的途径。他们可能谋取私利，忽视学生需求，工作态度敷衍，其行为由个人利益驱动，而非对学生发展与教育事业的责任感。

（2）迫于生计的无奈者。在现当代文学作品中，这类教师虽曾对教育事业充满热情与理想，但因经济压力、就业竞争等原因被迫从事教学。他们可能在职业中感到无奈与挫败，无法充分发挥潜能，表现为消极怠工、缺乏创新及对学生的冷漠态度。对于此类教师，学校与社会应提供更多支持与帮助，以激发其工作热情与提升教学质量。

（3）"无物之阵"的痛苦者。在现当代文学作品中，这类教师对教育工作充满热情与信念，但却发现自己处于一个缺乏支持与理解的环境。他们可能感到孤独、无助与沮丧，因理想与抱负难以实现而表现出愤世嫉俗、消极抵抗甚至放弃教学的行为。对于此类教师，学校与社会应给予更多关注与支持，建立积极健康的教育环境，提供专业培训与心理辅导，鼓励教师间交流与合作，共同推动教育事业发展。

三、教师形象的审美价值与现实意义

在现当代文学的独特的启蒙语境中，现代作家以其自身对社会、对人生的独特把握为现当代文学人物画廊创造了具有鲜明特色的教师形象。纵观这些教师形象，尽管千差万别，但都能给人带来美的享受，都能满足读者的审美需求，具有很高的美学价值。我们在看到文学审美价值的同时，也不能忽略它的社会功能。文学的审美价值是在社会功能的基础上产生的，文学作品只有具备一定的社会功能，包含丰富深刻的思想内容，才能经得起时间的考验，不断给人以艺术的享受。现代作家在塑造教师形象，描绘民国时期社会生活面貌的同时，也寄予着自己的某种心境和社会理想，这使得教师形象的社会功能更加凸显，现实意义更加重要。

（一）审美价值

文学审美价值的实现包括创作与阅读两大方面，作家、作品、读者三大中心。文学作品首先经作家创作出来，但在未被阅读之前只是可能性的文学价值，只有经过了读者的阅读，作品对读者产生了强烈的审美效果，作家创造出的可能性的文学价值才转变成现实的文学价值。在价值关系中，作家逐渐由主体向客体转化，人物形象的文学价值也随之完成了从创造到实现的转化。教师形象经过作家的创造，又经历了一代又一代读者的阅读，仍然能够引起广大读者的喜爱与共鸣，可见现当代文学史上的教师形象存在着独特的审美价值。

1. 悲剧的道德意义

文学的审美价值包括认知意义和道德意义，道德意义是指任何有审美价值的文学作品总要以完善的人格去激励人生，塑造灵魂。而在各类文学作品的审美价值中，悲剧的道德意义最为突出。阅读到教师形象中的悲剧人物时，我们会联想到崇高，会因为他们的崇高理想和斗争精神而感动，从而引起我们感情上的共鸣。

在整个现代中国时期，社会现实异常黑暗，经济异常萧条，社会底层的普通民众一直生活在窘迫、困顿之中。而对于先知先觉的知识分子们，他们一方面同普通民众一样，为着生存而忍受一切；但另一方面他们的爱情理想、社会理想在与现实的抗争中走向了失败。这两方面的结合使曾经有着远大抱负的教师们比普通百姓更受煎熬，其中蕴含的悲剧意味也更加耐人寻味。

《唯命论者》中的李德君，在小学勤恳地干了20年，眼见得同事和学生中的狡猾者钻入社会得到了富贵，而自己的微薄工资却一再不发，他不堪生活的折磨寄希望于一张彩票，结果是幻想破灭，投河自尽。胡去恶（《结婚》）本是个性格和善、做事负责的好教员，但是在龌龊、杂乱的上海，所见所闻所经历的一切，使他感到生存的艰难，也越来越感到孤独、自卑和痛苦。为了摆脱这种窘境以筹款结婚，他逐渐卷入了冒险家们斗争的旋涡，结果落了个人财两空的下场。追求新知识新思想的贫苦知识分子韦天厂（《冲击期化石》），一心一意地要教子成才，振兴家业，他恪守"忍辱负重"的教育宗旨，讲究实用，教授珠算和笔算，改革古文的教法，力图"拿一种超乎政府，超乎国家，超乎这樊笼的社会之上的教育方法，去训练他的儿子和学生"，以期改变他们的命运。然而，他的期冀、苦心终成为泡影，最后连见儿子鹤鸣一面的愿望也未达到，满怀着父爱孤寂地死去。人道主义的理想者萧润秋（《二月》），一直在寻找改革社会的途径，来到芙蓉镇后，他富有同情心、正义感和真诚善良的性格没有改变。他向文嫂一家伸出了热情的援助之手，希望解救这个下层社会的不幸者。尽管遭到人们的非议、攻击，犹如被千军万马围困住；尽管自己已经"跌入"陶岚的"爱网中"，"将成俘虏了"，但是，人道主义的责任感使他毅然选择救助文嫂，恋爱、结婚之类的都可抛之脑后。结果事与愿违，孤儿的夭折和寡妇的自杀，最终使他的人道主义理想归于破灭。

如果说李德君、胡去恶的悲剧是为了改变生存境遇的普通人的悲剧，那么萧润秋、倪焕之、韦天厂的悲剧则是为了实现社会理想的英雄式的悲剧，但他们的悲剧较之马立刚、方子英等人却都是单一的。《梦之谷》的主人公对旧社会的腐败黑暗深恶痛绝，流落广东。经朋友的介绍，在那里谋得一个中学国语教员的职业。由于他深受语言不通之苦，便大力倡导推广国语运动。在筹款演剧的过程中，他结识了纯洁美丽的盈姑娘，并与她产生了纯洁的爱情。黑暗现实吞没了主人公的理想梦、爱情梦，他不禁悲愤地控诉旧社会这个巨大的可怕的火坑。马立刚（《神的失落》）负着心灵的创伤到小山城任教员，在这里，他怀着一颗赤心跟学生们相处，希望通过立人的教育工作给国家民族注入新的生命力，以期他们能为多难的国家做一番事业。他在施展自己理想抱负的同时也收获了真正的爱情。但是后来因为学校中封建残余的迫害加上学校的腐败无能，他的一片赤心和理想之心被狠狠地撕碎了。祸不单行，高小筠为了保护他被迫选择了那个流氓表哥，他的爱情追求也随之幻灭。这失落了的"神"就是这个农民气质的知识者的爱情追求与人生理想。

这些教师形象本身是有着生命激情的主体，但当出现压抑这种生命激情的客体力量如黑暗的社会现实、恶劣的生存条件及旧有传统文化时，悲剧性的生命毁灭也就相应发生了。他们的悲剧是个人的性格悲剧，更是社会、文化的悲剧；他们的悲剧也正是对封建制度与封建传统文化毁灭人性、毁灭理想、毁灭进步的有力鞭挞。

2. 典型形象的艺术魅力

纵观整个教师群，我们看到的不仅仅是多元化，更重要的是典型性，这些教师形象因为其典型性而更具艺术魅力。作为审美价值样态模式的典型是作家在审美体验中孕育出来，而又有读者逐渐从审美感受中体验和认识的，它是审美价值的高度凝聚和结晶。典型人物形象既是作家在现实生活中的独特发现，又是被作家用独创的艺术手段鲜明表现出来的，所以这一典型形象必然在读者中产生新颖突出的审美效果。

（1）典型形象都让我们有突出、特异的感官认识，给我们留下难以忘怀的印象。莫须有先生仅凭他的名字就被我们记住了，他教学方法的创新性，"学不厌诲不倦""有教无类"的精神和坚持推广国语的意志更加深了我们对他的印象；一提到高老夫子，我们立马就会想到他是不学无术的封建卫道者，这恰恰就是作家对于他的行为特征、心理特征的生动描绘所达到的效果；正如作家对老张的塑造一样，不管是作品的形式还是其语言风格都具有独创性，整篇围绕老张的

"钱本位"哲学展开，他的所作所为皆是为了一个字——钱。这就使得老张在读者心中成为"钱本位"形象的典型。正是这种对教师形象性格、行为的细腻刻画和着力渲染，深深地吸引了读者，让我们不得不体味和思索他们的艺术魅力。

作家在塑造那些具有独特性格、心理的教师形象的同时，也对普通人的平凡生活进行了细致的描写，他们经过作家的强化、加深也成为鲜明突出的艺术形象。这些普通人、小人物有着深厚的文化传统，也更加具有现实意义，一方面他们依然能够引起读者的共鸣，另一方面又蕴含着丰富的人性内涵和文化底蕴。叶圣陶笔下的众多灰色教员即是这种小人物的典型。乡村小学教员吴先生跟社会底层的劳动人民相差无几，为了讨要自己的微薄薪金只能低声下气、忍气吞声，因为就是这样一个发不出薪水的工作也是他好不容易才谋得的；潘先生为了躲避战乱带着全家从乡下逃到上海，又因为担心教育局局长斥责他临危逃跑而丢掉饭碗，于是又惶惶然返回了学校。对于潘先生而言，只有自己的身家性命和财产才是最重要的。作家有意渲染了潘先生"明哲保身"的处世哲学和逆来顺受、苟且偷生的人生态度，使他成为有着灰色灵魂的小市民的典型。但是他那种种的苟且之举，却源自他所处的时代——军阀混战、生灵涂炭的 20 世纪 20 年代的中国。他的身不由己、疲于奔命的逃难生活，恰恰揭示了当时社会现实的黑暗混乱，他可怜可卑的行为在这样一个时代反而具有了一种感人的力量。

（2）典型形象本身满注着强烈的情感，它可以最广泛、最深刻地感染不同地域、不同时代的读者，并引起读者的共鸣和想象，具有永恒的艺术魅力。倪焕之、张曼青的热切求新，奋发向上，令人佩服，但他们的耽于幻想、不堪受挫，又令人失望；新女性洛绮思为了远大抱负牺牲自己的个人幸福，这股勇气不是任何一个女性都拥有的。这些形象给予我们的这种特殊情感使典型形象活在我们心中，而且永不衰减它的魅力。

典型形象给予读者的情感更重要的是情感内在的质的深度，情感状态的高度概括性。这种质的深度和高度的概括性，不仅表现在它是特定具体的历史环境中该人物性格心理必然引起的情感状态，而且表现在，这种情感色彩是进步人类在相同或相似的环境中都必定会发生的情感状态。随着历史的推移，时代的进步，典型形象身上所具有的特质如今仍能使我们产生某种情感上的共鸣。今天的读者在为萧润秋的悲剧挥洒同情之泪时，不由得也对他实现人道主义理想的坚定信念感到由衷敬佩，这种敬佩不仅是对传统文化叛逆者的礼赞，更是对个人理想的推崇，是对我们现在每个人的鼓励和鞭策。典型形象之所以具有如此深刻的艺术魅力，就是因为它在审美情感的负载上达到了个体性与群体性、民族性与世界性、时代性与长久性的统一。他所引起的某种情感可以使不同时代的读者皆与之产生共鸣，并引导着这些读者向着人类精神文明的崇高目标——真、善、美去永不停歇地追求。

（二）现实的教育意义

文学的社会本质，是对社会生活及现实世界的全方位的审美把握和创造，因此它以自己独具的审美特性去发挥社会作用，起到其他上层建筑、社会意识形态所不能代替的社会功能。文学的社会功能是指文学作品所具备的有利于社会进步和人民群众身心发展的作用。文学的社会功能和审美价值是辩证统一的，一个具有审美价值的文学形象必然有其社会功能。鉴于此，现当代文学中的教师形象必然会作用于现实社会，尤其是对当下的教育事业有着重要的改造功能和教育意义。

现代作家们从不同角度全方位地观照着民国时期教育领域的各个层面，首先向我们揭示了教师道德的缺失和校园的痼疾，并寄予着深深的忧思。老张、莫校长、傅校长等人以"钱本位"为自己的处世哲学；高老夫子、史子逸、于质夫及《八骏图》中的几位教授则是打着教师的幌子行淫秽之事；到了《校长》《席间》《兽宴》中，整个校园都充斥着腐化堕落，他们整日谈论的话题就是薪水、麻将、女人；《春风》也塑造了一群道德人格卑下的小学教师，他们打着"春风"——平等待人的旗号却将学生划分为两类：一类是"干干净净"的公路局的子弟；另一类是"衣衫褴褛"的被称为小流氓、混蛋的劳动人民的子弟。他们视前者为自己的爹娘，见之毕恭毕敬；对于后者他们却拼命打击、取笑和体罚。除此之外，同事之间轻蔑、斗嘴和聚众打麻将是他们的家常便饭。启蒙者身份在这些教师身上已完全褪色，本能欲望——金钱、美色逐渐冲出他们的道德底线外化出来，他们用卑劣的行为消解着教师的道德人格和学问水平。

伦理道德教育自古以来就是中国古代教育的主要内容，教师道德的修养也一直备受重视。教师工作是启迪新人的工作，一个人只有自身的道德素质过硬才有资格担任教师一职，也才能为被启蒙者做好表率作用；教师工作又是关系着国家百年大计的工作，倘若一个教师连最基本的师德都不具备，势必会贻误、祸害到新的一代，从而阻碍整个国家民族的进步与发展。因此，为促进当今社会教育事业的继续繁荣，作为教育主体的教师们应该注重自身师德的建设，学习现代教师群中对学生、对教育工作认真负责的 T 女士、筱秋；学习态度温和、毫无民族偏见的藤野先生；学习贯彻孔子"学不厌诲不倦"及"有教无类"精神的莫须有先生；及至学习视教育为神圣事业的阚进一、颖甫、洛绮思等。这些教师形象启示新时期的教师"干一行，爱一行"，注重自身师德以便给学生们树立一个良好的榜样。

自教育产生之日起，作为教育主体和客体的启蒙者与被启蒙者之间的关系就已经形成并一直存在着。师道尊严，现在多指教师的庄严自重。但中国传统的师道尊严一般指的是学生绝对服从教师，它是中国封建社会师生关系的一个重要原则，其不合理之处在于学生盲目地服从教师，"师云亦云"。尽管封建社会已经消亡，但仍然存在师道尊严的捍卫者，他们总是高高在上试图凭借自己的威严来压制学生。这类人物频频出现于叶圣陶的短篇中。

由此可见，启蒙者与被启蒙者之间应该是一种平等、自由的关系。只有平等、民主、自由的环境才有利于学生的成长，学术的发展及教育的进步。《京华烟云》中傅先生对待下层人家的子弟——孔立夫一视同仁，不仅在学业上帮助他，在生活上也是百般照顾，丝毫没有教育家的架子、威严，可谓是孔立夫的良师益友。《引力》中的黄梦华也是用平等的眼光看待沦陷区的学生们，他们不是什么奴才，只要是青年人就有受教育的权利。当她决定离开沦陷区时，学生们都尽其所能地帮助她，为她准备行李，为她办必需的通行证，含泪为她送行。所以当下的教师只有以一颗平等、真诚的心去对待学生，才能得到学生们的喜爱和尊重，得到了他们的尊重，教师的威严也就不自觉地树立起来了。

审视现当代文学中的教师形象，乡村教师的比例还是比较大的。倪焕之在都市中的几个学校任教时，只有对学校和校长的失望，对孩子们的愤慨与悲哀，这里让他感觉教师生活是"人间的苦趣，冠冕的处罚"，而在陶村的蒋冰如发出邀请后，他欣然前往，准备在陶村实践自己的教育理想，开始新的生活；萧润秋从一个都市到另一个都市试图寻找改革社会的道路，但最终决定到世外桃源的芙蓉镇呼吸新鲜的空气，实现自己的理想；颖甫小学教员生活的开始是在省城的一所模范学校，但是在那里只感到虚伪奢侈，于是他离开了都市跑到了幽僻的小山村里；马立刚在都市念完大学来到一个小山城当中学教师，后来又产生了到一个偏僻乡村里办一所学校的想法。知识分子们已经开始向乡村走去，尽管一开始他们也许没有明确的启蒙目标，但毕竟迈出了第一步，他们将此处的不满与失意、彼岸的向往与憧憬，都置于乡村教育中去发泄和实践。不管他们的初衷如何，民众的启蒙、乡村的改造都在慢慢地发生着。

现代教师们利用乡村已有的资源，抓住各种机会，创造民众喜闻乐见的形式加以引导，一定程度上加快了乡村启蒙的推进。当倪焕之看到灯会的热闹场面时，想到了民众娱乐的重要性，如果使灯会变得醇化，富于艺术性，就可以使灯会等传统节目成为民众放松又有无限收获的有力工具。他后来又想到了其他的公众娱乐，如公园运动场等，这样可以让他们在修养精神的同时又激发新机，倪焕之的这种文艺教育正是看到了民间传统文化的可改造性；范老教师对民众所不了解的拼音利用一切机会进行普及，比如春节时写春联他也用字母注音以便推广；田畴等乡镇小学教员们在抗战爆发时，自备行李和伙食，组织剧团，跑遍全县的十几个场镇巡回演出，以在普通民众中作救亡宣传活动。这些形式多样的启蒙或大或小地冲击着广大民众混沌无知的生活状态，启蒙者已渐渐了解民众并很好地融入乡间，他们选择民众乐于接受的方式和途径，坚韧而踏实地改变着农村的愚昧落后，为乡村教育的推进与深化探索着切实可行的道路。

在当今社会，乡村已基本摆脱先前愚昧无知的状态，但是与城市相比，他们的思想还是比较传统、保守，所以要加快乡村教育的深入首先应该有启蒙者，现如今教师走进基层的国家政策正在解决这一问题；再者，在乡村任教的教师应该毫无偏见地、平等地对待乡村的儿童，更不能体罚、虐待他们，最重要的还是要因地制宜，找到切实可行的适合乡村学生的启蒙途径，如在知识讲授过程中，穿插一些他们所熟知的乡村生活或农田趣事。

四、教师形象在现当代文学作品中的塑造

（一）教师形象在现当代诗歌作品中的塑造

在中国现当代诗歌作品中，教师形象的塑造往往充满了敬意和崇高的象征意

义。诗人们通过对教师的描写和赞颂，不仅展现了教师在教育和文化建设中的重要角色，也反映了社会对教师职业的尊重和期待。

第一，《感谢》。汪国真的诗歌《感谢》中，教师形象的塑造具有重要意义，它不仅是对教师的感恩，更是对知识和教育的重视。这首诗歌由几个对比强烈的意象构成，意象的选用，不仅形象生动，而且富含深厚的情感寓意。它们展现了汪国真对恩师的感激之情，以及对学习机会的珍视。通过这首诗歌，我们可以看到汪国真对教师角色的重视，以及教育对于个人成长的必要性。教师在这里被塑造成了一种高尚的形象，他们的工作不仅是简单的教学，更有塑造未来的重要使命。

第二，《先生！先生！》。徐志摩在这首诗中以轻松活泼的笔触描绘了他的老师胡适的形象。诗中的"先生"不仅是一位博学多才的学者，也是一位充满魅力的教育家。徐志摩通过细腻的描写和幽默的语言，展现了教师在传授知识的同时，也影响着学生的个性和人生观。这首诗体现了诗人对教师的尊敬和感激，以及对教师影响力的认可。

（二）教师形象在现当代散文作品中的塑造

在中国现当代散文作品中，教师形象被塑造得更加丰满和真实。

第一，鲁迅的《藤野先生》是一篇具有代表性的中国现当代散文作品，通过对藤野先生的回忆和描写，展现了一位严谨治学、关爱学生的教师形象。藤野先生是一位日本教师，他在仙台教授医学。鲁迅通过自己的亲身经历，描写了藤野先生严谨的教学态度和对学生的关爱。他不仅关注学生的学习成绩，还关心学生的生活和成长。这种严谨治学、关爱学生的形象使读者对教师的工作有了更深入的理解和敬佩。

第二，魏巍的《我的老师》通过精细的描绘，展现了一位富有个性且内敛的教师形象。魏巍在散文中通过对蔡老师的回忆，不仅表达了对蔡老师的深厚感情，也反映教师对学生成长的重要影响。这篇散文通过对比蔡老师与其他两位教师，突出了教师职业的崇高和对儿童的爱的重要性。魏巍的《我的老师》不仅是对蔡芸芝老师的纪念，也是对所有辛勤付出的教师的赞美。

第三，冰心的《我的老师》通过对教师形象的描写，展现了教师的性格特点和心路历程。散文中的教师是一位充满爱心和耐心的人，她用自己的爱和关怀温暖着学生的心灵。教师用自己的知识和智慧引导学生成长，用自己的爱心和关怀陪伴学生度过困难的时刻。这种充满爱心、关怀备至的形象使读者对教师的工作有了更深入的理解，产生敬佩之情。

（三）教师形象在现当代小说作品中的塑造

在中国现当代小说作品中，教师形象的塑造是一项复杂而丰富的任务，它既关乎个体的性格与命运，也涉及社会的教育与价值观。小说家们通过对教师角色的深入刻画，展现了他们在职业生涯中所面临的挑战、困惑以及对学生成长的关怀与引导。

1. 叶圣陶的《倪焕之》

《倪焕之》叙述了主人公倪焕之的故事，他是一位对教育充满热情的小学教师，致力于学校的教育改革事业，并怀有通过教育来救国的崇高理想。倪焕之不仅是一个教师，更是一个改革者。他的教育创想和实践体现了作者叶圣陶作为教育家的文学情怀，同时也融入了文学家的教育情怀，展现了叶圣陶自己的教育思想和对教育的深刻理解。通过倪焕之的形象，叶圣陶探讨了教育对于个人和社会的重要性，以及教育改革对于国家未来的关键作用。

2. 路遥的《平凡的世界》

路遥的《平凡的世界》中，田润叶这一角色是一位教师，她的形象复杂而深刻。田润叶是双水村大队支部书记田福堂的女儿，她从小家庭优越，在村里算是上层家庭的成员。她通过自己的努力，脱离了农村，成为一名公办教师，这在当时是相当令人羡慕的成就。尽管她成为了"城里的老师"，但她并没有因此而忘本，她依然保持着与农村的联系，经常回村探望家人和乡亲，尤其是对待家族中的傻瓜叔叔田二，她始终以礼相待，显示了她的善良和不忘本的品质。

3. 陈忠实的《白鹿原》

陈忠实的《白鹿原》中，朱先生这一形象以其知识渊博、品德高尚而深入人心。他的一生都在追求真理和教育事业，成为了小说中一道亮丽的风景线。通过对朱先生这一角色的刻画，陈忠实成功地塑造了一个生动鲜活、立体饱满的知识分子形象，从而反映出他对传统文化的深刻理解和对时代变迁中知识分子角色的深刻思考。

朱先生是一个典型的传统知识分子，他精通经史子集，对传统文化有着深厚的造诣。然而，他并非一个刻板守旧的人，而是能够与时俱进，积极适应时代的变化。在动荡不安的社会环境中，他始终坚守着自己的信仰和追求，用自己的知识和智慧为当地百姓服务。他不仅在教育事业上倾注全部的热情和精力，还积极参与社会公益事业，为当地的发展和进步作出了巨大的贡献。

第四节　现当代文学作品中的女性形象

一、女性对中国的重要性

第一，女性是家庭和社会稳定的基石。在中国传统文化中，家庭是社会的基本单位，而女性在家庭中扮演着至关重要的角色。她们是家庭的守护者，负责照顾孩子、料理家务，为家庭成员提供温暖和支持。女性的存在使得家庭更加和谐，也为社会的稳定和发展奠定了坚实的基础。

第二，女性在经济发展中发挥着重要作用。随着时代的进步，女性逐渐走出家庭，参与到社会的各个领域。她们在农业、工业、服务业等行业中都展现出了非凡的才华和实力。许多女性成为优秀的企业家、职业女性，她们用自己的智慧和努力创造了巨大的经济价值。同时，女性还是消费市场的重要力量，她们的消费需求和消费观念对经济发展产生着深远的影响。

第三，女性在文化传承和创新中发挥着不可替代的作用。中国拥有悠久的历史和灿烂的文化，而女性在其中扮演着重要的角色。她们通过家庭教育、言传身教等方式，将传统文化代代相传。同时，女性还以其独特的视角和思维方式，为文化的创新和发展注入了新的活力。无论是文学、艺术还是科技领域，都有许多杰出的女性代表，她们的作品和成就成为了中国文化的重要组成部分。

第四，女性在政治和社会参与方面也取得了显著的进步。越来越多的女性参与到政治活动中，成为各级领导岗位上的重要力量。她们积极为妇女权益发声，推动性别平等和妇女发展。同时，女性还积极参与到社会公益事业中，为弱势群体提供帮助和支持，展现了她们的爱心和责任感。

总之，女性对中国的重要性不言而喻。她们是社会的半边天，是推动国家进步、文明发展的重要力量。在未来的发展中，我们应该更加重视女性的地位和作用，为她们创造更多的发展机会和空间，让她们在各个领域都能够充分发挥自己的才华和潜力。同时，我们也应该加强对女性的教育和培养，提高她们的文化素质和社会责任感，让她们成为更加优秀的人才，为中国的繁荣与发展贡献更多的力量。

二、女性形象的特性分析

第一，现当代文学作品中的女性形象展现出了强烈的独立性和自我意识。与过去传统的女性形象相比，现代女性不再仅仅是家庭的附属品或男性的陪衬，她们开始拥有自己的想法、追求和选择。她们勇敢地走出家庭，投身于社会的各个领域，用自己的努力和智慧创造着属于自己的人生价值。这种独立性和自我意识在文学作品中得到了充分的体现，使得女性形象更加鲜活、立体。

第二，女性形象在现当代文学作品中还呈现出多样性和复杂性的特点。不同的作家从不同的角度和层面去描绘女性，使得女性形象呈现出千姿百态的面貌。有的女性形象温柔贤淑，注重家庭和情感的维系；有的则刚毅果敢，敢于挑战社会的不公和偏见；还有的则充满智慧和才华，在各个领域都取得了卓越的成就。这些多样性的女性形象不仅丰富了文学作品的内涵，也反映了现实社会中女性的多样性和复杂性。

第三，女性形象在现当代文学作品中还常常承载着深刻的社会寓意和文化内涵。作家们通过塑造各种类型的女性形象，表达了对女性问题的关注和思考，同时也反映了社会的变迁和文化的演进。例如，在一些作品中，女性形象被赋予了反抗压迫、追求自由和平等的象征意义；在一些作品中，女性形象则成为传统文化和价值的传承者和守护者。这些女性形象不仅具有艺术价值，也具有深刻的社会意义。

为了更好地塑造女性形象并探讨女性问题，作家们需要深入了解女性的内心世界和生活经历，关注她们在社会中的地位和角色变化。同时，他们还需要不断拓宽自己的视野和思维方式，从多个角度去审视和理解女性。只有这样，才能创作出更加真实、深刻、具有艺术价值和社会意义的女性形象。

此外，我们也需要关注到文学作品中女性形象的塑造与社会文化背景的紧密关系。在不同的历史阶段和社会环境下，女性形象在文学中的呈现也会有所不同。因此，对于女性形象的特性分析，还需要结合具体的社会文化背景来进行。女性形象在现当代文学作品中呈现出独立性、自我意识、多样性和复杂性等特性。这些特性不仅反映了女性在社会中的地位和角色变化，也展现了作家们对女性问题的深刻思考和独特见解。在今后的文学创作中，我们期待看到更多真实、深刻、具有艺术价值和社会意义的女性形象出现，为我们呈现一个更加丰富多彩、真实立体的女性世界。

此外，我们还应该注意到，随着社会的不断进步和文化的不断发展，女性形象在文学中的呈现也会不断发生变化。因此，对女性形象的特性分析需要不断更新和完善，以适应时代的需求和变化。

总之，女性形象在现当代文学作品中具有独特的特性和价值，值得我们深入研究和探讨。通过对女性形象的特性分析，我们不仅可以更好地理解和欣赏文学作品中的女性形象，也可以更加深入地认识到女性在社会中的地位和作用，为推动性别平等和社会进步贡献我们的力量。

三、女性形象在现当代文学作品中的塑造

（一）母亲形象的塑造

1. 不同作家的塑造

（1）女性作家笔下的母亲形象的塑造。在现当代文学作品中，女性作家对于母亲形象的塑造具有独特的视角和深度。她们以细腻的笔触描绘母亲的情感世界，展现出母亲在家庭中的角色和地位，同时也反映了社会变迁对母亲形象的影响。

第一，后辈角度解读。女性作家笔下的母亲形象是家庭的支柱，默默承担着照顾孩子和家务的责任。例如，张爱玲的《金锁记》中的曹七巧，她作为母亲，为了女儿的前途和家庭的利益，不惜拆散女儿的婚姻，让女儿承受巨大的痛苦。然而，她的这种做法也反映出了她作为母亲的无奈和艰辛，这种矛盾和挣扎，让

读者对曹七巧这个角色产生了深刻的同情和理解。再如冰心的《寄小读者》中的母亲，她用自己的爱和智慧培养了孩子的独立精神和坚韧品格；丁玲的《莎菲女士的日记》中的母亲，她虽然身处困境，但仍然保持着对生活的热爱和对孩子的关怀。

第二，长辈角度解读。女性作家笔下的母亲形象是家庭的引导者，用自己的智慧和经验教育子女成长。例如，冰心的《母亲》中的母亲形象，她用自己的言行影响着子女的价值观和人生观，成为子女成长道路上的指引者。

第三，虚拟角度解读。女性作家通过虚构的母亲形象，探讨母性的内涵和边界。

在女性作家的笔下，母亲形象是多元而丰富的。她们通过不同的角度和手法，塑造出一个个鲜活而深刻的母亲形象，让读者感受到母爱的伟大和力量。同时，这些母亲形象也反映了社会变迁对母亲角色的影响，引发人们对母性、家庭和社会的思考。

（2）男性作家笔下的母亲形象的塑造。在现当代文学作品中，男性作家对母亲形象的塑造同样丰富多彩，他们从不同的角度和层面对母亲进行解读和描绘，展现出母亲在家庭和社会中的重要角色。

第一，后辈角度解读。男性作家通过描绘母亲的辛勤付出和无微不至的关怀，展现了母亲在家庭中的支柱地位。例如，在鲁迅的《阿长与〈山海经〉》中，虽然作品中的主人公阿长并不是鲁迅的亲生母亲，但她所代表的那种无私、奉献的母亲形象，却深深地触动了鲁迅的心灵。阿长在鲁迅的成长过程中，不仅照顾他的饮食起居，还耐心地倾听他的心声，给予他关爱和支持。通过阿长的形象，鲁迅向读者展现了一个母亲的责任感和奉献精神，让人们更加深刻地认识到了母亲在家庭中的重要地位。

第二，长辈角度解读。男性作家通过描绘母亲的智慧和经验，展现了母亲在家庭中的引导者和教育者的角色。例如，在巴金的《家》中，瑞珏就是一个典型的母亲形象。她不仅是家庭的中心，也是子女们成长过程中的重要引导者和教育者。通过她的智慧和经验，她帮助子女们认识世界、理解生活，并培养他们成为有道德、有责任感和有爱心的人。瑞珏的形象揭示了母亲在家庭中所承担的多重角色，她既是照顾者，负责满足家庭成员的物质和情感需求；也是决策者，参与家庭重大事务的决策；还是教育者，负责子女的教育和成长。这些角色相互交织，构成了母亲在家庭中不可或缺的地位。

2. 母亲形象的社会意义

在现当代文学作品中，母亲形象的塑造具有深刻的社会意义。

（1）母亲形象的塑造反映了社会变迁与女性地位的变化。在传统社会中，母亲往往被塑造成无私奉献、无条件付出的形象，她们的生活和命运被限定在家庭领域。然而，随着社会的进步和女性地位的提升，现代文学作品中的母亲形象开始展现出更多的独立性和主体性。她们不再仅仅是家庭的支柱，而且有自己的事业、梦想和追求。这种转变不仅反映了女性在社会中的地位提升，也体现了社会对女性角色的重新认识和评价。

（2）母亲形象的塑造揭示了家庭关系与亲情的重要性。在许多文学作品中，母亲是家庭的中心，她们用爱心和智慧维系着家庭的和谐与稳定。通过描绘母亲与子女之间的深厚情感，文学作品强调了亲情在个体成长和社会发展中的重要作用。母亲不仅是生命的给予者，更是灵魂的引导者和精神的支持者。她们的爱与付出，不仅滋养子女的成长，也成为整个家庭的精神支柱。

（3）母亲形象的塑造探讨了母亲角色对个体成长的影响。在文学作品中，母亲的性格、教育方式和价值观念对子女的成长轨迹产生了深远的影响。通过母亲形象的塑造，作家们探讨了家庭教育的重要性，以及母亲在塑造子女性格和价值观方面的重要作用。这些作品不仅让读者感受到母爱的伟大，也引发了人们对家庭教育方式的思考，从而对现实生活中的亲子关系产生启示。

3. 母亲形象塑造的艺术手法

在现当代文学作品中，母亲形象的塑造运用了多种艺术手法，来深刻地表达母亲的内心世界和情感状态。

（1）心理描写与情感表达是塑造母亲形象的重要手法。作家们通过细腻的心理描写，展现了母亲们的矛盾心理、复杂情感和深层次的心理需求。他们通过对话、内心独白和情感冲突等方式，让读者更加真实地感受到母亲们的喜怒哀乐，以及她们在家庭和社会中的角色扮演。

（2）对比与象征手法的运用也是塑造母亲形象的重要手段。作家们常常通过对母亲与其他角色之间的对比，突显母亲的特质和价值观。同时，他们还运用象征手法，将母亲形象与某些具有象征意义的事物相联系，以增强作品的艺术效果和思想深度。例如，母亲可以被象征为生命的源泉、家庭的守护者或社会的支柱，这些象征意义进一步丰富了母亲形象的内涵。

（3）叙事视角的选择与创新也是塑造母亲形象的重要方面。作家们通过不同的叙事视角，展现了母亲形象的多样性和复杂性。他们可以选择第一人称叙事，让母亲直接向读者倾诉自己的内心世界；也可以选择第三人称叙事，以全知视角展现母亲的言行举止和心理活动。此外，作家们还可以运用多重视角，通过不同角色的叙述来呈现母亲形象的多个面向，从而使读者对母亲形象有更加全面和深入的理解。

4. 母亲形象塑造的现实启示

在现当代文学作品中，母亲形象的塑造对现实生活产生了重要的启示。

（1）母亲形象的塑造引发了人们对女性自我认同与价值的思考。文学作品中的母亲形象展现了女性在家庭和社会中的多重角色，她们不仅是母亲，还是妻子、女儿、工作者等。这种多元化的角色塑造，使女性意识到自己在社会中的多样性和价值，从而促进了女性自我认同的形成和发展。

（2）母亲形象的塑造促使人们对家庭教育与亲子关系产生了反思。文学作品中的母亲形象，展示了母亲在子女教育中的重要作用。她们的教育方式、价值观念和行为举止，对子女的成长产生了深远的影响。这使人们意识到，家庭教育不仅仅是知识的传授，更是性格、情感和价值观的培养。因此，母亲形象的塑造引发了人们对亲子关系的重新思考，使人们更加重视家庭教育的重要性。

（3）母亲形象的塑造对社会和谐与人性光辉的弘扬产生了积极的影响。文学作品中的母亲形象，展现了母爱的伟大和无私，她们用自己的爱和付出，温暖了整个家庭和社会。这种母爱的力量，不仅滋养了子女的成长，也成为社会和谐与人性光辉的重要来源。通过母亲形象的塑造，文学作品向读者传递了正能量和积极的价值观，使人们更加关注和珍视家庭和谐与社会和谐的重要性。

5. 母亲形象塑造的未来展望

在未来的文学创作中，母亲形象的塑造将继续演变和创新。随着新时代的到来，母亲形象将面临新的挑战和机遇。科技的进步和社会的变化，将给母亲角色带来新的问题和困境。然而，这也为母亲形象的塑造提供了新的素材和创作空间。作家们可以通过描绘母亲们在新时代中的奋斗和成长，展现她们的坚韧和智慧，从而为读者提供新的思考和启示。母亲形象的塑造对文学创作产生的影响也将持续存在。母亲形象作为文学作品中重要的角色之一，将继续推动文学创作的发展和进步。

（二）职业女性形象的塑造

1. 职业女性形象的产生背景

在现当代文学中，职业女性形象逐渐崭露头角，成为文学作品中不可忽视的一部分。这一形象的产生并非偶然，而是与时代背景、社会变迁和文化观念等多方面因素紧密相连。

随着社会的快速发展和科技的进步，女性逐渐获得了更多的教育和就业机会。在过去，女性往往被限制在家庭和传统的角色中，但现代社会为女性提供了更广阔的空间和可能性。女性开始走出家庭，进入职场，她们通过自己的努力和才华，获得了与男性平等的地位。这种社会变革为职业女性形象的产生提供了土壤。

文化观念的转变，对职业女性形象的产生起到了推动作用。传统上，女性被视为温柔、依赖和顺从的象征，而职业女性则展现出独立、自主和进取的精神。这种新的女性形象逐渐得到了社会的认可和接受。随着女性意识的觉醒和女性主义思想的兴起，女性开始追求自我价值的实现和个性的表达。她们不再满足于传统的角色定位，而是希望在社会中扮演更加重要的角色。

文学作为社会生活的反映和表达，也受到了这些因素的影响。作家们开始关注职业女性的生活经历、情感世界和心理变化，并通过文学作品来展现她们的形象。这些作品不仅丰富了文学的内涵和形式，也为读者提供了更加深入地了解职业女性的视角。

铁凝的《大浴女》中，作家通过主人公尹小跳的经历，展现了职业女性在追求自我价值和情感归宿的过程中的挣扎与成长。尹小跳是一个独立、自主的女性，她在职场中努力奋斗，同时也面临着情感上的困惑和挑战。这部作品深刻地揭示了职业女性在现代社会中的复杂处境和内心矛盾。

池莉的《来来往往》以细腻的笔触描绘了职业女性在家庭和职场之间的平衡与挣扎。主人公段莉娜是一个聪明能干的女性，她在事业上取得了不俗的成就，但同时也面临着家庭生活的种种挑战。这部作品通过段莉娜的形象，展示了职业女性在追求事业成功的同时，如何处理好家庭与工作的关系。

这些作品案例不仅展示了现当代文学中职业女性形象的多样性和丰富性，也反映了社会变革和文化观念转变对职业女性形象产生的影响。它们为我们提供了更加深入地了解职业女性的视角，也让我们更加关注现当代社会中女性的地位和权益。

2. 现当代文学中职业女性形象的类型

（1）政治领域的女强人。在现当代文学中，政治领域的女强人形象逐渐崭露头角。她们在政治舞台上展现出与男性匹敌的智慧和手腕，为国家的繁荣和发展贡献着自己的力量。

（2）商业领域的女企业家。商业领域的女企业家形象在现当代文学中也备受关注。她们在商界中勇往直前，取得了非凡的成就，展示了女性的智慧和才华。

（3）学术领域的女学者。学术领域的女学者形象在现当代文学中也有着独特的地位。她们在学术研究中展现出卓越的才华和深厚的知识，为学术界的进步和发展作出了重要贡献。例如，小说《围城》中的苏文纨，她是一位博学多才的女学者，她的形象展示了女性在学术领域中显露出的才华和智慧。

（4）职场中的普通女性。除了上述三种类型的职业女性形象，现当代文学中还描绘了许多普通职场女性的形象。她们在平凡的工作岗位上展现出女性的坚韧和耐心，为社会的运转和发展默默奉献着。例如，小说《妇女生活》中的女性角色，她们面对职场竞争和家庭压力，坚持追求自己的价值和梦想。这些形象展示了普通女性在职场中的努力和奋斗，以及她们所面临的困境和挑战。

3. 职业女性形象的作用

社会中职业女性形象的作用主要体现在以下几个方面。

第一，社会地位提升的象征。职业女性形象在社会中的崛起，无疑成为女性地位提升的一个重要标志。随着越来越多的女性进入职场，她们通过自己的努力和才能，在各个领域都取得了杰出的成就。这些职业女性不仅赢得了社会的尊重和认可，还为社会的发展作出了巨大的贡献。

第二，家庭与事业平衡的示范。职业女性在家庭和事业之间寻求平衡的能力，为其他人树立了榜样。她们不仅要面对职场的竞争和压力，还要照顾家庭和子女。然而，这些职业女性通过合理安排时间和管理精力，成功地在家庭和事业之间找到了平衡点。

第三，社会进步的推动者。职业女性在社会进步中发挥着不可替代的作用。她们用自己的努力和才华，推动着社会的变革和发展。在科技、教育、文化等各个领域，都有职业女性身影的出现。她们的创新和贡献为社会的进步注入了新的活力。

现当代文学中职业女性形象的作用主要体现在以下几个方面。

第一，突破传统束缚的象征。在现当代文学中，职业女性形象的出现是对传统束缚的突破和挑战。这些职业女性形象勇敢地追求自己的梦想和幸福，挑战了传统社会对女性的束缚和限制。她们的形象展示了女性在现代社会中的觉醒和独立。例如，张爱玲《倾城之恋》中的白流苏，她从一个被家庭和婚姻束缚的女性，变成了一个有自己追求和选择的职业女性，这一转变体现了她对传统束缚的突破。

第二，推动文学创作迸发新力量。职业女性形象的出现为文学创作提供了丰富的素材和主题。作家们通过塑造职业女性形象，展现了女性在现代社会中的地位、角色以及所面临的困境和挑战。这些形象不仅丰富了文学作品的内涵和表现力，还引发了读者对女性问题的深入思考和关注。例如，凌叔华的《绮霞》描绘了一位敢于挑战传统、追求独立的职业女性。主人公绮霞在面对家庭和事业的抉择时，勇敢地选择了后者。尽管在追求职业理想的过程中遭遇了重重困难，绮霞依然坚持自己的道路，体现了新女性的勇气和决心。

第三，引发社会思考的媒介。职业女性形象在文学中的出现也引发了社会对女性地位和权益的思考。作家们通过塑造职业女性形象揭示了女性在现代社会中所面临的不公和压迫，呼吁社会关注和改善女性的生存状况。这些作品不仅唤起了人们对女性问题的关注，还激发了社会对性别平等和女性权益的深入思考。例如刘震云的《我不是潘金莲》中的李雪莲就是一个备受关注的女性形象。她的经历引发了社会对女性权益的思考和关注，推动了社会对性别平等和女性权益的关注和改善。

第五章 现当代文学对传统文化的探寻与传承

第一节 传统文化的内涵、功能与价值

文化是一个非常广泛的概念，它包括了一个社会或社群中人们的生活方式、价值观、信仰、艺术、法律、习俗、语言、技术等方面的总和。文化是人类社会特有的现象，它不仅包括了物质文化，比如建筑、服饰、工具等，也包括了非物质文化，比如思想、艺术、信仰、教育等。

一、传统文化的内涵

传统文化是一个国家或地区历史长期积淀下来的文化传承，它包括了民族的语言、文学、艺术、习俗、制度等多个方面。中华传统文化是中华民族在长期的历史发展过程中形成的独特文化体系，包含了丰富的哲学思想、道德观念、审美情趣和生活方式。

第一，传统文化的内涵体现在其哲学思想上。儒家思想、道家思想、法家思想等，都是中华传统文化的核心组成部分。儒家倡导"仁爱""礼治"，强调社会和谐与个人修养；道家追求"无为而治"，主张顺应自然；法家则强调法治和秩序。这些哲学思想不仅影响了古代的政治制度和社会秩序，也对后世的文化发展产生了深远影响。

第二，传统文化的内涵体现在道德观念上。中华传统文化强调"仁、义、礼、智、信"的五常道德，这些道德观念被视为个人品德的基石，也是社会和谐的重要保障。此外，传统文化还强调家庭伦理，如孝顺、尊老爱幼等，这些都是中华民族的传统美德。

第三，传统文化的内涵体现在文学艺术上。古代的诗词、曲赋、小说、戏剧等，都是中华传统文化的瑰宝。这些文学作品不仅具有高度的艺术价值，也蕴含了深刻的思想内容和丰富的情感表达。例如，《诗经》是中国最早的诗歌总集，它反映了古代社会的风貌和人民的生活；《红楼梦》则被誉为中国古代小说的巅峰之作，它揭示了封建社会的种种矛盾和冲突。

第四，传统文化的内涵体现在生活方式上。中国的传统节日、饮食习惯、服饰风格等，都是传统文化的一部分。例如，春节是中国最重要的传统节日，它象征着新的开始和希望；中国的饮食文化则强调"色、香、味"的和谐，以及食物的药用价值；中国传统服饰如汉服、唐装等，则体现了古代的审美观念和服饰特点。

二、传统文化的功能

（一）认同与归属功能

传统文化的认同与归属功能是指通过传统文化，个体能够建立起对国家和民族的认同感，以及对自己文化根源的归属感。它能够强化民族和国家的凝聚力，使人们产生文化自信和自豪感，并在全球化的大背景下维护民族文化的独特性和多样性。

文化认同是民族共同体繁衍不息的精神根本，是民族全体成员共同的心理基因。文化认同的关键因素是价值本源、心理意识等，说明决定整个民族凝聚力大小的关键因素是传统文化。得出以上结论的主要原因在于全民族共同社会记忆，需通过价值整合、过滤及心理认同形成，构成民族认同感和凝聚力的核心要素便是传统文化。

在长期历史演变历程中，通过人们不断传承积累，民族心理和社会记忆得以延续，最终形成相对稳定的发展模式。价值内核与思想观念相较于制度、礼仪、风俗、习惯等浅层文化，前者更具有内隐潜存、稳定少变特点。这些价值内核与思想观念已经深入各民族成员思想中，牢牢凝聚着中华民族感情，在每个成员心里烙下不可磨灭的印记。经过外界刺激，将会激发这种情感，使得群体之间更为团结，从而推进中国传统文化发展。

（二）构建与整合功能

传统文化的构建与整合功能是指传统文化在塑造社会成员的思想观念、价值取向和行为模式方面的作用。它通过对共同的历史记忆、价值观念、道德规范和艺术形式的传承，促进社会成员之间的相互理解和团结合作，进而实现社会秩序的和谐稳定。

宏观安排社会整体秩序，需要借助文化展开制度及价值观念设计，使得社会成员朝着预期方向及设定路径推进，从而确保个人、社会及国家三者处于和谐状态，并推动国家实现社会性及阶段性的良性发展。历经千年的中国传统文化，在不断孕育、形成及发展中，已经处于一个多元化格局。在一个区域内，传统文化的创作过程离不开多个民族、地区中劳动人民的劳作成果，最终形成文化多元性。民间文化、官方文化、大众文化及精英文化是依据不同文化阶层而划分；主流文化、非主流文化则是依据文化地位而划分；西域文化、江浙文化、中原文化等依据文化地域划分；儒、释、道等则是依据文化流派划分。以上各种文化类型均是在数千年传统文化发展过程中出现的类型，彼此相辅相成，最终汇聚成如今辉煌灿烂的传统文化。

循着中国传统文化发展轨迹，可将文化发展分为三个过程：①夏商时期，整合东夷和苗蛮文化；②将"礼"作为文化核心的两周时期，整合及互动各派文化；③以"外儒里法"为主的派别——秦汉至清末时期，融合学术，统一价值整合，尤其整合秦汉时期文化，是中国传统文化格局基本定型的标志。各种类型文化单元在整个传统文化演进历程中，为了维系封建社会秩序，在农耕经济宗法制文化基因基础上，采用宗法制完成，以此影响各种形式的文化单元，从而深度整合各区域、民族和派别的文化社会心理基础，在夏商到西周历史进程中得到定型。

在保持原有单元文化个性的同时，中华民族文化体现出整体共性，使得各文化单元处于相互整合、相互包容、相互渗透、相互影响的关系中，塑造中国传统文化宽容、广博、务实的整体面貌。

（三）熏陶与培育功能

传统文化的熏陶与培育功能是指传统文化在个人成长和发展过程中所起到的

教育作用。通过传统文化的学习和体验，人们可以接受道德教育、审美教育、历史教育等多方面的熏陶，形成健全的人格和良好的社会行为习惯。

在古代社会中，传统文化对人的精神起到熏陶、教化等作用，让主流价值观更具社会性，以此使得社会生活符合人情义理，保持个人与国家同步，从而实现人的心灵塑造、国家和谐和社会稳定。

中国传统文化的一个重要功能体现为以"明人伦"为主体的教育思想，对道德教育极为重视。不同时期的人们都会受到德育思想影响。在世界文化中，中华民族的道德伦理已成为一道独特风景。人们在传承传统文化过程中，应该重视道德教育思想观念，并将其不断传承及延续。对于从事教育工作的人，应当将塑造健全人格作为根本任务，从自身做起，消除"人师"与"经师"、教育与教学之间的隔阂，统一教育、美育及体育，使其回归教育根本。比如教师在教学过程中，应当融合传统文化教育活动，帮助学生认识图像之美，欣赏数学简洁之美，而非只看成绩，忽略品德教育。

行之有效的方式是将传统文化教育的教育性功能渗透至每个教学活动环节。这一目标的实现，需要解决两个问题：一是在现实工作及实践中引入理论学习及道德思考；二是对教师的人师品质与"经学""人学"相统一。

（四）个体性功能

传统文化的个体性功能是指传统文化在满足个体精神需求、实现个人价值方面的作用。它能够为个体提供身份的象征、情感的寄托和心灵的慰藉，帮助个体在社会中找到自己的位置，实现自我认同和自我价值。

中国传统文化实际影响教育对象个体发展的主要因素是传统文化教育个体性功能，该功能在发挥作用时，需要借助个体生存功能、个体发展功能、个体享用功能三个社会功能实现：

第一，个体生存功能。虽然约束个体异己的因素主要是道德规范、原则及观念，但是这些因素能够确保个体适应社会性生活，并确保个体得到更好发展。此外，正是得益于以上因素的社会性，个体便通过社会给予的力量，拥有更为强大的生存能力，从而实现人生目标。

第二，个体发展功能。即对个体品德结构的发展所起的作用，从而促进个体人格得以形成。但需要注意的问题是社会理性需要通过必要规范学习和价值学习完成，对道德学习个体的主体性要给予充分尊重。

第三，个体享用功能。个体通过传统文化教育满足其精神方面需要，使其把奉献作为获得人生幸福的方式之一，以此提升个人的人生价值，获得身心愉悦，从内心深处感受幸福。个体享用功能将道德教育规则作为教育内容，其中规则包括约束、必然要求，从另一个层面可以理解为一种智慧认识。在人际交往中，如何通过"礼"使得教育内容得到更好呈现，以此取得更好的道德教育效果，是需要解决的一个问题。

（五）传承与创新功能

传统文化的传承与创新功能是指传统文化在保持自身连续性和稳定性的同时，不断吸收新的元素，适应新的社会环境，进行创新发展的能力。这种功能保证了传统文化不会僵化或消失，而是随着时代的发展而不断丰富和更新，从而保持其长久的生命力和活力。

纵观整个世界人类发展史，无论哪一个国家，不论其在哪个历史时期，全部是以先辈所创造的物质和精神财富为基础。各个时期的思想家在对传统文化精华探索过程中，都在寻找现当代文化与传统文化在内容方面的共通之处，从先贤的思想世界中挖掘出普遍适应价值内容，以此架构当前时期需要的思想体系。所以，中国传统文化在不断传承和创新中，表现出强大的社会整合力及生命力。人们需在文化发展中，对民族文化做好传承工作，使得民族文化的价值本源和文化根基得到巩固。同时，不断在传承中注入创新元素，使得传统文化绽放光芒。

三、传统文化的价值

第一，哲学思想的价值。中国传统文化的哲学思想，如儒家、道家、佛家等，都具有深刻的价值。儒家思想强调仁爱、忠诚、礼仪、智慧和信任，这些价值观对于培养现代社会的道德观念和人际关系具有重要意义。道家思想强调顺应自然、无为而治，这些观念对于现代社会中人与自然和谐共处、实现可持续发展具有指导意义。佛家思想强调因果报应、轮回转世，这些观念对于人们树立正确的价值观和道德观具有重要作用。

第二，道德观念的价值。中国传统文化的道德观念，如忠诚、孝顺、仁爱、诚信等，是现代社会中的重要价值观。这些道德观念在现代社会中具有重要的指导意义，可以帮助人们树立正确的人生观、价值观和道德观。例如，忠诚和诚信是现代社会中的重要品质，对于维护社会稳定和促进社会进步具有重要作用。孝顺和仁爱是现代社会中的重要家庭价值观，对于维护家庭和谐和促进社会和谐具有重要作用。

第三，艺术形式的价值。中国传统文化的艺术形式，如诗词、书画、戏曲、音乐等，都具有独特的艺术价值。这些艺术形式不仅展现了传统文化的魅力，还反映了中华民族的审美观念和精神追求。例如，中国诗词以其优美的语言和深刻的意境，展现了中华民族的审美情趣和文化底蕴。中国书画以其独特的笔墨和构图，展现了中华民族的审美观念和哲学思想。中国传统戏曲和音乐以其独特的表演形式和音乐风格，展现了中华民族的艺术才华和创造力。

第四，生活习俗的价值。中国传统文化的生活习俗，如节日庆典、饮食文化、服饰文化等，都具有丰富的文化内涵和生活智慧。这些生活习俗不仅体现了中华民族的生活方式和价值观，还反映了中华民族对于生活质量和幸福生活的追求。例如，中国传统节日庆典，如春节、端午节、中秋节等，不仅是人们欢聚一堂、共享天伦之乐的时刻，也是传承和弘扬传统文化的重要途径。中国传统饮食文化如茶文化、酒文化等，不仅丰富了人们的饮食生活，还反映了中华民族对于饮食健康和生活品质的追求。

总之，中国传统文化的价值体现在多个方面，这些价值不仅对于中华民族的历史和文化传承具有重要意义，也对现代社会的发展和进步具有深远影响。因此，我们应该珍视和传承传统文化，使其在现代社会中发挥更大的作用。

第二节　传统文化与现当代文学之间的关系

"现当代文学与传统文化之间关系密切，相互融合，互相促进。"[①] 传统文化

---

①张一帆. 浅论现当代文学对传统文化的探寻与传承 [J]. 今古文创，2021（07）：30-31.

是民族特色和民族风貌的集中体现，是民族繁衍生息的根基和血脉。每一个民族都有自己独特的传统文化，中国传统文化蕴含着丰富的思想和强大的精神力量，是中华民族五千年文明智慧的结晶。

传统文化以其多样性留存于人们的生活中，并主要以诗歌、戏剧、小说和散文等文学形式保留、传承与延续。传统文化是现当代文学的有益补充，以其多样性丰富了现当代文学的发展，现当代文学与传统文化之间相互促进、融合，呈现出传统与文学的多重变奏。

现当代文学作品中始终贯穿着或显或隐的传统文化因素，中国现当代文学无论从整体社会价值、文化取向，还是美学特征、审美等追溯其源头都与传统文化有着密不可分的联系。并且现当代文学在发展的过程中，不断地在传统文化的基础上"取其精华，去其糟粕"，完成其现代化的转变，传统文化在不断促进现当代文学更新的同时，又以现当代文学为载体得到了现代性的发展。因此，现当代文学与传统文化之间有着天然的密切联系，二者相辅相成、互相促进。

一、传统文化是现当代文学的根基

传统文化集中体现我国各个不同民族之间的地区风貌和文化特征，不仅仅是民族得以繁荣昌盛的血脉，同时还是我国现当代文学发展的根基。由于每个民族都有着各自独特的传统文化，我国又属于一个多民族的国家，因此我国在传统文化上积累了丰富的资源和智慧的结晶，在思想哲学方面、民间文化方面、民族风俗方面等，每个民族都有着自己不同的文化特色。

传统文化以各种不同的形式留存在人民的日常生活和工作中，后来就形成了诗歌、散文、戏剧、小说等形式进行传统文化的传承与发展，从而实现了传统文化与现当代文学之间的相互融合。

二、传统文化是现当代文学的有益补充

传统文化，作为人类历史长河中的瑰宝，承载着丰富的历史底蕴和独特的艺术魅力。它以其深厚的历史积淀和多样的表现形式，成为了人类文明的宝贵遗产，是现当代文学的有益补充。

第一，传统文化为现当代文学提供了丰富的素材和灵感来源。传统文化中的

诗词歌赋、神话传说、民间故事等，为现当代作家提供了无尽的创作灵感。他们可以通过借鉴和引用传统文化中的元素，创作出更具深度和内涵的作品。例如，莫言的作品《红高粱家族》就融入了大量的民间故事和传说，使得作品充满了浓郁的地域特色和民族风情。

第二，传统文化对现当代文学的创作手法和风格产生了深远影响。传统文化中的审美观念、艺术风格和创作技巧，为现当代作家提供了宝贵的借鉴和启示。他们可以在继承传统的基础上，不断创新和发展，形成自己独特的艺术风格。例如，余华的作品《活着》就采用了简洁明快的叙述风格，体现了对传统文化中简洁美学的继承和发扬。

第三，现当代文学也在不断地反哺传统文化。随着社会的快速发展和文化的不断交融，现当代文学在吸收传统文化的基础上，也注入了新的时代精神和审美观念。这使得传统文化得以在新的时代背景下焕发新的生机和活力。例如，现当代作家阿来的作品《尘埃落定》就将藏族文化与现当代文学相结合，展现了传统文化在现代社会中的独特魅力和价值。

第四，传统文化与现当代文学之间的融合也为文学创新提供了无限可能。通过融合传统文化元素和现当代文学手法，作家们可以创作出既具有民族特色又具有时代感的作品。这种融合不仅丰富了文学的艺术表现形式，也为读者带来了全新的审美体验。例如，作家苏童的作品《妻妾成群》就巧妙地将中国传统家庭的伦理观念与现当代文学的心理描写相结合，形成了一种独特的艺术风格。

三、传统文化与中国现当代文学的紧密相连

在中国现当代文学发展过程中经过仔细的探究便会逐渐发现传统文化的影子，这两者之间已经形成了紧密相连的关系。中国现当代文学不管是从价值取向，还是从社会特征、审美追求等方面去追溯其源头都与传统文化存在着紧密相连的关系。

传统文化能够在新时代社会环境中得以传承和发展，就必然离不开现当代文学对其精华的延续和汲取，从而更符合新时代社会人们对于文学著作的实际需求，以此才能在文学事业的发展上获得更大的空间。而当前阶段的现当代文学发展也离不开传统文化的支持，两者之间是紧密相连的，二者的相互融合将非常有

利于我国文学事业的长远发展。

第三节 现当代文学作品中的传统文化因子

现当代文学作品中的传统文化因子是指作品中融入的中国传统文化元素和精髓，它们体现在作品的多个方面。这些传统文化因子不仅丰富了作品的文化内涵，也使其具有独特的民族特色和审美价值。

一、现当代文学作品的传统文化观念

（一）人与自我

传统文化中的积极思想可帮助人们形成刚健有为、和谐共生的人生观。《易经》提出君子当"自强不息"和"厚德载物"，从能力和德行两方面对中国人的人生追求提出要求。对于人和国家而言，声誉不仅体现在其实力和眼光的卓越上，更在于其内在的道德品质和社会责任。个体必须从属于集体关系网，是被关系所定义的个体，因而脱离阶级社会的个体自我意识和发展空间并不被承认。

《阿Q正传》通过阿Q映射出社会各阶级共有的虚伪人格，传统文化中的仁爱，并未在士人群体身上体现，面临危及自身地位的"革命"时，他们选择"进退有据"地欺压百姓或逃跑保命，根本不关心民生疾苦。

传统文化给个体提供整套生存指导规范时，并没有为人们对它质疑保留余地。人们只能遵照执行，不能破坏违反，甚至缺乏挑战意识。人生观念是关于对人生和生命问题的一种根本看法，具体可指对人生目的和意义的理解与态度。人生观念处于社会意识层面，基于不同的认识，就会形成不同的人生观念。人生观念又是世界观的一种体现形式。中国古代的思想家基于不同的世界观，形成了对人生不同的态度和认识。

1. 儒家——以志士仁人为追求

儒家思想的核心是"仁"，该理念既是抽象的，也是具体的，体现在现实生活中，"仁"则成为一种社会价值观，一种道德境界，更是一种人生理想和追求。

"仁"在《论语》一书中出现了百余次，是《论语》一书的高频词。孔子对"仁"的解释为"仁者爱人"，可见在孔子的眼里"仁"是人性的最高体现，是人的美德的最高范畴，是社会需要弘扬的道德标准和社会价值观，也由此形成了儒家以志士仁人为追求的人生观念。儒家的志士仁人以仁义为理想，有舍弃自我利益成就他人的崇高境界，是一种典型的利他主义精神品质。当然儒家眼中真正的仁者是以仁义为最高道德追求的，以仁义为人生价值实现的最高道德评判标准，主张杀身成仁、舍生取义。这样一种崇高的价值追求，激励着一代代中国人为实现人生理想而不懈奋斗。

儒家的仁人志士是一种建立在人格修养基础上的精神提升，并最终以入世的积极人生态度来表达，这也就是儒家强调的"内圣外王"。所谓"外王"，是指治国平天下的事功。"内圣"，则是指通过内在的道德修炼，具备仁人志士的品质，在治国平天下的实践中实现人生价值。但是儒家首先关注"内圣"层面的道德培养，而"外王"则是"内圣"后的志士仁人的必然结果。儒家仁人志士追求的价值取向，在中国传统价值体系中居于主导地位。

2. 道家——自然无为

道家是典型的自然主义价值观的倡导者和践行者，提倡自然无为，是一种听其自然顺其自然的价值取向。道家的人生观念表面看消极无为，提供给人们一种消极避世的人生态度，但其内在却蕴含着一种积极的人生态度，这需要透过现象看本质。道家关注现实，不回避现实问题，顺应自然规律，不能逆自然规律而行事，其所主张的无为是对道法自然价值观的体现，在个人的道德修炼上，其实就是处理好"利"与"义"，"理"与"欲"的冲突，主张要克制私欲，助长公心，反对个人纵欲妄为，盲目逐利。

道家主张采取一种自然无为的人生态度，这种无为表面看似乎是无为，实则可以转化为有为。《道德经》中的观念是道家人生价值取向的集中表达。

3. 墨家——"兼相爱，交相利"

墨家的人生价值取向可以用"兼相爱，交相利"来概括。与其他学派一样，墨家也无法回避现实中"利"与"义"的关系，如何处理二者间的关系，集中体现着墨家的人生追求和价值取向。墨家不回避现实中的利欲问题，并正视现实中利欲与义理间的冲突，但是墨家将利欲分为私利和公利两个层面。墨家认为，私利是人间不相爱的根源，也是一切灾难的根源，社会的和谐建立在人相爱的基础上，这就需要放弃私利、选择公利，这也成为墨家的最高价值标准，也是墨家追求的人生理想境界。

4. 法家——功利主义色彩浓厚

法家对利义关系这一问题的讨论，带有较为明显的功利主义色彩。法家是世俗主义者，也是现实主义和功利主义者。在法家看来，追名逐利，实现人的利益最大化，是符合人性和人的需要的，人生最大的现实莫过于"功"和"利"，这也是人在现实中人生价值实现的具体形式。韩非子说"计功而行赏"，"功多者受多，功少者受少"，功名是人的价值在社会层面的体现。可见，法家的功利主义价值导向，鼓励人们在现实中努力拼搏，建功立业，以获取功名利禄，实现自己的人生价值，是一种积极入世的人生态度。

（二）人与自然

人与自然的关系又被称为"天人关系"，这是中国传统文化始终关注的一个哲学命题。春秋战国时期，讨论人与自然的关系成为诸子百家思想争锋的一个焦点，他们站在各自的学术立场，对人与自然的关系进行理论阐述。中国传统文化中关于人与自然关系讨论的焦点在于，人应当顺应还是超越自然。这使得人与自然的关系在某种程度上成为一种哲学命题，被赋予了深刻的思想内涵和文化价值。

1. 儒家——将自然人化

儒家对于人与自然的关系，有自己的一套理论解释。在儒家看来，人与动物是不同的，《论语·微子》中载："鸟兽不可与同群，吾非斯人之徒与而谁与?"人是一种文化动物，有创造符号的能力，并赋予符号以文化意义。由此，自然是一种前文明的状态，将自然转化为文化或文明，就需要发挥人的主观能动性和创造性。这是一种超越自然的价值取向，将人类赋予了充分的创造能力，人的一个重要使命就在于，人应该通过自然的人化，努力地认识和改造世界，在实现文化的创造中，使社会摆脱前文明时代的存在状态，以达到文明的程度。

2. 道家——顺应自然

道家在对待人与自然的关系上，与儒家截然不同。儒家认同人对自然的超越和改造，道家却认同对自然的自觉回归与顺应，并成为一种价值取向。这种价值取向的逻辑起点在于，道家为自然赋予了一种理想的价值，自然不是一种相对于文明的状态，而是一种尽善尽美的完美状态，本身就具有文明的内在属性。自然的这种完美属性，一旦经受人的肆意改造就会被破坏。因此，道家对自然赋予的这种理想价值，决定了人与自然间的关系应是人对自然的自觉回归和顺应，也就是"道法自然"，即人要努力去探寻自然规律，去协调人与自然的关系，而不应是一种超越，道家对自然的人化是持批评态度的。应该说，道家的这种价值取向，反对人去破坏自然，这有积极的一面，但是如果将一切有价值的创造活动都予以否定，其中的消极性就不言而喻了。

（三）人与他人

个体是组成人类社会的最基本单位，若干的个体组合起来就形成了群体，也形成了社会本身的存在形式。作为社会的存在主体，个体与群体各自承担着怎样的社会功能，如何处理好个体与群体的关系，并对二者间的关系予以界定，在中国古代就有不同的认识和理解。其中儒家的观点最具代表性，在中国传统文化中是关于群体与个体关系的主导价值取向。重"群"轻"己"的逻辑在20世纪中国文学中多次出现，表达人文关怀，渴望社会和谐，是文学自诞生之日就有的理想夙愿。由于缺乏对人的主体性的认识，20世纪之前的文学把这种理想寄托于个人以外的力量。

1. 儒家——个体应有社会担当

儒家对待个体与群体的关系，是将其放置于社会整体的框架中去讨论，儒家倡导个人的社会担当，强调个体的社会责任，从不否认个体的存在价值，相反对于个体的存在价值予以肯定。儒家是在对个人主体性予以认可的基础上，来探讨人的社会价值如何实现。因此，在儒家看来，一个人的社会价值能否实现，首先建立在个体道德层面的自我完善与提升，也就是儒家所说的"修己以安人"。"修己"，就是儒家倡导的"内圣"，这种道德上的自我完善是面向大众的，每个人只要能做到修身养性的功夫就可以内练圣人品质，都可以走向社会实现自己的人生价值。

儒家是关注个人的社会主体性价值的，为每一个个体寻找到了一个人生的支点，指明了实现人生价值的路径。这就要求个人必须走出狭隘自私的"独善其身"，应有一种家国情怀，自觉将个人利益和诉求融入社会整体中，要做一个有使命感、有社会责任感的人。北宋时期的理学大师张载提出了"为天地立心，为生民立命，为往圣继绝学，为万世开太平"的名言，其实就是儒家强调个体应承担社会责任的价值取向的集中诠释，这也深刻地影响了一代又一代中国人的传统价值观。

2. 道家——关注人的个性自由

儒家重视个体与群体这两个维度，并将关注点放在了群体上。道家的自然主义价值观决定其与儒家有所不同，它的关注点主要在于个体。道家对自然的人文化持有批判态度，道家也关注人的自身价值的实现，但是其实现人生价值的路径不是走向社会，或者是如同儒家一样主张"内圣而外王"。道家在处理个体与社会的关系上，张扬个体生命的主体性存在，以唤醒个体生命存在的主体意识，关注个人的个性自由。

道家重视个体在道德层面的修养。儒家的个体道德修养就是个体自觉内化于社会道德，以社会道德规范个体行为。道家的个体道德修养，追求的是人的一种朴素本性的保持，这就要使个体从世俗社会中挣脱出来，保持超然物外的人生态度，不以满足世俗的物欲为追求，不以物累，清心寡欲，与世无争，返璞归真，过一种逍遥自由的生活。

（四）人与社会

"大同"和"民本"思想在中国传统文化中属于乌托邦理想主义的概念，始终有一代代有识之士在为之努力。

1. 平均主义

平均主义思想源于儒家文化中的"均平"观念，强调社会公平和财富分配的合理性。然而，在现实社会中，平均主义面临着巨大的挑战。一方面，社会经济发展的不平衡导致了地区之间、阶层之间的贫富差距，使得平均主义难以实现。另一方面，市场经济的发展和私有制的存在，使得财富积累和分配不均的现象更加严重。因此，平均主义思想在现实社会中难以实现，需要通过改革和政策调整来逐步缩小贫富差距，实现社会公平。

2. 以民为本

以民为本的"民"自身素质需有标准，如果只是一群想从暴力破坏中谋利的群氓，那么他们只会将社会带进深渊。如格非的《江南三部曲》①，通过对人物命运的描绘，展示了乌托邦理想与现实生活之间的冲突。在追求理想社会的过程中，人物的私欲、情感和道德选择成为推动情节发展的关键因素。这些冲突不仅体现在个体层面，也体现在社会和历史层面，为读者提供了丰富的思考空间。

3. 义利关系

义利关系是中国传统文化讨论的一个重要命题，"利"指社会利益，"义"则指社会伦理道德。如何协调二者之间的关系，孰轻孰重，先秦诸子各家都有论述，它们从不同立场阐发了自己的见解，其中以儒家、墨家等最具代表性。

（1）儒家——重义轻利。儒家的关注点在于如何通过社会道德的功能发挥，使人守礼、安分守己，以维持和谐的社会秩序。但是过分追名逐利，放纵欲望，就可能出现价值混乱，不利于社会和谐。儒家以"仁"为最高道德标准，以"礼"为社会道德准绳，通过"克己复礼"对过分追逐私利的行为进行有效的限制，符合"礼"的行为是正当的，不符合"礼"的行为是应该予以抑制的。

在儒家看来，仁义是社会最高的道德准则，是个人和群体追求的最高境界。杀身成仁，舍生取义，这是儒家的理想人格，而见利忘义、苟且偷生等则应该是令人嗤之以鼻的丑陋行为，由此也形成了儒家重义轻利的价值取向。在利义面前，"义"是第一位的，而"利"则是第二位的。为义可以舍利，但是不能为利而舍义。儒家重义轻利的价值取向影响了中国传统的经济价值观，具体表现为"重农抑商"的价值选择，这也是中国古代的一贯传统，与儒家重义轻利的价值取向直接有关。

（2）墨家——关注义利关系。墨家关注义利关系，墨家重"义"，将"义"赋予道德层面的神圣品性。墨家认为，义利的关系是统一的而不是对立的，作为社会道德标准和价值准则的"义"，本质上并不排斥逐利，反而认为功利是有其

---

①格非的《江南三部曲》包括《人面桃花》《山河入梦》和《春尽江南》，是现当代文学中的一部重要作品。这部作品通过讲述几代人的故事，展现了从20世纪初到21世纪初中国社会历史的巨大变迁。在这一历史背景下，格非探讨了乌托邦理念与人性私欲之间的复杂关系。

合理价值的。在墨家看来，义利合一可以用来协调道德规范与功利关系的问题。

二、现当代文学作品的传统文化主题

现当代文学作品以其丰富多彩的内容和深刻的思想内涵，成为中华文化的重要组成部分。在这些作品中，传统文化主题一直是一个不可忽视的方面。通过对传统文化主题的深入挖掘和呈现，现当代文学作品不仅展示了中华文化的博大精深，也为读者提供了思考和感悟的空间。

第一，传承与发扬古典文化。古典文化作为中华文化的瑰宝，其丰富的艺术形式和深刻的思想内涵为现当代文学提供了无尽的创作灵感。许多作家通过改编古典文学作品，或者在其作品中融入古典文化的元素，以此表达对传统文化的敬意和热爱。例如，一些作家通过改编《红楼梦》《西游记》等古典名著，以现代视角重新解读这些经典故事，赋予了它们新的时代意义。同时，他们也将古典诗词、书画、音乐等艺术形式融入作品中，使得传统文化在现当代文学中焕发出新的光彩。

第二，弘扬民族精神和道德观念。中华传统文化强调道德伦理、忠诚孝悌等价值观念，这些观念在现当代文学作品中得到了广泛的体现。作家们通过塑造一系列具有传统美德的人物形象，展示了中华民族的精神风貌。同时，他们也通过对社会现象的深刻剖析，呼吁人们回归传统道德，重塑社会风气。这些作品不仅让读者感受到了传统文化的魅力，也激发了人们对民族精神和道德观念的认同和追求。

第三，解读和重构传统文化，探讨了传统文化在现代社会中的价值和意义。随着社会的快速发展和变革，传统文化面临着诸多挑战和冲击。现当代作家们敏锐地捕捉到了这一变化，他们以现代视角重新审视传统文化，对其进行了深入的剖析和思考。他们既看到了传统文化在现代社会中的局限性，也看到了其独特的价值和意义。通过作品的呈现，他们引导读者重新审视传统文化，重新认识其在现代社会中的地位和作用。

第四，在探讨传统文化主题的过程中，现当代文学作品还展现了对多元文化的包容和尊重。中华文化是一个多元而复杂的文化体系，其中包含了众多不同的文化元素和传统。现当代作家们在创作中充分考虑到这一点，他们不仅关注主流文化，也关注边缘文化和少数民族文化。通过对这些文化的描写和呈现，他们展示了中华文化的多样性和丰富性，也表达了对多元文化的尊重和包容。

第五，现当代文学作品在呈现传统文化主题时，并不是简单地复制和模仿传统，而是对其进行了创新和发展。作家们以现代文学的手法和技巧，重新诠释了传统文化，赋予其新的生命力和表现力。这种创新和发展不仅丰富了现当代文学的内容和形式，也为传统文化的传承和发展注入了新的活力。

总之，现当代文学作品中的传统文化主题是一个丰富而复杂的议题。通过对古典文化的传承与发扬、对民族精神和道德观念的弘扬、对传统文化的现代解读和重构以及对多元文化的包容和尊重等方面的探讨，现当代文学作品不仅展示了中华文化的博大精深，也为读者提供了思考和感悟的空间。同时，这些作品也促进了传统文化的传承和发展，为中华文化的繁荣作出了积极的贡献。

三、现当代文学作品的传统文化内容

（一）传统文化在现当代文学作品中的意义和价值

第一，传承和弘扬中华优秀传统文化。现当代文学作品通过对传统文化的深入挖掘和传承，有助于弘扬中华优秀传统文化。这些作品不仅让读者了解到传统文化的丰富内涵和独特魅力，还激发了读者对传统文化的热爱和敬仰之情。同时，通过作品的传播和推广，传统文化得以在现代社会中延续和发展。

第二，丰富现当代文学的艺术表现力。传统文化元素为现当代文学创作提供了丰富的艺术资源。作家们通过对传统文化元素的创新性运用，可以打造出独特的艺术风格和审美体验。这些传统文化元素不仅丰富了现当代文学的艺术表现力，还使得作品更具深度和内涵。

第三，促进文化多样性和文化交流。现当代文学作品中的传统文化内容为世界文学贡献了独特的文化景观。这些作品不仅展示了中华文化的独特魅力，还促进了不同文化之间的交流和理解。通过作品的翻译和传播，不同文化背景的读者可以领略到中华文化的博大精深，从而促进全球范围内的文化多样性发展和文化交流。

总之，现当代文学作品在传承和发展中华传统文化方面发挥了重要作用。这些作品通过深入挖掘传统文化的内涵和精髓，以及创新性地运用传统文化元素，为读者呈现出丰富多彩的精神世界。同时，这些作品在传承和弘扬中华优秀传统文化、丰富现当代文学的艺术表现力以及促进文化多样性和文化交流等方面具有重要意义和价值。在今后的文学创作中，我们应该继续发扬传统文化的优良传统，不断创新和发展现当代文学的艺术形式，为推动中华文化的繁荣和发展作出更大的贡献。

（二）传统文化在现当代文学作品中的体现

1. 传统文化在诗歌作品中的体现

在中国现当代诗歌作品中，传统文化元素被广泛地运用和体现。诗人们常常从中国古典文学、哲学、历史中汲取灵感，将这些传统文化元素融入现当代诗歌创作中。这种融合不仅体现了诗人对传统文化的尊重和传承，也为现当代诗歌注入了独特的魅力和深度。例如，徐志摩的《再别康桥》中，诗人运用了中国古典诗歌的意象和韵律，表达了离别之情。诗中的"轻轻的我走了，正如我轻轻的来"一句，巧妙地借鉴了古典诗词中"轻"字的意境，用以形容诗人离别的悄然和无奈。这种运用不仅增加了诗歌的古典韵味，也使得诗歌的意境更加深远。

此外，许多现代诗人也通过对传统节日、习俗、历史人物的描写，展现了传统文化的魅力和影响力。例如，余光中的《中秋夜》通过对中秋节这一传统节日的描写，展现了团圆和思乡的情感。

在诗歌创作中，诗人还可以通过对历史人物的描写，展现传统文化的精神内涵。通过对传统文化元素的运用和体现，中国现当代诗歌作品展现了对传统文化的尊重和传承。这种融合不仅使得诗歌具有独特的艺术魅力，也使得诗歌更具思想深度和文化内涵。在未来的诗歌创作中，诗人可以继续深入挖掘传统文化元素，以创作出更具个性和创意的诗歌作品，为诗歌注入新的活力和魅力。

2. 传统文化在散文作品中的体现

（1）老舍《北平的秋》。老舍以其独特的视角和细腻的笔触，描绘了北京秋天的风貌。文章中不仅有对自然景色的描写，更有对北京人生活习惯、饮食文化、语言特色等传统文化元素的展现。老舍的散文作品常常能够捕捉到传统文化在日常生活中的细微体现。

（2）余秋雨《文化苦旅》。余秋雨的这部散文集，通过对中国传统文化的考察和思考，展现了文化的深度和广度。他走访了许多历史文化名城和古迹，通过对这些地方的历史、文化、人物的描写，传达了对传统文化的敬畏和对现代社会文化失落的忧虑。

（3）王小波《沉默的大多数》。王小波的散文作品常常带有强烈的讽刺意味和独立思考的精神。在《沉默的大多数》中，他通过对中国传统文化中的某些现象进行剖析，揭示了传统文化在现代社会中的困境和转型的必要性。

3. 传统文化在小说作品中的体现

在现当代小说作品中，传统文化以其独特的魅力，深深地烙印在每一部作品的字里行间。这些作品不仅以传统文化为背景，更将其融入情节、人物塑造等多个层面，展现了传统文化的深厚底蕴和时代价值。

现当代小说家们常常通过家族史的描绘，来展现传统文化的传承与变迁。家族史不仅是家族成员生活经历的记录，更是传统文化在家族中的传承和演变过程。例如，在莫言的《红高粱家族》中，家族长辈们既是家族传统的守护者，也是家族精神的传承者。他们的言行举止、思维方式，都深受传统文化的影响，这种影响也潜移默化地传递给了下一代。

除了家族史，地方风俗也是中国传统文化的重要组成部分。现当代小说家们通过对地方风俗的细致描写，展现了不同地域文化的独特魅力。例如，在贾平凹的《秦腔》中，作者通过对陕西农村生活的描写，展现了当地独特的秦腔文化和风土人情。小说中的村民们，在日常生活中常常通过唱秦腔来表达情感、沟通交流，这种风俗也成为了他们生活中不可或缺的一部分。通过这些描写，读者可以感受到传统文化的深厚底蕴和地域文化的独特魅力。

此外，传统道德观念在现当代小说中也得到了充分体现。这些道德观念，如忠诚、孝顺、诚信等，不仅是传统文化的核心价值观，也是现当代社会所倡导的道德标准。在铁凝的《笨花》中，作者通过对一个农村家族的描写，展现了传统道德观念对家族成员的深刻影响。小说中的主人公们，在面对生活的种种困境时，始终坚守着传统道德观念，他们的行为举止、道德选择，都体现了传统文化的精神内核。

值得注意的是，现当代小说在展现传统文化的同时，也对其进行了深入的反思和探讨。小说家们不仅关注传统文化的传承与保护，更关注其在现代社会中的价值和意义。他们通过对传统文化的挖掘和重塑，试图寻找传统文化与现代社会的契合点，为现当代社会提供新的文化资源和精神支撑。

以莫言的作品为例，他的小说不仅展现了山东地区的传统文化和民间信仰，还通过人物的命运变迁和性格塑造，探讨了传统文化在现代社会中的处境与变迁。在《丰乳肥臀》中，莫言通过对一个家族的传奇故事和人物命运的描写，展现了传统文化在动荡年代中的坚韧与顽强。小说中的主人公们，在面对战争、灾难等种种困境时，始终坚守着传统文化的信仰和价值观，他们的坚韧和勇气成为了传统文化的最好诠释。

同时，莫言也通过作品揭示了传统文化在现代社会中的困境与挑战。随着现代化进程的加速推进，传统文化面临着被边缘化、被遗忘的危机。然而，莫言的小说却告诉我们，传统文化并不是过时的、无用的，它依然具有强大的生命力和影响力。只要我们能够正确地对待和传承传统文化，它就能够为我们提供源源不断的文化资源和精神动力。

综上所述，传统文化在现当代小说作品中得到了充分体现和深入探讨。小说家们通过对家族史、地方风俗、传统道德观念的描写和反思，展现了传统文化的深厚底蕴和时代价值。这些作品不仅让我们更加深入地了解了传统文化，也为我们提供了思考和探讨传统文化与现代社会关系的重要视角。

4. 传统文化在戏剧作品中的体现

在中国现当代戏剧作品的舞台上，传统文化的绚丽画卷在不同时代的风云变幻中得以重现，它既是历史的见证，也是现当代思想与文化的延续。戏剧家们将传统文化的精髓巧妙融入现代情境，以新的形式呈现，让观众在欣赏戏剧的同时，也领略中华传统文化的博大精深。

例如，著名作家老舍的代表作之一《茶馆》，便是一幅生动的中国社会画卷。这部戏剧以老北京的茶馆为背景，通过茶馆老板王利发与各色人等的交际，展现了近现代中国社会的动荡与变迁。在这个戏剧中，传统文化与现代社会的碰撞和融合得以生动呈现。茶馆是中国传统文化的一个象征，它承载了人们的情感交流、社会沟通、人际互动等多重功能。而在《茶馆》中，这一传统的场所被用来承载现代社会的矛盾与变革，使得传统文化在当代戏剧中焕发出新的生机。

在这部作品中，除了场景的传承，还有语言、音乐等方面的传统元素的融入。戏剧语言中时而流淌着古典的韵味，时而抒发着现代的情感。而音乐更是贯穿始终，不仅以传统的曲调为基础，还融入了现代的编曲技巧，使得整个戏剧更具动听性与现代感。

除了《茶馆》，近年来的一些现当代戏剧作品也同样展现了传统文化在当代舞台上的生命力。比如，话剧《雷雨》通过对中国封建社会的揭露与探讨，再现了中国传统文化中的伦理道德观念与家族观念，在现代社会中依然有着深远的影响。

四、现当代文学作品的传统文化结构

现当代文学作品在继承和发扬传统文化的同时，也不断地进行着创新与变革。这些作品在形式和内容上都有着深厚的传统文化基础，同时又具有鲜明的时代特征和个性特色。

（一）古典文学的传承与发扬

现当代文学作品在很大程度上继承了古典文学的优秀传统。从诗歌、散文到小说、戏剧，古典文学的各种体裁都在现当代文学中得到了传承和发扬。例如，现代诗歌中的许多作品都受到了唐诗、宋词的影响，如徐志摩的《再别康桥》。这些作品在继承古典诗词的韵律、格律的基础上，又被赋予了新的时代内涵和个性化的表达。在小说方面，许多现当代作家都受到了古典小说的启发。如鲁迅的《狂人日记》借鉴了《聊斋志异》的笔法，将现实主义与寓言手法相结合；沈从文的《边城》则受到了《红楼梦》的影响，以湘西边城为背景，描绘了一个充满诗意的世界。这些作品在继承古典小说的传统基础上，又进行了创新和突破，形成了独特的现当代小说风格。

（二）民间文化的融合与创新

民间文化是现当代文学作品的另一个重要来源。许多现当代作家都深受民间故事、传说、歌谣等的影响，将这些民间文化元素融入自己的作品中。如老舍的《茶馆》《龙须沟》等作品，都汲取了丰富的民间文化素材，展现了北京市民的生活风貌；巴金的《家》《春》《秋》等作品，则将四川民间的故事、传说融入家族史诗的叙述中，形成了独特的叙事风格。此外，民间文化还在现当代文学中得到了创新和发展。如莫言的小说《红高粱家族》《丰乳肥臀》等，将民间歌谣、传说与现代小说手法相结合，创造出了一种充满魔幻现实主义色彩的叙事风格。这些作品在继承民间文化的基础上，又进行了大胆的创新和突破，为现当代文学注入了新的活力。

（三）传统文化主题的挖掘与拓展

在现当代文学作品中，许多作家都对传统文化主题进行了深入的挖掘和拓展。如家庭伦理、忠孝节义、爱情婚姻等传统主题，都在现当代文学中得到了新的诠释和表现。例如，巴金的《家》通过对家族伦理的揭示，反映了封建礼教对人性的束缚；张爱玲的《红玫瑰与白玫瑰》则通过对爱情婚姻的探讨，展现了现代人在传统与现代之间的挣扎与抉择。此外，许多现当代作家还将传统文化主题与现实社会问题相结合，使作品具有更强的现实意义。如鲁迅的《阿Q正传》通过对阿Q这一典型的人物形象的刻画，揭示了民族劣根性的问题；贾平凹的《废都》则通过对西安这座城市的描绘，展现了传统文化在现代社会中的困境与挣扎。这些作品在挖掘传统文化主题的同时，又关注现实社会问题，使作品具有更深刻的思想内涵。

（四）传统文化精神的传承与弘扬

在现当代文学作品中，许多作家都致力于传承和弘扬传统文化精神。如爱国主义、集体主义、人道主义等传统精神，都在现当代文学中得到了体现和传扬。例如，鲁迅的《呐喊》《彷徨》等作品，充满了对民族独立、民主自由的渴望和追求；艾青的《我爱这土地》，表达了对祖国的热爱和对人民的关怀。此外，许多现当代作家还将传统文化精神与现代社会价值观相结合，使作品具有更强的时代性和普遍性。如余华的《活着》通过讲述一个普通农民的一生，展现了生命的顽强和对生活的热爱；韩少功的《马桥词典》则通过对马桥这个地方的描绘，传达了对传统文化的尊重和对现代文明的思考。这些作品在传承传统文化精神的同时，又关注现代社会价值观，使作品具有更广泛的影响力。

五、现当代文学作品的传统文化表达方式

现当代文学作品是中国文化的重要组成部分，它们在表达传统文化方面具有

独特的方式和特点。这些作品不仅传承了中国古代文学的传统，而且融合了现代社会的文化元素，呈现出独特的艺术魅力。

第一，传统文化的传承与发扬。现当代文学作品在传承传统文化方面，主要表现在对古代文学经典的借鉴、引用和发扬。如鲁迅的《阿Q正传》、茅盾的《子夜》、巴金的《家》等作品，都体现了作者对古代文学传统的继承和发扬。这些作品在表现现代生活的同时，也融入了古代文学中的道德观念、人伦关系、社会风貌等方面的元素，使作品具有深厚的文化底蕴。

第二，传统文化的现代诠释。现当代文学作品在表达传统文化时，往往采用现代诠释的方式，使传统文化在现代社会焕发出新的生命力。如钱锺书的《围城》、张爱玲的《金锁记》、余华的《活着》等作品，通过对传统文化的现代诠释，展现了现代人在传统文化背景下的生活状态和精神追求。这种现代诠释不仅使传统文化更加贴近现代生活，也让现代人在面对传统文化时有了新的认识和体验。

第三，传统文化的地域特色。现当代文学作品在表达传统文化时，注重展现地域特色，使得作品具有鲜明的民族风格。如老舍的《茶馆》、沈从文的《边城》、莫言的《红高粱家族》等作品，都体现了作者对地域文化的深入挖掘和独特表现。这些作品在描绘地域风光、民俗风情、方言土语等方面，展现了中华大地的丰富多彩，使传统文化在地域特色中得到了充分的体现。

第四，传统文化的创新与发展。如贾平凹的《废都》、王安忆的《长恨歌》、苏童的《我的帝王生涯》等作品，都体现了作者在传统文化基础上的创新和发展。这些作品在题材、手法、语言等方面进行了大胆尝试，使传统文化在现代社会中焕发出新的光彩。

第五，传统文化的批判与反思。现当代文学作品在表达传统文化时，勇于进行批判和反思，使得传统文化在现代社会中不断得到完善。如陈忠实的《白鹿原》、刘震云的《一句顶一万句》、莫言的《丰乳肥臀》等作品，都体现了作者对传统文化的批判和反思。这些作品在揭示传统文化中的弊端和不足的同时，也提出了许多富有建设性的意见和建议，使传统文化在现代社会中不断得到改进和发展。

第四节　传统文化在现当代文学中的传承体现

现当代文学的进一步发展需要树立科学合理的发展观念，从而促使传统文化经过漫长岁月的洗礼后逐渐呈现出其文化的精髓。现当代文学的健康发展离不开丰富的文化滋养，因此对于传统文化的探寻与传承则显得非常重要。同时，随着社会大众对物质以及精神文化方面的需求不断增长，现当代文学与传统文化能够满足人们对精神文化方面不同的需求，因此，在现当代文学中进行传统文化的探寻与传承，能够更好地去实现优良传统文化的传承与发展。

一、传统文化传承的现实意义

传统文化的传承对于现当代文学的发展有着不可替代的作用。在文学创作中，传统文化为作家提供了广阔的创作空间和灵感源泉，让文学作品更加丰富多彩，更具有文化特色和内涵。同时，传统文化的传承也有助于现当代文学作家更好地反映现实社会中的文化现象和社会问题，发挥文学的社会功能和价值。传统文化的传承与创新是相互联系、相互促进的。在传承传统文化的同时，作家们也需要不断地进行文化创新和融合，将传统文化与现代文化融为一体，创造出具有时代特色和文化内涵的文学作品。这不仅能够推动现代文学的发展，也有助于传统文化的传承和发扬光大。

在社会发展中，传统文化的价值和意义愈加凸显。传统文化是中华民族的根，是中华民族的精神支柱。在快节奏的现代社会中，人们更加需要传统文化的精神支撑和文化力量。因此，传统文化的传承不仅是一种文化传承和传统保护，更是一种文化创新和文化自信的表现。在文学创作中，传统文化的传承和发扬光大不仅是一种文化责任，更是一种文学使命。只有通过对传统文化的传承和发扬，才能够推动中华民族文化的发展和文学艺术的繁荣。

二、传统文化在现当代文学中的体现

传统文化以不同的多种形式存在于人们的日常生活中，被人们一代代传承、延续。传统文化在现当代文学创作中，发挥着重要作用，与现当代文学相互融合，将其文化精髓注入现当代文学创作中，现当代文学又用现当代的眼光传承传统文化，赋予其新意。

（一）在现当代文学中探寻与传承儒家思想

在现当代文学中，儒家思想的影响深远，其核心价值观念，如仁义礼智信，以及孝、忠、廉等，深深植根于传统文化之中，并对文学创作产生了重要影响。儒家文化强调人的价值和人格的独立，这与现当代文学中"文学是人学"的理念相契合。五四新文化运动时期，个性解放成为文学创作的重要主题，反映了儒家思想中人本主义和人道主义的延续。

现当代文学作品在价值观、人生观等方面受到儒家思想的深刻影响。例如，叶圣陶将儒家文化的慈爱、仁道思想融入作品；老舍关注小人物命运，体现仁爱思想；陈忠实的《白鹿原》全面展现了儒家文化的复杂性，体现了长幼有序、心怀天下的民族性格。这些作品不仅展现了儒家思想的存在价值，而且对其进行了传承和发展。

儒家思想不仅体现在文学的语言和民族的思想表达上，而且为现当代文学创作提供了丰富的文化资源。在现当代文学中对传统文化进行探寻与传承，对于促进文学发展、展现传统文化的重要价值具有深远的意义。

（二）道家思想在现当代文学中的体现

道家思想以其独特的自然哲学、人生哲学和社会哲学，在现当代文学中得到了重新解读和阐释。它为中国知识分子提供了哲学的文化根基和情感支撑，影响了包括鲁迅、胡适、梁实秋、林语堂、周作人和沈从文等在内的现当代作家。这些作家或批评或吸收道家文化，使其成为文学观念、精神和审美的重要组成部分，为文学创作增添了丰富的文化资源和人生智慧。

现当代作家通过作品实践和延续道家思想与文化精神。沈从文以其"湘西世界"描绘了一个纯净的自然世界，尊重人的自然天性，表达出自然与人合一的境界。其他作家如废名、蹇先艾、台静农、王鲁彦等，则以细致的笔触表达对"价值自然"的向往。周作人的散文流露出道家的诗意美，传达了一种超脱的人生境界。

道家思想主张"道"是宇宙的本源，对于宇宙、社会以及人生有着独特的领悟，为现当代文学提供了丰富的文化资源。作家们将道家思想的核心内容融入创作中，追求人性的质朴和自然的回归。例如，沈从文的作品突出人的本性，林语堂的作品展现顺其自然的生活态度，这些都与道家思想的核心主张相一致。

总体而言，道家思想在现当代文学中不仅体现了对自由和个性的追求，而且为文学创作提供了重要的文化资源，丰富了文学的多样性和深度。

（三）在现当代文学中探寻与传承民间文化

在现当代文学作品的创作中，更需要去对传统文化中的优秀作品进行深入的挖掘和不断的探索，将其精华部分进行传承并融合发展，从而促使传统文化能够得到更好的发展。

现当代文学在对传统文化的探寻与传承中，不仅仅发现了儒家思想和道家思想，同时还蕴藏了丰富的民间文化。民间文化是传统文化中最主要的组成部分，民间文化具备较为独特的性质，它能够最为直接地展现出人们的生活习惯与民间风俗。由于民间文化其自身具有较强的独立性以及自由性，因此其与主流文化存在着非常紧密的联系，促使民间文化具备极强的生命力和审美性。

在现当代文学作品中，民间文化可以更充分更直接地描绘出人们的日常生活，促使文学作品更贴近于民生，有助于促进传统文化的传承和进一步发展，所以有很多现当代文学作家都喜爱从民间文化中去寻找创作的灵感。比如，在现当代文学作家赵树理的作品中，就通过运用民间艺术的表现手法创造了评书体的文学形式，描绘出了当地浓郁的民风民俗特色，并在结构设计巧妙的环节中激发了读者的阅读兴趣。

三、传统文化在现当代文学中的传承策略

第一，自然之美的现代诠释。自古以来，中国的文人墨客对自然景观怀有深深的敬畏与热爱，这种对自然的崇敬之情在现当代文学中得到了很好的传承和创新。现代作家们通过笔下的自然描写，不仅将自然之美展现得淋漓尽致，更在其中融入了环境保护和人与自然和谐共生的理念。这些作品不仅展示了自然的外在美，更深入地探讨了人与自然之间的内在联系，从而凸显了生态环境的重要性。

这种对自然的赞美和敬畏，不仅丰富了现代文学的内涵，也为读者带来了全新的审美体验和精神享受。

第二，淡雅清高精神的现代传承。淡雅清高作为中国传统文学的美学追求，体现了对精神世界的追求和对内在价值的尊重。在社会发展中，这种精神追求显得尤为珍贵。现代作家们在作品中深入挖掘和探讨情感、人生和理想等主题，弘扬了人类对精神自由和内心平静的追求，提升了读者的思想境界和文化修养。这种精神追求不仅体现在作品的主题上，还渗透在文学的形式和艺术风格中，为现代文学的发展注入了新的活力。

第三，多民族文化特色的文学呈现。中国作为统一的多民族国家，其丰富的民族文化在现当代文学中得到了充分的展现和传承。现代作家们通过深入挖掘和表达各民族文化的独特魅力，促进了文化的交流与融合，增强了文化自信，推动了中华民族文化的繁荣。这种对多民族文化的传承不仅丰富了文学的艺术表现，更体现了作家们的文化责任和文化使命。

第四，传统艺术形式的文学创新。在传承传统文化的过程中，现当代文学对传统艺术形式如诗歌、散文、小说、戏曲等进行了创新和发展。现代作家们通过对这些传统艺术形式的深入研究和创新实践，使其在现代文学中焕发出新的生机和活力。这些作品不仅保留了传统文化的精髓，还融入了新的文化元素和思想，丰富了文学的表现手法和艺术风格。

第五，传统思想的文学再现。现当代文学在传承传统文化的过程中，对传统思想进行了深入的挖掘和再现。作家们将传统思想融入作品中，不仅反映了现代人对传统文化的认同和尊重，还通过对传统思想的再创造，为传统文化注入了新的生命力和发展动力。这种对传统思想的文学再现，不仅展示了传统文化的精神价值，也为现代文学的发展提供了新的思路和方向。

第六，从文学史角度审视传统文化的发展。现当代文学作为中国文学发展的重要阶段，也是传统文化传承与发展的重要时期。通过对历史的再现和反思，现当代文学作品展现了传统文化在历史中的重要地位和作用。同时，通过对历史的再创造，现当代文学为传统文化的发展注入了新的生命和活力。从文学史的角度审视传统文化的发展，不仅有助于我们更深入地理解传统文化的内涵和价值，也能为现代文学的发展提供宝贵的启示和借鉴。

第六章 现当代文学中茶文化的传承与发展

第一节 茶文化及其发展演进

茶文化，作为传统文化的重要分支，不仅关乎茶的饮用，更蕴含深厚的历史、哲学、礼仪和艺术内涵。它起源于中国，历经数千年的沉淀与演变，已融入中国人民的日常生活。从神农尝百草到《茶经》的撰写，再到饮茶方式的变革，茶文化的发展史就是一部活生生的历史长卷。品茶对于中国人而言，既是物质享受，也是精神追求。茶文化还与文学、艺术紧密相连，成为文人墨客抒发情感的重要题材。因此，我们有必要深入探讨茶文化及其发展演进，以展现其独特魅力和传承价值。

一、茶文化

（一）茶文化的界定

"茶起源于中国，盛行于世界。"① 茶作为一种物质性饮料，能够与中国人的精神世界发生联系，成为一种精神滋润物。茶文化是对茶的认识，以及在此基础上的应用和创造过程。茶文化是"过程"，指把历史和将来贯穿起来；"应用"可以是常识，也可以是新的认识；"创造"指劳动、生活、艺术等方面，是社会和茶事的生命力之所在。茶的认识、利用和创造指物质和精神等方面，以人文为

---

① 李恩惠. 跨文化视角下中国茶文化的翻译策略与对外传播 [J]. 福建茶叶，2023，45（09）：184.

主，如茶道与客来敬茶等，是精神层面的创造。茶文化的由来和当前的作用与地位，离不开社会时代背景和国情，在此基础上进行合理的定性和定位，有利于茶文化工作的开展及其进一步发展。

文学是从生活中提炼出来的，茶与文学相结合，能够较全面地反映茶文化的人文内涵。比如《红楼梦》中涉及茶事的情节、人物较多，与书中其他内容巧妙结合，被称为"满纸茶叶香"，所描述的茶事，涉及多个方面和领域，更多地表现在茶文化的高雅性和深度上。

（二）茶文化的内涵

茶文化是我国传统文化中比较独特的一类，茶不仅是饮品，也是身份的象征，无论是古代还是现代，茶在人们的心目中都具有极高的地位。

1. 茶在我国是高雅与礼仪的象征

在中国人心目中，茶已经上升到了艺术层次，也就是说喝茶是一种艺术和修养，同时茶也是一个人身份、礼仪的象征。茶是每个人都可以喝的，但是好茶一直都是在上流人士和文人墨客之间流传的，只有真正能买到的人才有机会品尝到极品的茶叶。茶叶的品质也在一定程度上象征着主人的地位，在许多场景中我们都可以看到，家里只有来了尊贵的客人时，主人才会拿出最好的茶叶招待，甚至是平时不怎么喝的茶叶进行招待，因为茶叶是一种社交礼仪，好茶体现了对客人的尊重。

现在随着人们生活水平的提升，对茶叶的要求也提高了，所以本就产量不高的优质茶叶就更是有价无市。再者还可以从品茶者对茶的研究看出其价值追求和精神品质，在我国不仅茶叶的制作过程烦琐、讲究，在喝茶的时候同样有一定的工序和礼仪。一杯好茶从茶叶的生长就已经决定了，茶叶的出身也就决定了茶叶的品质，而茶叶的处理甚至是煮茶的器具都大有讲究，除了茶叶和水的要求，对饮用器具也有讲究。因此，茶是对一个人生活习性以及为人处世最基本的考察。

中国人喝茶讲究心平气和，端坐在桌前，当然喝茶的礼仪也是不能少的。平常百姓尚且如此，对于追求高尚和风采的文人墨客如此更甚了。文人墨客在品茶和饮茶方面具有独到的见解，他们饮茶或者一人独饮，心平气和，思考人生，或者邀请一众好友品茶赋诗，谈古论今。总之，茶带给人的感觉就是宁静美好、心灵湿润,饮茶可以让人远离社会喧嚣,让人静心思考。

2. 茶文化自身就是融合型文化

茶文化属于多元性的文化,在其传承和发展过程中不断地吸收和融合其他文化元素。我国素有儒释道三家齐头并进的信仰局面,而茶就成为这三家结合的重点,并且茶文化中包含了儒释道追求的仁、和、静三种理念,这也正体现了茶文化的追求。而这也正是茶影响人的关键因素,喜欢喝茶的人一般都表现得比较沉稳、大气、处变不惊,他们将喝茶视为对灵魂的洗礼,对自身的清洁,除去自身的浮躁心理,从而将杂乱无章的思绪理顺,做出严谨的思考。茶作为无形的人生导师无时无刻不在指引着人生的进度,同时也成为更多人的精神寄托。

随着茶技术的发展和进步,茶叶的产量和口感都有很大的提升。作为我国重要的精神文化,茶文化正发挥着越来越重要的作用,也越来越成为中国文化的象征。当茶文化在世界文化发展史中都能找到对应茶元素时,就说明茶已经深入每个人的心中。饮茶已经成为全世界追求的生活方式,而善于融合文化元素的茶文化也会在世界各地绽放异彩。

茶无论是在工作中还是生活中,都扮演着重要角色。在快节奏、高压力的现代生活中,一杯热茶不仅能提神醒脑,还能帮助我们调整心态,以更饱满的精神状态面对工作与挑战。无论是家庭聚会、朋友小聚,还是商务宴请、文化沙龙,茶都是必不可少的。它不只是饮品,更是情感交流与文化传承的载体。在茶香四溢中,我们不仅能感受到家的温馨、朋友的真挚,还能在茶道中体会中华文化的博大精深。

二、茶文化的发展演进

茶文化是中国传统文化的重要组成部分,经历了数千年的发展演进。

(一)茶文化的产生期

茶文化的产生可以追溯到远古时期,即神农氏时期,传说神农氏是中国古代的一位伟大的帝王和农业专家,他尝遍了各种植物,以了解它们的药用价值。在一次尝试过程中,神农氏品尝了一种树叶,发现这种树叶具有提神醒脑的功效,这就是茶的最早记载。

在茶的起源期，茶主要被用作药物，用于治疗疾病和提神醒脑。当时的人们并没有将茶视为一种饮品，而是将其视为一种药材。茶的食用方法也非常简单，主要是将茶叶咀嚼或煮成汤饮用。

（二）茶文化的形成期

茶文化的形成期可以追溯到春秋战国时期。在这个时期，茶开始逐渐从药物转变为饮品，并逐渐在社会中流行起来。茶的制作方法也开始逐渐发展和改进，出现了将茶叶晒干、炒制和烘焙等制作方法。

在茶文化的形成期，茶不仅仅是一种饮品，更是一种文化象征。茶开始被用于祭祀、宴请等社交场合，成为人们交往和沟通的媒介。茶道也逐渐形成，茶道不仅仅是一种泡茶和品茶的技艺，更是一种修身养性和追求精神境界的方式。

（三）茶文化的繁荣期

茶文化的繁荣期可以追溯到唐朝，这一时期茶文化得到了极大的丰富和提升，不仅影响了当时的社会生活，还对后世产生了深远的影响。

在唐朝，茶叶的生产技术得到了显著改进，特别是在蒸青法的推广使用之后，茶叶的品质有了大幅提升。同时，随着茶叶种植面积的扩大和产量的增加，茶叶贸易也日益繁荣，成为了当时重要的经济活动之一。茶叶不仅在国内流通，还通过丝绸之路远销海外，促进了中外文化的交流。

茶文化在唐朝的繁荣还体现在茶道的形成和发展上。唐朝时期，茶道开始形成一套完整的体系，包括泡茶的技艺、品茶的礼仪以及相关的茶具制作等。茶道不仅是一种物质生活的表现，更是一种精神文化的追求，它强调的是人与自然的和谐，以及在品茗过程中对生活美学的追求。

此外，茶诗、茶画等艺术形式也得到了长足的发展。许多文人墨客以茶为题材，创作了大量脍炙人口的诗句和画作，这些作品不仅丰富了茶文化的内涵，也提高了茶文化的艺术地位。茶具作为茶文化的重要组成部分，在唐朝也达到了一个制作工艺的高峰，出现了许多精美的瓷器、紫砂器等。

总之，在茶文化的繁荣期，茶道达到了一个新的高度。茶道不仅仅是一种技艺，更是一种艺术。茶道的仪式和规范逐渐完善，茶道师成为一种专门的职业。

同时，茶诗、茶画、茶具等茶文化艺术也得到广泛的发展和推广。

（四）茶文化的转型期

茶文化的转型期可以追溯到宋朝。在宋朝，茶文化经历了一次重要的转型。茶叶的制作方法发生了重大变化，从唐朝的炒青茶转变为宋朝的点茶。点茶是一种将茶叶磨成粉末，然后加入热水搅拌成泡沫的泡茶方法。这种泡茶方法使得茶汤更加浓郁和细腻，同时也更加注重泡茶过程中的技艺和美学。

在茶文化的转型期，茶道也得到了进一步的发展。茶道不仅仅是一种技艺，更是一种生活哲学。茶道强调人与自然的和谐，注重内心的平静和清净。茶道的仪式和规范也更加完善，茶道师成为了一种受人尊敬的职业。

（五）茶文化的崛起期

茶文化的崛起期可追溯到中国的明清时期，这是一个充满繁荣与变革的时期。在这个时期，茶文化不仅得到了进一步的深化和发展，更逐渐成为了中华文化的璀璨瑰宝之一。茶叶的生产与贸易也迎来了前所未有的繁荣，中国由此崛起为世界茶叶的主要产地和出口国，引领着全球茶叶市场的潮流。

在茶文化的崛起期中，茶道艺术得到了更为广泛的传播和推广。茶道不仅是一种独特的饮品，更是一种蕴含着深厚文化内涵的仪式。茶道注重的不仅是茶叶的品质和泡茶的技巧，更是一种心灵的修养和人生的哲学。在茶道的熏陶下，人们学会了静心品味，感受茶香与生活的和谐之美。

值得一提的是，茶道不仅仅在中国流行，更传播到周边国家，并融入了各自的民族文化，形成了各具特色的茶道风格。茶道成为了一种国际性的文化现象，展示了中华文化的博大精深和广泛影响力。

在这个时期，茶道的仪式和规范也得到了进一步的完善和发展。茶道师成为了一种受人尊敬的职业，他们不仅精通泡茶技艺，更具备深厚的文化素养和道德修养。茶道师们在泡茶、品茶的过程中，将茶道的精髓和美感传递给每一位品茗者，让人们在茶香中感受到生活的美好与宁静。

综上所述，茶文化的崛起期是中国茶文化发展的重要阶段，也是中华文化走向世界的重要标志。在这个时期，茶文化不仅得到了进一步的推广和发展，更成为了中华文化的代表之一，为世界文化的多样性作出了重要贡献。

三、中国茶文化的未来趋势

中国茶文化源远流长，历经数千年的演变和发展，已成为中国传统文化的重要组成部分。茶不仅是一种饮品，更是一种生活方式和文化的体现。随着社会的发展和科技的进步，中国茶文化在未来也将呈现出新的发展趋势。

第一，茶文化的传承与创新。一方面，传统的茶文化将得到更好的保护和传承。国家和地方政府将加大对茶文化保护的力度，推动茶文化进入非物质文化遗产名录，加强对茶艺师、茶农等茶文化传承人的培养和支持。另一方面，茶文化将不断创新。随着科技的发展，茶叶的生产、加工、销售等环节将更加现代化、智能化，人工智能、大数据等现代科技将被应用于茶叶种植、生产、销售等各个环节，从而提升整个茶产业的效率和品质。数字化茶园游、茶文化教育普及、国际茶文化交流等方面的内容将更加丰富，形式也将更加多样化。同时，茶文化的传播方式也将更加多样化，如通过网络、影视、动漫等新媒体形式，让更多人了解和喜爱中国茶文化。

第二，茶产业的多元化发展。茶文化将与现代营销方式深度融合，如与时尚品牌合作推出茶文化主题商品，或与美食博主合作推广茶食谱等，以此来增加茶文化的市场吸引力和消费群体。一方面，茶叶种类将更加丰富。在保持传统名优茶的基础上，茶农和茶叶企业将不断研发新产品，满足消费者多样化的需求。另一方面，茶产业将与其他产业融合发展。如茶旅结合，将茶叶种植、加工与旅游、休闲、养生等产业相结合，打造茶文化旅游线路和茶文化主题公园，吸引游客体验茶文化。此外，茶产业还将拓展到茶食品、茶保健品等领域，提高茶叶的附加值。

第三，茶文化的国际化推广。一方面，茶叶出口将继续增长。我国茶叶品质优良，深受国际市场欢迎。未来，我国茶叶出口将进一步提高品质、打造品牌，拓展国际市场。另一方面，茶文化的国际交流将更加频繁。我国将积极参与国际茶文化盛会，如国际茶文化节、国际茶业博览会等，推动茶文化在国际的交流与合作。同时，茶文化教育和培训也将走向世界，让更多国家和地区的人们了解和喜爱中国茶文化。

第四，茶文化的普及与推广。未来，茶文化将更加深入人心，成为人们生活的一部分。一方面，茶文化教育将得到普及。从幼儿园到大学，茶文化教育将贯穿始终，培养孩子们对茶文化的兴趣和认知。另一方面，茶文化将融入人们的日常生活。茶馆、茶楼、茶空间等将遍地开花，成为人们休闲娱乐、商务洽谈的好去处。同时，茶艺表演、茶文化节等活动将丰富多彩，让人们在品味茶的同时，感受茶文化的魅力。

第五，茶文化的绿色环保发展。随着人们环保意识的提高，茶文化将更加注重绿色环保。一方面，茶叶生产将更加注重生态环保。茶农和茶叶企业将采用绿色种植、有机栽培等技术，减少化肥、农药的使用，保护生态环境。另一方面，茶叶包装将更加环保。采用可降解、可循环利用的包装材料，减少对环境的污染。同时，茶文化的传播也将倡导绿色生活理念，引导人们养成节约、环保的生活习惯。

第二节　现当代文学创作中茶文化的价值

"茶文化是历经几千年发展形成的传统文化，文化底蕴深厚、内涵丰富，对现当代文学作品创作产生了一定影响，涉及茶文化的作品比比皆是。"[1] 茶文化作为中国传统文化的重要组成部分，以其深厚的历史底蕴、独特的审美观念和丰富的精神内涵，在现当代文学创作中有着不可替代的价值。

一、丰富文学创作题材

茶文化源远流长，博大精深，为现当代文学创作提供了丰富的素材和灵感。作家们通过描绘茶园的美丽风光、茶叶的采摘与制作过程、茶艺表演的优雅韵味等，将茶文化的魅力展现得淋漓尽致。这些以茶文化为主题的文学作品，不仅让读者领略了茶文化的独特魅力，也拓宽了文学创作的视野和领域。茶文化还涉及茶诗、茶联、茶歌等多种艺术形式，这些艺术形式也为现当代文学创作提供了丰

---

[1]李焕英. 现当代文学作品与茶文化的融合 [J]. 福建茶叶，2018，40（09）：292.

富的素材和灵感。例如，鲁迅的《喝茶》通过对茶馆中人物的刻画，反映了旧社会的世态炎凉；而王安忆的《长恨歌》中，茶则成为主人公情感变迁的象征。茶文化的多样性和深度，为文学创作提供了广阔的空间。

二、提升文学的审美境界

茶文化以其独特的审美观念和精神内涵，为现当代文学创作注入了新的活力。茶文化的审美观念强调自然、和谐、宁静、雅致，这些观念在文学作品中得到了充分体现。作家们通过描绘茶文化的各种元素，营造出一种独特的审美氛围，使读者在阅读过程中感受到一种美的熏陶和心灵的净化。如老舍在《茶馆》中通过对茶馆生活的细腻描写，不仅展示了茶文化中的生活美学，也深刻揭示了社会的现状和历史的发展。这部作品以其独特的艺术手法和深刻的主题，成为了中国现代戏剧的经典之作。

三、传递文学的人文精神

茶文化作为中国传统文化的重要组成部分，蕴含着丰富的人文精神。这些精神包括尊重自然、崇尚和谐、注重礼仪、倡导节俭等，这些精神在现当代文学创作中得到了充分体现和传承。在茶文化的熏陶下，作家们更加注重对人性、情感、道德等方面的探索与表达。他们通过描绘茶文化的各种场景和人物，展现了人性的美好与复杂，让读者在阅读过程中感受到一种人文关怀和道德启示。例如，汪曾祺的《受戒》就以茶为线索，通过描述小和尚明海与农家少女小英子之间纯真无邪的爱情故事，展现了人性的美好和对自由生活的向往。同时，小说中也融入了茶文化的元素，如品茶、泡茶等，进一步丰富了人物形象和故事情节，使读者在品味故事的同时也能感受到茶文化的独特魅力。

四、促进文学的跨文化交流

茶文化作为中国传统文化的代表之一，具有独特的国际影响力。在现当代文学创作中融入茶文化元素，有助于推动中国文学与世界文学的交流与对话。通过描绘茶文化的独特魅力，现当代文学作品可以向世界展示中国文化的博大精深和独特魅力。同时，茶文化也为中外作家提供了一个共同的文化话题和交流平台，促进了不同文化背景下的文学创作与理解。例如，在谭恩美的《喜福会》中，茶成为中美文化交流的桥梁。

五、推动文学的传承与创新

在现当代文学创作中，茶文化不仅得到了传承，还得到了创新性的发展。作家们在深入挖掘茶文化传统内涵的同时，也注重将其与现代生活、现代审美相结合，创作出具有时代特色的文学作品。例如，老舍的《茶馆》通过对北京一家老茶馆的描写，展现清末到民国时期社会的变迁和人物的命运，成为中国话剧史上的经典之作。而林清玄的散文以其清新脱俗的风格，将品茶与人生哲理、自然美景结合起来，给人以美的享受和心灵的洗涤。

在现当代文学创作中，茶文化推动文学的传承与创新，体现在以下方面：①在题材选择上，作家们既关注茶文化的历史渊源和人文内涵，也关注茶文化在现代社会中的发展与变迁。②在表达手法上，作家们将茶文化的审美观念与现代文学的创作技巧相结合，创造出独具特色的文学风格。③在主题思想上，现当代文学作品中的茶文化元素往往承载着对人与自然、人与社会等问题的深刻思考，体现了作家们对传统文化的深刻理解和对现代社会的敏锐洞察。

第三节　茶文化对现当代文学资源思潮的影响

一、影响文学审美

我国现当代文学对美学的体现及表达充分注重，茶文化在美学体现与表达方面起到了有效的辅助作用。即在现当代文学作品中通过茶文化素材的创作与描写，使文学作品的审美价值得到有效提升。比如：鲁迅先生在散文《喝茶》中，描写了作者对品茶的一些心得体会，从中可以表现出作者对茶文化的一种真实情感。而读者通过《喝茶》散文的阅读，可以从中感受到茶文化的魅力，并在茶文化的加持下，使散文的审美价值得以提升，并使散文的内涵显得更具丰富性。

茶文化中的茶艺，对文学审美产生了较大的影响。在茶艺表现形式方面，存在多样性的特点，包括：制茶、熏茶、研茶、磨茶等。将制茶起落手法、观赏茶园、品尝新茶及陈茶等过程以文学创作的形式描写出来，可以体现文学作品美的观感，丰富文学作品内涵，并使读者通过深入阅读，了解茶文化与文学作品之间的内在联系等。此外，在茶文化当中，通过品茶艺术的表达，可以将茶文化的社交属性传达出来。比如在现当代文学作品创作过程中，以茶文化的社交属性为基础，通过茶馆的描写、角色与角色品尝交流的描写等，表面写的是品尝交谈的过程，其实质可以在品尝交谈过程中交代故事发展的情节，使故事情节更加丰富，作品的文学审美价值得到有效提升。

二、反映社会人性

茶文化的历史性、时代性特性鲜明，借助这些特性，将茶文化合理地应用到现当代文学作品创作过程中，能够对一定社会时期的人性反映出来，从而看透社会本质，促进社会发展。

老舍的《骆驼祥子》中，茶是一个常见的元素，它不仅是一种日常饮品，也承载着人们的情感和生活态度。通过对于底层人民生活的细腻刻画，展现了他们在苦难中依然保持坚韧不拔、乐观向上的精神风貌。这种精神与"茶精神"中所倡导的那种从容、淡定的人生态度有着异曲同工之妙。茶道强调的是一种内心的平静和对于生活的热爱，无论身处何种环境，都能保持一颗平常心，享受生活的美好。这种精神在小说中的人物身上得到了充分体现，他们在面对生活的种种困苦和挫折时，都能以一种积极乐观的态度去面对，不轻易放弃对于生活的希望和追求。

此外，"茶精神"还强调了一种和谐、包容的社会风尚。在茶道中，人们讲究礼仪、尊重他人、注重沟通和交流，这使得茶道成为了一种具有独特魅力的社交活动。在《骆驼祥子》中，虽然小说所描绘的社会现实充满了黑暗和不公，但我们仍然可以看到一些人物身上所散发出的那种和谐、包容的气息。他们虽然身份卑微，但却能够互相帮助、共同抵抗外来的压迫和剥削，这种团结互助的精神正是"茶精神"所倡导的和谐、包容社会风尚的体现。

总之，透过现当代文学作品可知，茶文化在其中的应用，可以反映一定时期社会背景下的人性。从文学创作角度来看，茶文化在其中的象征意义突出。

三、增强作品的真实感

茶是人们生活中必不可少的元素，也是人们了解较多的元素，文学作品中引入茶元素可以增强作品的可读性以及作品的真实性，因为茶已经成为人们耳熟能详的名词。并且对于茶而言，读者可以在茶的指引下，将读者引入作者的思绪中，可以更好地理解作者的思想感情。

茶元素的引入可以让读者的感受更加真实，因为茶元素对于大众而言实在太熟悉了，并且对于读者而言，真实感受到故事里的情节可以吸引读者的兴趣，从而让读者对作品产生兴趣。茶元素与文学作品的融合是必须的，因为在许多情况下通过对茶元素的描述可以从侧面烘托出作品的真实情感与渲染力，如《茶馆》这个以茶元素为主题的小说，它是将茶馆作为一个小的社会系统，在茶馆中各色人等都有。他们却有一个共同点就是茶元素，不论地位高低、贫穷与富有都需要喝茶，而且茶的种类和地位有关，并且喝茶的方式也是有讲究的，所以茶元素在文学作品中也可以起到纽带的作用。

文学作品中对茶元素的描写固然不能占据过多篇幅，但是作用非常大。文学作品许多都是虚构的，对于现当代文学作品而言，理解是一个重要的方面，而茶元素是文学作品理解的关键，当读者理解了茶元素之后就可以很好地理解作者的情感表达，从而引发读者的共鸣。

四、强化作品文化底蕴

茶文化是我国诸多文化中比较特殊的存在，因为茶文化的发展比较久远，而且历史地位从未动摇，所以在现当代文学作品中阐述和表现茶文化元素，可以让作品的文化含义提升到更深的层次。茶文化蕴含的文化精髓是深不可测的，因为在许多作品中都有茶的体现，况且许多文学大家对茶的研究也颇深。当文学作品出现茶元素的描绘可以让读者感受到作者深厚的文化底蕴，同时读者也会对作品刮目相看。在当前网络文学泛滥的时代，茶文化的作品就像是一股清流，不断地冲刷着读者的阅读观，从而有力地形成了对网络文学的冲击。

茶文化的运用也可以体现到对一些哲学道理的运用中，茶文化包含了儒、释、道三家的核心理念，让作者的表达更加出神入化，对于故事情节也有一定的推动作用。茶元素的引入可以让读者的心灵更加地宁静，让读者耳目一新，让读者在品读作品的同时，体会到品茶的感觉，从而让文学作品语言更加生动雅致。品茶和品作品都需要读者身临其境，而茶元素的引入让文学作品的文学内涵更加深厚，从而在品读作品的时候养成静心的习惯，在生活中养成良好的文学素养。

第四节 现当代文学作品中茶文化的表现

一、现当代散文作品中茶文化的表现

在中国现当代散文作品中，茶文化被塑造得更加具体和真实。散文家们通过真实的故事和细腻的描写，展现了茶文化的内涵和魅力。

（一）《喝茶》

梁实秋先生同样是一位善于在作品中运用和展现茶文化元素的作家，在他的许多作品中都能够找到茶文化的元素。例如，在散文《喝茶》中，作者趣味性地进行了喝茶的表述，他直言自己不善品茶，同时对于茶道和茶文化也不甚了解。但现实状况却截然相反，梁实秋先生是我国现当代作家中对于茶文化了解最深也是最为热爱的作家之一。他甚至在作品中将茶文化提高到了与我国传统瓷文化和书画文化同等重要的地位，并且认为我国茶文化的发展史也同样是一部中华文化的发展史，他提倡在文学作品中使用茶文化元素，这不仅有助于更好地展现人物形象的精神和情感，而且能够将人物形象与茶形象结合起来，产生更加生动的表现效果。

（二）《泡茶馆》

汪曾祺是我国现代最负盛名的作家之一，据统计他也是作品中使用茶元素最为频繁的作家之一。他在一生各个阶段的文学创作中都融入了大量的茶文化元素，充分展现了汪曾祺先生对于茶文化理解逐步成熟的过程，充分展现了他深厚的传统文化功底和茶文化功底，也向广大读者传达出了丰富的茶文化理念。例如在其代表作《泡茶馆》中，他充分结合自身经历，描述了他对于昆明当地多所大学周边茶馆的感受和体验过程，从商业性、社会性、文化性等多个角度探讨了这些茶楼、茶馆的独特性价值，并在此基础上充分概括了我国茶文化体系中的丰富元素。读者在阅读汪曾祺先生的文学作品的同时也能够领略到茶文化系统对于社会发展的重要意义，感受到茶文化元素对于文学创作的深刻影响。

二、现当代小说作品中茶文化的表现

在中国现当代小说作品中，茶文化得到了全面而深入的塑造。小说家们通过复杂的人物关系和丰富的情节，展现了茶文化的内涵和影响。

（一）张爱玲小说作品中的茶文化体现

张爱玲喜爱喝茶，更爱写茶，她的文学作品中常常以茶入文，以茶来比喻生活、人生。

《倾城之恋》中所写到的龙井、碧螺春表达了大户人家对于茶的珍爱，也暗示了张爱玲的家庭已经萧条不堪。

《茉莉香片》中茉莉香片并不香甜，而是苦涩，这也是张爱玲借茉莉香片来映射现实生活的苦闷与悲凉。当然，茉莉香片中的一点点香气也代表了作者对于美好生活的向往，这也再次映射出张爱玲爱茶、爱生活。

《半生缘》中，六安茶出现于世钧和曼桢的日常对话中，隐喻了二人平淡且清澈的爱情，虽然平淡却鲜活，味道香醇且时不时回甘，令人难忘。

《桂花蒸·阿小悲秋》中突出了雏菊茶的魅力。丁阿小传统家庭观念极重，一杯小小的雏菊茶看出了她的渺小，但是也代表了当时社会中底层女性对于生活的无奈与心酸。所以张爱玲正是借这一段苦涩、平凡的爱情来向世人展示自己对于当时社会的理解，通过一杯雏菊茶来映射爱情之甜与苦，思考了女性的人生价值追求。

在《红玫瑰与白玫瑰》中，张爱玲以娇蕊的茶为媒介，展示了她的手段。张爱玲擅长通过茶事描绘人性，娇蕊和振保都心机深沉，各自谋划着如何战胜对方。茶在这场博弈中显得极具吸引力，张爱玲对喝茶细节的敏锐感受也表现得淋漓尽致。最后，娇蕊将残茶一饮而尽，吐到栏杆外，展现了她一意孤行、决心深爱的态度。

（二）《秦腔》中茶文化的体现

在贾平凹的《秦腔》中，茶文化贯穿全书，不仅展现了日常生活中的饮茶习俗，还体现了茶与人物内心世界、社会变迁的紧密联系。

第一，茶是人物日常生活的一部分，如夏天义在果园里与上善和新生的对话中提到的喝茶，这既是生活习惯，也是他们交流和放松的方式。这种描绘揭示了他们的乐观心态和闲适生活。

第二，茶在小说中承载了更深层的意义。无论老少、男女，茶都是他们生活中的重要元素。贾平凹通过对茶的描写，展现了人物的价值观和生活哲学，同时也反映了中国农村社会的传统美德和人文关怀。

第三，茶文化通过罐罐茶这一特殊的饮茶方式体现。罐罐茶是西北农家的习惯，通常伴随着秦腔的播放，形成了独特的文化氛围。这种茶饮方式不仅是生活习惯，也是对父辈生活的理解。在银川大阅城观光夜市里，马艺馨的罐罐茶特别受欢迎，甚至成为了银川人的一种标志性问候方式。喝罐罐茶需要等待很长时间，因为人们会排队等候品尝这种特别的茶饮。这种茶饮方式不仅是对父辈生活的回忆，也是对家乡的思念，更是一种浓酽的乡愁。

第四，喝茶和听秦腔在小说中是相互联系的，它们共同构成了小说中的文化背景，反映了人物的生活态度和精神追求。同时，它们也体现了贾平凹对地域文化和人物情感的深刻挖掘和呈现。

总的来说，贾平凹在《秦腔》中对茶的细致描写丰富了人物的形象，为读者提供了一个了解中国农村社会和文化变迁的窗口。通过对茶的深入挖掘，贾平凹成功地将茶文化融入了小说的血脉之中，使其成为连接人物内心世界和社会变迁的重要媒介。

（三）《生死疲劳》中茶文化的诠释

莫言创作的《生死疲劳》是一部非同凡响的作品，其叙述比以往作品更为自由，无拘无束；对乡土中国历史的书写采取了全部戏谑化的表达，那种黑色幽默渗到骨子里，在欢笑嬉闹中悲从中来。在这部作品中，茶文化被赋予了特殊的象征意义，并贯穿于整个故事情节之中。

第一，茶作为一种文化符号，在《生死疲劳》中被用来象征生命的轮回和人生的无常。在书中，茶成为了连接蓝脸生前死后生活的纽带，象征着生命的轮回和人生的无常。

第二，茶被视为一种精神寄托和文化传承的媒介。在书中，蓝脸的后代们在面对困难和挫折时，常常借助喝茶来舒缓压力，寻找心灵的慰藉。同时，茶也成为了一种家族传统和文化记忆的载体，通过喝茶的方式，蓝脸的后代们得以传承和弘扬他们的家族文化和精神。

第三，茶还被用来反映社会变迁和人性的复杂。在书中，随着时代的变迁和社会的变革，茶的价值和意义也在不断变化。比如，在土地革命时期，茶被视为奢侈品，只有富人才能享用；而在改革开放后，茶则变成了普通百姓也能消费得起的饮品。这种变化不仅反映了社会的进步和发展，也揭示了人性的复杂和矛盾。

三、现当代戏剧作品中茶文化的表现

在中国现当代戏剧作品中，茶文化同样得到了广泛的关注和表现。戏剧作品中的茶文化，既有对传统茶文化的传承，也有对现实生活的反映，展现了茶文化在中国社会变迁中的独特地位。

(一)《茶馆》——老舍

老舍的《茶馆》是中国现当代文学史上的一部经典之作，作品以北京一家老茶馆为背景，通过对茶馆里各式各样人物的描绘，展现了清末民初社会的沧桑巨变。茶馆作为一个重要的社交场所，承载了丰富的茶文化内涵。在作品中，茶不仅仅是一种饮品，更是一种文化符号，象征着中国传统文化的沉淀。茶馆里的人物，无论是茶馆老板、茶客，还是茶博士，他们的一言一行，都透露出浓厚的茶文化气息。例如，茶馆老板王利发为了让茶馆生意兴隆，不断调整经营策略，从最初的单纯卖茶到后来的茶馆改良，再到最后的茶馆倒闭，这一系列变化反映了茶馆在社会变迁中的艰难生存。而茶客们的言行举止，更是展现了当时社会的风俗民情。如作品中的常四爷，他虽然落魄，但仍然保持着喝茶的习惯，这既是对传统文化的一种坚守，也是对现实生活的一种无奈。

（二）《孔雀胆》——郭沫若

在郭沫若的《孔雀胆》中，茶文化被巧妙地融入剧情，成为塑造人物形象及推动故事发展的重要元素。这部作品不仅展现了当时的社会风貌，还传承了我国丰富的茶文化。剧中，茶艺表演真实反映了社会风貌。王妃亲自为国王沏茶的细节，彰显了她的尊贵身份与优雅气质，同时亦凸显了茶在社会中的重要地位。茶作为一种文化符号，已渗透至宫廷生活的方方面面，成为人们日常生活中不可或缺的一部分。

茶文化在推动剧情发展及塑造人物形象方面，发挥了重要作用。王妃借助茶的特性暗示真实想法，这一举动使国王对王妃有了更深入的了解和信任，为后续情节转折埋下伏笔。同时，无论是王妃还是宫女，她们都以娴熟的茶艺技巧和优雅的举止赢得了观众的赞誉，展现了茶文化所倡导的闲适、恬淡的生活态度。

郭沫若在剧中提及的"武夷茶"和"工夫茶艺"，均为我国茶文化的重要组成部分。武夷茶以独特的风味和高品质闻名，而工夫茶艺强调泡茶技巧及品饮的艺术性。透过《孔雀胆》，郭沫若不仅讲述了一个感人的故事，亦传播了我国丰富的茶文化。值得关注的是，郭沫若出生于茶乡，对茶文化具有深厚的感情。他在《孔雀胆》中展现的茶艺知识，既是对当时社会风貌的真实记录，也是对茶文化的传承与发展。通过这部作品，他让更多人有机会接触并了解这一独特的文化现象。

总之，《孔雀胆》中的茶文化丰富了作品内涵，赋予了作品更高的艺术价值和历史意义。它展现时代的缩影，彰显了民族的文化底蕴。因此，我们应珍视并传承这份宝贵的文化遗产。

参考文献

［1］本崔. 现当代文学作品中茶文化的内涵与表现［J］. 福建茶叶，2022，44（07）：178-180.

［2］陈磊，李晓秋. 中国现当代文学作品中诠释和表达的茶文化内涵［J］. 福建茶叶，2018，40（12）：448.

［3］陈寿琴. 重构中国现当代农民文学思潮史的路径研究——评《"三农"中国的文学建构》［J］. 中国农业气象，2023，44（10）：970.

［4］程启坤. 中国茶文化发展40年［J］. 中国茶叶，2020，42（02）：1-10.

［5］程启坤. 中国茶文化发展40年（续）［J］. 中国茶叶，2020，42（03）：1-4.

［6］池长会. 中国现当代文学作品中的传统文化因子及其评价［J］. 文化学刊，2022（06）：49-52.

［7］杜春海，唐霞. 中国现当代文学（第2版）［M］. 成都：西南交通大学出版社，2020.

［8］杜春海. 中国现当代文学［M］. 成都：西南交通大学出版社，2016.

［9］高巧缇. 中国现当代文学作品中的女性形象研究——以鲁迅、张洁、杨沫的作品为例［J］. 青年文学家，2023（14）：75-77.

［10］高玉. 现代汉语与中国现代文学［M］. 上海：上海交通大学出版社，2021.

［11］高玉. 中国现当代文学史教程［M］. 上海：上海人民出版社，2018.

［12］龚艳. 多面侠女：20世纪80年代女侠片的生成及样式［J］. 电影艺术，2022（04）：152.

［13］龚艳. 文学语言特征的美学探析［J］. 传奇. 传记文学选刊（理论研究），2011（04）：13-14.

[14] 关德福, 曹阳, 刘清虎. 中国现当代文学 [M]. 北京：中国传媒大学出版社, 2017.

[15] 郭承武. 现当代文学所蕴含的美学特征 [J]. 现代交际, 2018 (03)：107-108.

[16] 何辉兰. 中国现当代文学现状及发展方向研究 [J]. 中国多媒体与网络教学学报 (中旬刊), 2021 (05)：211-213.

[17] 何庆, 方翔. 中国现当代文学对优秀传统文化的探寻与传承分析 [J]. 作家天地, 2023 (07)：55-57.

[18] 康静, 吴文静. 中国现当代文学的分期探索 [M]. 北京：中国书籍出版社, 2022.

[19] 库丽木汗·居勒德拜. 中国现当代文学作品中女性主义的发展及现实意义研究 [J]. 青年文学家, 2023 (30)：89-91.

[20] 黎菲. 中国现当代文学作品中教师形象的嬗变 [J]. 吉林省经济管理干部学院学报, 2016, 30 (01)：176-179.

[21] 李恩惠. 跨文化视角下中国茶文化的翻译策略与对外传播 [J]. 福建茶叶, 2023, 45 (09)：184.

[22] 李焕英. 现当代文学作品与茶文化的融合 [J]. 福建茶叶, 2018, 40 (09)：292.

[23] 李京梅. 互联网时代网络文学的美学精神建构——评《网络文学美学价值的理性审视》[J]. 新闻与写作, 2021 (04)：117.

[24] 李景芬. 现当代文学作品中的长子形象研究 [J]. 名家名作, 2022 (05)：131-133.

[25] 李喜仁. 论中国现代文学中的母亲形象 [J]. 青春岁月, 2013 (11)：15.

[26] 李霞. 现当代文学作品中的女性形象描述探析 [J]. 芒种, 2013 (10)：28-29.

[27] 李夏鹏. 文学理论与中国现当代文学研究 [J]. 文学教育（上）, 2021 (05)：158-159.

[28] 李雪. 论传统茶文化对中国现当代文学资源思潮的影响 [J]. 中国民族博

览，2023（18）：94-96.

[29] 李岩. 中国现代文学多重视角下的"乡绅"叙事研究 [J]. 江西电力职业技术学院学报，2021，34（05）：153-154.

[30] 李怡，干天全. 中国现当代文学 [M]. 重庆：重庆大学出版社，2010.

[31] 刘江. 试论中国现当代文学史上的农民形象 [J]. 辽东学院学报（社会科学版），2020，22（03）：84-92.

[32] 刘娜. 中国现当代文学概论 [M]. 哈尔滨：哈尔滨出版社，2023.

[33] 刘攀. 中国现代文学史 [M]. 成都：电子科技大学出版社，2020.

[34] 刘玉凤. 中国现当代文学创作中茶文化的诠释探析 [J]. 湖北开放职业学院学报，2019，32（18）：193-194.

[35] 罗功宇. 现当代文学作品中的情感价值分析 [J]. 文化创新比较研究，2019，3（09）：78，80.

[36] 马小燕. 臧克家诗歌修辞探微 [J]. 宿州教育学院学报，2009，12（04）：35.

[37] 马晓宇. 中国现当代文学作品中诠释和表达的茶文化内涵 [J]. 福建茶叶，2022，44（02）：268-270.

[38] 马元明，范静. 论中国现代文学多重视角下的乡土叙事 [J]. 课外语文，2016（12）：146.

[39] 马增辉，杨玲燕. 现当代文学作品中的女性形象研究 [J]. 散文百家（理论），2021（01）：59-60.

[40] 缪惠莲，张强. 徐志摩诗歌音乐性构成的显性与隐性因素 [J]. 江汉学术，2020，39（02）：54.

[41] 蒲元洁. 中国现当代文学作品对女性形象的剖析 [J]. 今古文创，2021（23）：24-25.

[42] 沈方华. 文学理论与中国现当代文学 [J]. 文化产业，2024（05）：19-21.

[43] 宋时磊. 中国茶文化的形成、发展及影响 [J]. 人民论坛，2022（19）：96-99.

[44] 王海晗，文贵良. 中国现当代文学研究 [J]. 学术月刊，2023，55（12）：191-198.

[45] 王佳妮. 中国优秀传统文化在现当代文学中的传承体现 [J]. 作家天地，2023（20）：25-27.

[46] 王侃，颜敏. 中国现当代文学史第 3 版：上 [M]. 上海：上海教育出版社，2020.

[47] 王磊. 中国现当代文学作品中女性主义的体现——以《李双双小传》为例 [J]. 作家天地，2021（01）：19-21.

[48] 王琼，汤骅. 中国现当代文学作品赏析 [M]. 上海：同济大学出版社，2019.

[49] 王紫星. 中国现当代文学作品中的农村形象——评《新时期的乡土文学》[J]. 中国食用菌，2020，39（09）：281.

[50] 吴超. 试论理性精神在现当代文学中的体现 [J]. 安阳师范学院学报，2013（06）：95-97.

[51] 徐曼. 现当代文学创作中茶文化的诠释 [J]. 福建茶叶，2022，44（03）：280-282.

[52] 徐潜，郗秋丽，商琳璘. 中国茶文化 [M]. 长春：吉林文史出版社，2014.

[53] 闫银花. 现当代文学作品中关于长子形象的解读 [J]. 青年文学家，2022（29）：138-140.

[54] 杨静. 论新世纪以来的现当代文学女性主义叙事学 [J]. 青年文学家，2020（06）：43.

[55] 杨梦. 论现当代文学作品中的长子形象 [J]. 哈尔滨职业技术学院学报，2020（01）：167.

[56] 余俊光. 中国现当代文学概论 [M]. 成都：西南交通大学出版社，2021.

[57] 张彩琴. 论现当代文学中理性精神的体现 [J]. 青春岁月，2012（06）：25.

［58］张芳. 浅论中国现当代文学对传统文化的探寻与传承［J］. 牡丹，2022（10）：42-44.

［59］张涵頔. 中国现当代文学作品中的女性形象探究［J］. 黄河. 黄土. 黄种人，2020（19）：17-18.

［60］张景. 中国茶文化［M］. 天津：天津科学技术出版社，2018.

［61］张军波. 中国现当代文学现状及发展方向［J］. 散文百家（理论），2020（02）：7-8.

［62］张未民. 新世纪以来的文学：思潮与文脉——试论"中国现代文学3"［J］. 当代作家评论，2018（04）：45.

［63］张馨月. 中国现当代文学史上的农民形象［J］. 三角洲，2023（06）：108-109.

［64］张艳君. 中国文学教程［M］. 济南：黄河出版社，2009.

［65］张一帆. 浅论中国现当代文学对传统文化的探寻与传承［J］. 今古文创，2021（07）：30-31.

［66］赵云慧. 解读现当代文学作品中的情感价值［J］. 青年文学家，2018（35）：60.